D1727699

Jahre des Schweigens

Tina Renton

Jahre des Schweigens

Wie ich den Missbrauch überlebte
und endlich Gerechtigkeit fand

Aus dem Englischen
von Marie Henriksen

Weltbild

Die englische Originalausgabe erschien 2013 unter dem Titel *You Can't Hide: How I brought my rapist stepfather to justice* by Simon & Schuster Ltd

Copyright © Tina Renton 2013
Published by Arrangement with Tina Renton
Copyright der deutschsprachigen Ausgabe © 2016 by Weltbild GmbH & Co.,
Werner-von-Siemens-Str. 1, 86159 Augsburg
Dieses Werk wurde vermittelt durch David Luxton Associates Ltd
of 23 Hillcourt Avenue, London
Übersetzung: Marie Henriksen
Projektleitung und Redaktion: usb bücherbüro, Friedberg/Bayern
Umschlaggestaltung: atelier seidel, teising
Coverfotos: © istockphoto/Halfpoint
Gesamtherstellung: CPI Moravia Books s.r.o., Pohorelice
Printed in the EU
978-3-8289-3301-9

2018   2017   2016
Die letzte Jahreszahl gibt die aktuelle Lizenzausgabe an.

Einkaufen im Internet:
www.weltbild.de

1

Die Einkaufstaschen waren so schwer, dass ich das Gefühl hatte, die Arme würden mir abfallen. Ich war doch noch so klein! Bei jedem Riesenschritt auf der Treppe zu unserer Wohnung atmete ich tief durch. Wie sehr ich mich danach sehnte, die Tüten abzustellen. Aber ich wusste, das würde mich teuer zu stehen kommen.

»Hey, nimm deine verdammte Jacke mit!«, brüllte Mum aus dem Auto.

»Ich kann nicht, meine Hände sind voll«, jammerte ich, während die Plastikgriffe sich immer tiefer in meine Finger gruben.

Ich zuckte zusammen, als ich hörte, wie sie den Kofferraum zuschlug. Sie klang wie ein Elefant, als sie keuchend die Betonstufen hochdonnerte. Sie stürmte mir nach und warf mir meine Jacke so heftig an den Kopf, dass sie mir quer übers Gesicht flog. Das Tageslicht verdüsterte sich, dann wurde mir schwarz vor Augen und ich fiel hin.

Ich erwachte in einem schmalen Bett, das mit einer Art Duschvorhang von einem lauten Raum abgetrennt war. Geräusche von hin und her eilenden Schritten und piepsenden Geräten drangen an meine Ohren. Mein Hinterkopf fühlte sich an, als hätte jemand mit einem Holzscheit darauf eingeschlagen. Ein großer Mann in einem weißen Mantel zog den Vorhang zurück und untersuchte meinen Kopf.

»Du bist böse gestürzt«, sagte er sanft. In diesen wenigen Worten lagen mehr Wärme und Freundlichkeit, als mir bisher je zuteil geworden waren. Der Arzt wandte sich an meine Mutter, die auf dem Stuhl neben meinem Bett zusammengesunken war. Ihre Augen wurden glasig, als er ihr erklärte, dass meine Wunde genäht werden müsse und ich viel Ruhe bräuchte.

Schweigend fuhren wir nach Hause. Mein Magen rumorte, weil ich meiner Mutter wieder einmal Scherereien bereitet hatte. Ich konnte nicht verstehen, warum sie sich so über mich ärgerte. Manchmal kam ich mir vor wie eine lästige Fliege. Jetzt hatte ich wieder einmal so ein Gefühl. Der Schmerz in meinem Hinterkopf wich meiner Sorge, wie ich es schaffen könnte, dass mich meine Mutter wieder gern hatte.

Wir fuhren auf den gewundenen Straßen zu unserer Wohnung in Maygreen Crescent, einem Stadtteil von Hornchurch in Essex. Das Betonhochhaus ließ alle umliegenden Häuser winzig erscheinen. Ich fragte mich immer, warum eine Etage weiß gestrichen war und die nächste schwarz gekachelt. Mir kam es vor, als würden wir in einem riesigen Zebra wohnen. Wenn die Nachbarn ihre Wäsche auf dem Balkon aufhängten, sah das immer aus wie eine riesige Papierschlange. Als wir an den großen Mülltonnen neben unserem Haus vorbeikamen, hielt ich die Luft an, dann zählte ich bis fünf, während wir die Stufen hinaufgingen, auf denen es nach Urin stank. Als Mum die Tür zu unserer Wohnung aufschloss, keuchte ich. Ich legte mich gleich ins Bett und zog mir die Decke wie ein Zelt über den Kopf. Dann winkelte ich die Knie an und schlang die Arme um mich, während der Lärm des laut eingestellten Fernsehers zu mir herüberschallte. Ich erkannte die Musik aus *Dallas* und stellte mir vor, wie meine Mutter auf ihrem Lieblingsplatz auf dem Sofa saß, heftig an ihrer Zigarette zog und den Rauch wie ein Drache durch die Nasenlöcher ausstieß.

Mum konnte stundenlang auf dem Sofa sitzen und amerikanische Seifenopern anschauen. *Dallas* und *Dynasty* waren ihre Lieblingsserien. Sie ärgerte sich immer schwarz, wenn mein großer Bruder Blake sie dabei störte. Mum sah überhaupt nicht so aus wie die glamourösen Frauen in den Fernsehsendungen. Sie war groß und trug bei jedem Wetter die gleichen Kleider: ein T-Shirt, einen wadenlangen Rock und weiße Sandalen. Auf ihrer Nase saß eine große runde Brille, ihr kastanienbraunes, dauergewelltes Haar fiel ihr bis zu den Schultern. Sie legte fast nie Make-up oder Parfüm auf, aber ihre Haut roch nach Seife.

Ich spitzte die Ohren unter der Decke, als ich Stufen knarzen hörte. Kommt Mum etwa hoch? Das tat sie eigentlich nur am Samstag, wenn sie mein Zimmer begutachtete und mir eine Ohrfeige gab, weil ich nicht ordentlich genug aufgeräumt hatte. Auch abends kam sie nie hoch, um mich zuzudecken. Ich spähte unter der Decke hervor und entdeckte, dass sie ein Glas Saft in der Hand hatte, das sie auf meinen Nachttisch stellte. Dann setzte sie sich auf meine Bettkante. In ihren vertrauten Geruch nach Seife mischte sich der schreckliche Gestank von Zigaretten.

»Wie geht es dir?«, fragte sie kühl. Ihre Augen waren kalt wie Murmeln.

Mein Kopf pochte, mein Körper schmerzte und war noch geschwächt, aber ich war so froh, dass sie neben mir saß und mir Aufmerksamkeit schenkte, dass ich mich über die Schmerzen sogar freute. Ich hatte das Gefühl, dass sie mich eigentlich nur beachtete, wenn ich krank war oder mit meinem Bruder stritt. Da ich diesen kurzen Moment auskosten wollte, tat ich alles, um ihre Aufmerksamkeit noch ein Weilchen zu behalten.

»Ich bin krank«, murmelte ich und zog die Mundwinkel nach unten.

»Trink einen Schluck, dann geht es dir gleich besser«, fauchte sie, stand auf und kehrte wieder nach unten zu *Dallas* zurück.

Der Tag, an dem ich mir auf der Treppe den Hinterkopf aufschlug, gehört zu den glücklichsten Erinnerungen meiner Kindheit. Mum kümmerte sich um mich, was normalerweise überhaupt nicht der Fall war. Sonst war sie wie die Pilotin eines Raumschiffs. Das Sofa war ihr Pilotensessel, die Fernbedienung ihr Steuerknüppel und Blake und ich waren ihre Mannschaft, die ihr Essen und Zigaretten reichten und ihr eine Rum-Cola einschenkten.

»He, Flossy!«, schrie sie nach mir, wenn ich mich in meinem Zimmer aufhielt. »Besorg mir mal eine Schachtel Zigaretten«, befahl sie. Sie hatte mir den Spitznamen Flossy gegeben, weil ich bei meiner Geburt so rosige Wangen gehabt hatte. Ich kam mir dabei wie etwas Besonderes vor. Befehle wurden bei uns immer geschrien. Die Bestrafung, wenn man sie nicht befolgte, bestand in einem Schlag auf den Kopf. Einmal wurde dieser Schlag sogar mit einem marmornen Nudelholz ausgeführt, was richtig wehtat. Blake und ich hatten sehr schnell festgestellt, dass wir in unseren Zimmern sicher waren, weil Mum sich nie sehr weit vom Sofa wegbewegte.

Wenn Mum je etwas selbst erledigte, fiel uns das auf.

»Wenn du nicht auf der Stelle runterkommst, um die Wäsche zu machen, bist du fällig!«

Sie schrie so laut, dass ihre Stimme immer heiser klang. Ich rannte so rasch wie möglich nach unten. Schnell eilte ich in die Küche, den Kopf tief gesenkt, um Mums Schlag auszuweichen. Ich wusste nicht, was ich tun sollte, um meine Mutter glücklich zu machen. Außerdem hatte ich keinen Schimmer, warum sie mich so hasste. Sie schmuste niemals mit mir, wie es die Mutter meiner besten Freundin Lisa Long tat. Lisa wohnte in der Nähe, und ihre Mum strich ihr oft über die Haare und umarmte sie. Die einzigen Berührungen, die ich von meiner Mutter erhielt, waren Schläge.

Freitagabends besorge sich Mum normalerweise etwas bei einem indischen Schnellimbiss. Sie riss den Mund so weit auf, dass ich immer an eine gähnende Katze denken musste, und schaufelte das Essen in sich hinein, als wäre es ihre letzte Mahlzeit. Ich wagte nicht, sie zu fragen, ob ich etwas abbekommen könnte, und saß immer nur geduldig am anderen Ende des Sofas in der Hoffnung, dass sie mir einen Bissen hinwarf. An einem Freitag stellte ich die kühne Frage, obwohl ich es hätte besser wissen müssen.

»Schmeckt das gut? Kann ich mal probieren?«, murmelte ich zaghaft und bereute die Worte, sobald sie mir über die Lippen gekommen waren.

Mum knallte die Gabel auf den Couchtisch und starrte mich mit ihren eiskalten Augen wütend an.

»Selbst wenn ich nur Scheiße hätte, würdest du was abhaben wollen«, schnaubte sie. Ich wusste nicht, was das heißen sollte, aber ich wusste, dass ich sie wieder mal geärgert hatte. Ihre roten Wangen färbten sich dunkelrot. Es war Zeit zu verschwinden.

Ich machte mich so gut wie unsichtbar, um Mum nicht zu ärgern. Die Schule war ein wahrer Zufluchtsort vor dem ständigen Geschrei zu Hause. Auf dem Spielplatz war ich schüchtern, weil ich vorstehende Zähne hatte und einen Topfhaarschnitt, der mich wie ein Junge aussehen ließ. Ich hatte ein paar Freundinnen, mit denen ich in der Pause spielte, und ein paar andere Freundinnen aus unserer Anlage, mit denen ich mich nach der Schule im Park zum Spielen traf. Oft saß ich auf der Schaukel und beobachtete die Jugendlichen, die rauchten und ihre Kippen in den Sandkasten schnippten. Manche der beliebteren Mädchen teilten sich ein Bier mit den Jungs. Ich wünschte mir immer, so zu sein wie sie. Solange es ging, hielt ich mich im Park auf, um Mum nicht unter die Augen zu treten; denn wahrscheinlich hatte ich wieder etwas falsch gemacht und eine Ohrfeige erwartete mich. Sobald ich die Eingangstür aufgeschlossen hatte, raste ich in mein Zimmer und stellte meinen Kassettenrekorder an.

Ich hatte all meine Lieblingssongs aus der Hitparade im Radio auf eine Kassette aufgenommen. Der Trick bestand darin, sie aufzunehmen, bevor der DJ über die Songs zu reden anfing. *Wet Wet Wet* war eine meiner Lieblingsgruppen. Ich konnte stundenlang im Bett liegen und mir immer wieder dasselbe Lied anhören. Manchmal sang ich mit, um das Geschrei zu übertönen, das von unten zu hören war, wenn Mum wieder mal mit Blake stritt. Musik war das Einzige, was mich beruhigte. Sie trug mich an einen anderen Ort. Ich stellte mir vor, im Scheinwerferlicht auf einer Bühne zu stehen und zu singen und zu tanzen. Ich hatte dann eine dichte, straff zurückgekämmte Mähne, und meine Kleider funkelten so wie bei den wunderschönen Frauen bei *Dynasty* und *Dallas*.

Trotz meiner Freundinnen war ich oft einsam, weil zu Hause niemand war, der mich mochte. Ich war überzeugt, dass mit mir etwas nicht stimmte, weil meine Mum mich so hasste. Ich wünschte sie mir sehnlichst zur Freundin, aber das wollte sie nicht sein.

Einen richtigen Feind hatte ich in meinem Bruder Blake. Wir waren nur zehn Monate auseinander und kämpften erbittert um alles und jedes. Ich wollte auf ITV Zeichentrickfilme anschauen, er wollte BBC sehen. Ich hörte meine Musik, er stellte seine Stereoanlage so laut, dass sie meine Musik übertönte. Immer wieder gingen wir wütend aufeinander los.

»Raus aus meinem Zimmer!«, schrie ich, wenn Blake auf meiner Schwelle auftauchte und mich verspottete.

»Ich bin nicht in deinem Zimmer«, schrie er sarkastisch zurück und geiferte dabei.

»Himmel noch mal, bei euch zwei reicht ein Blick, damit ihr euch wieder in den Haaren habt!«, schrie Mum von unten.

Ich kam mir vor wie in einem Kriegsgebiet, aber mit Blake zu streiten war das einzige Mittel, um Mum auf mich aufmerksam zu machen. Mit fünf hatte ich oft das Gefühl, dass eine Ohrfeige besser war, als ignoriert zu werden.

Ich weiß nicht mehr, wann David Moore in unsere Maisonette-Wohnung einzog. Ich weiß nur, dass er plötzlich ständig da war. Im Juni 1980 – ich war damals fünf – wurde er zum neuen Dad in unserem Haushalt. Mein richtiger Dad, Michael, ein Gemüsehändler, verschwand, als ich etwa zwei war. Von ihm weiß ich nur noch, dass er einmal mit meiner Mum heftig stritt. Eine Fensterscheibe ging zu Bruch, und danach habe ich ihn nie mehr gesehen. Mum meinte, er hätte eine andere Frau kennengelernt, aber ich dachte, dass er weggerannt war, weil er mich hasste.

David sah komisch aus mit seinen dichten schwarzen Haaren, dem albernen Seitenscheitel und den bis zum Kinn reichenden Koteletten. Im Kinn hatte er ein Grübchen. Er kam aus Belfast, und wenn er meinen Namen – Tina – in seinem nordirischen Akzent aussprach, klang das seltsam. Dave war achtundzwanzig, also zwei Jahre älter als Mom. Sie gaben ein merkwürdiges Paar ab, weil er kleiner war als meine Mum mit ihren Einssiebzig und viel schmächtiger. Ich mochte ihn, weil er Mum zum Lachen brachte und sie dabei vergaß, uns Kinder anzuschreien. Sie blieben bis spät in der Nacht auf, hörten sich *Queen* an und tranken. Ich kroch oft aus meinem Bett und beobachtete sie durch das Geländer hindurch. Mum paffte ihre Zigaretten und trank Bacardi, Dave schwenkte gern die Eiswürfel in seinem Scotch.

Bald übernahm Dave die Führung unseres Haushalts. Unter der Woche arbeitete er tagsüber als Taxifahrer, abends kochte er und räumte auf, während Mum ihn von Sofa aus beobachtete. Sie hatte ihn unter der Fuchtel und knurrte ständig irgendwelche Befehle, bis er mir richtig leidtat. Sonntags hatte er frei, aber sobald er sich vor den Fernseher setzte, schrie Mum ihn an, er solle die Wäsche aufhängen oder das Geschirr spülen. Er fügte sich ihr sang- und klanglos, was mich ehrlich wunderte. Die Väter meiner Freundinnen ließen sich von ihren Frauen nicht so behandeln, sondern schlugen gleich zu.

Dave schien seinen Frust an Blake auszulassen. Ihn schrie er an, dass er aufräumen solle, aber mir gegenüber erhob er kaum die Stimme. Er schien immer auf meiner Seite zu stehen.

Einmal saßen Blake und ich vor dem Fernseher und stritten uns wie so oft über das Programm.

»Ich will BBC anschauen!«, schrie ich.

»Nein! Ich war zuerst da, also schaue ich an, was ich will«, schrie Blake und boxte mir in den Arm.

»Autsch!«, schrie ich, und Tränen traten mir in die Augen.

»Was ist hier los?«, fragte Dave in dem Moment, als ich die Faust ballte, um Blake zu schlagen.

»Ich will BBC anschauen«, schluchzte ich.

»Ich war zuerst da«, knurrte Blake.

»Schalte sofort um«, befahl Dave Blake. Blakes Oberlippe kräuselte sich, als wollte er knurren, doch auf mein Gesicht trat ein Lächeln. Dave war mein Freund – endlich kümmerte sich jemand um mich. Bei ihm fühlte ich mich wie etwas Besonderes. Er sorgte für mich, wie es meine Mum hätte tun sollen. Er badete mich, achtete darauf, dass ich mir die Zähne putzte, und strich am Abend fürsorglich die Decke über mir glatt, bevor er das Licht ausknipste.

»Gute Nacht, Flossy«, sagte er leise und deckte meinen kleinen Körper zu. Der Duft seines Aftershaves, Old Spice, stieg mir in die Nase, wenn er sich über mich beugte. »Gute Nacht, Dave«, wisperte ich und beobachtete ihn, während er leise die Tür hinter sich zuzog. Mit einem Gefühl der Geborgenheit, weil Dave nun auf mich aufpasste, schlief ich ein.

Endlich konnte ich mich entspannen, wenn er in der Nähe war. Um mich vor Mum und Blake zu schützen, hatte ich eine Wand aus Stahl um mich herum errichtet. Ich war ständig wachsam gewesen, um mich gegen Mums Schläge zu wappnen oder meine Fäuste gegen meinen Bruder zu erheben.

Bei Dave war ich mir sicher, dass er mir niemals wehtun würde.

Nach Daves Ankunft unternahmen wir zwar auch nicht gerade viel als Familie, doch gelegentlich gab es doch einen Ausflug. An einem Wochenende fuhr Dave mit uns zu einem Oldtimerrennen. Er war ganz vernarrt in die alten Karren. Ich interessierte mich nicht für Autos, aber das war egal. Hauptsache, wir verbrachten mal einen Tag gemeinsam, wie eine ganz normale Familie. Auf dem Heimweg döste ich auf dem Rücksitz ein, weil meine Beine vom vielen Herumlaufen so müde waren. Vor unserem Haus parkte Dave, aber ich war so erschöpft, dass ich nicht alleine die Treppe hochlaufen wollte. Ich tat so, als schliefe ich tief und fest, in der Hoffnung, dass Dave mich hochtragen und ins Bett bringen würde. Durch halb geschlossene Lider beobachtete ich ihn, wie er ausstieg, doch dann schloss ich rasch die Augen. Vielleicht konnte ich ihn täuschen? Er machte die Tür auf, und ich musste ein Kichern unterdrücken, als er mich aus dem Wagen hob. Wahrscheinlich merkte er, dass ich nicht richtig schlief, aber er schien ganz zufrieden, bei diesem Spiel mitzuspielen, und legte mich schließlich sanft auf meinem Bett ab.

Wenn es Zeit war zu baden, verhielt sich Dave so wie bei dem meisten, was er im Haus erledigte – wie bei etwas, was eben zu erledigen war. Ich durfte nicht mit dem Schaum herumplanschen, es ging einfach nur darum, mich zu waschen, mich abzutrocknen und ins Bett zu bringen. Als ich sechs war, fand ich, dass ich mich alleine waschen könnte, aber Dave bestand nach wie vor darauf, das für mich zu tun.

»Das mache ich schon«, sagte er und nahm mir den Waschlappen ab. Ich verschränkte die Arme um die Knie und ließ ihn meinen Nacken und den Rücken abschrubben. Danach wusch er mir die Brust und tauchte die Hand in das Seifenwasser, um mich zwischen den Beinen zu waschen.

Eines Abends, während Mum drunten vor dem Fernseher saß, führte er mich in ihr Schlafzimmer, das neben dem Bad lag. Er setzte sich auf die Bettkante, wie er es immer tat, wenn er mich mit dem Handtuch trocken rubbelte. Ich stand nackt vor ihm, während er mit dem Handtuch über meinen Rücken fuhr. Dann rubbelte er meine Arme trocken, schließlich meine Füße. Erst fuhr das Handtuch über mein linkes Bein, dann hoch, dann noch ein bisschen höher zu meinem rechten Bein. Er sagte kein Wort, als er das Tuch zusammenknüllte und damit zwischen meine Beine fuhr. Plötzlich spürte ich seine Finger, die wie das Handtuch zwischen meinen Beinen hindurchglitten. Es kam mir komisch vor, seine Haut an dieser Stelle zu spüren. Es gefiel mir nicht. Ich dachte, dass ihm vielleicht das Handtuch verrutscht war. Er beendete die Prozedur, indem er mir ein letztes Mal mit dem Handtuch über den Rücken fuhr.

»Jetzt mach dich bettfertig«, sagte er und tätschelte mein Hinterteil. Ich griff nach meinem Nachthemd und schlüpfte hinein. Dann tapste ich in mein Zimmer, legte mich ins Bett und wartete darauf, dass Dave mich zudeckte.

Dieser Abend war der erste in einer langen Reihe, in der Dave das Handtuch aus den Fingern rutschte. Auch der Waschlappen entglitt ihm beim Waschen, und er wusch die Stelle zwischen meinen Beinen mit der Hand. Beim Abtrocknen ließ er sich viel Zeit, besonders für die Stelle zwischen meinen Beinen. Er brachte mich damit in Verlegenheit; schließlich war ich alt genug, um das alleine zu erledigen. Aber ich vertraute Dave, denn er kümmerte sich fürsorglich um mich. Ich dachte, so wären Väter eben, und dass er mir damit seine Zuneigung zeigen wollte. Auf keinen Fall wollte ich, dass alles wieder so würde wie in der Zeit, bevor Dave in unser Leben getreten war.

Mum und Dave heirateten im November 1981. Ich war damals sechs. Es war das erste Mal, dass ich meine Mutter geschminkt erlebte. Sie sah richtig hübsch aus mit den weißen Blümchen, die sie sich ins Haar gesteckt hatte, und dem altrosafarbenen, bodenlangen Kleid mit einer passenden Jacke. Mein Kleid hatte die gleiche Farbe, und dazu trug ich ein weißes Jäckchen. Meine Haare wurden mit einem mit Gänseblümchen bestickten Band aus der Stirn gehalten, meine Füße steckten in weißen Ballerinas. Ich fühlte mich richtig erwachsen, und meine Tanten meinten, ich sähe meiner Mutter sehr ähnlich, worüber ich mich sehr freute. Dave trug einen schwarzen Anzug mit einer knallroten Nelke im Knopfloch, und Blake steckte ebenfalls in einem schwarzen Anzug. Unsere Nachnamen wurden geändert. Wir hießen jetzt Moore, und Blake meinte, er wolle Dave jetzt Dad nennen. Aber Dave war nicht mein richtiger Vater, und deshalb wollte ich ihn auch nicht so nennen.

Ich wollte vieles nicht tun, aber ich hatte Angst vor dem, was passieren würde, wenn ich mich weigerte. Ich wollte, dass Dave aufhörte, mich abends zu waschen und abzutrocknen. Ich hätte gern gehabt, dass Mum hochkam und ihm sagte, dass ich jetzt alt genug sei, das alleine zu erledigen. Ich hätte gern gehabt, dass meine Mutter mich beschützte. Als ich sieben war, konnte ich mir endlich alleine das Handtuch von der Stange hangeln, an der es zum Trocknen hing, und Dave musste aufhören, mich abzutrocknen. Eigentlich dachte ich, er wäre erleichtert, dass ich ihm diese Mühe ersparte. Aber ich merkte bald, dass er unsere gemeinsame Zeit im Bad vermisste.

Ich wachte mitten in der Nacht auf, weil ich spürte, dass etwas über meine Beine fuhr. Aus dem Tiefschlaf gerissen spürte ich dieses Gefühl an der Innenseite meiner Oberschenkel. Ich erstarrte, als ich den heißen Atem von jemandem spürte, der direkt neben meinem Bett kniete. Old Spice, das Aftershave meines Stiefvaters, stieg mir in die Nase. Was wollte er von mir? Warum sagte er nichts? Als er die Decke herunterzog, erzitterte ich in der kühlen Nachtluft. Etwas fühlte sich grundfalsch an, aber ich tat so, als schliefe ich tief und fest, in der Hoffnung, dass er dann ging. Ich lag mit dem Rücken zu ihm und drückte die Augen fest zu, aber ich spürte, wie sich sein Gesicht dem meinem näherte und sein Atem über meine Wangen strich. Er drehte mich auf den Rücken. Einen Moment lang schien er den Atem anzuhalten, dann fing er wieder an, mir über die Beine zu streichen. Die Haut an seinen Fingern fühlte sich auf der Innenseite meiner Oberschenkel rau an. Wieder hielt er inne, dann schob er mir das Nachthemd hoch. Ich zitterte, weil ich so entblößt dalag. Ich wollte mein Nachthemd wieder herunterstreifen, aber gleichzeitig wollte ich ihn nicht merken lassen, dass ich wach war. Er fing wieder an, mich zu streicheln. Diesmal fuhr er mit den Fingern direkt zwischen meine Schenkel. Er fuhr damit langsam auf und ab, als würde er einen Zaun streichen. Seine Fingerspitzen glitten sachte über mein Geschlecht.

»Du fühlst dich so schön an«, flüsterte er mit seinem irischen Akzent.

Es gefiel mir nicht, dass er so mit mir sprach. Das tat er sonst nie.

»Du bist so schön«, flüsterte er wieder.

Ich reagierte nicht, sondern stellte mich einfach weiter schlafend.

Es trat eine endlose Stille ein, bis ich endlich hörte, dass er aufstand und aus meinem Zimmer schlich. Ich hielt die Augen fest geschlossen. Erst als die Tür zuging, atmete ich tief durch. Ich hatte die ganze Zeit den Atem angehalten, ohne es zu wissen.

Dann hörte ich die Toilettenspülung. Kam er etwa zurück? Ich entspannte mich erst, als ich hörte, wie seine Schritte im Schlafzimmer verschwanden, das er mit meiner Mutter teilte. Vor Anspannung lag ich stundenlang wach herum. Was war da gerade passiert? Das schreckliche Gefühl, ganz allein zu sein, kehrte wie ein Bumerang zu mir zurück. Ich hatte nichts, woran ich mich festhalten konnte, bis auf meine Decke.

2

»Verrat deiner Mum nicht, dass ich dir das gekauft habe«, sagte Dave und drückte mir am Ausgang des Supermarkts eine Packung Kaubonbons mit Fruchtgeschmack in die Hand.

»In Ordnung«, willigte ich ein und starrte zu ihm hoch. »Danke«, fügte ich manierlich hinzu. Ich hatte nicht mit so etwas gerechnet, da Mum uns nie Süßigkeiten kaufte. Warum Dave mich so verwöhnte, war mir nicht klar. Er nickte mir nur zu, als wollte er mir zu verstehen geben, dass wir eine Abmachung hatten: Wenn ich Mum nichts davon sagte, würde ich weiterhin Süßigkeiten bekommen.

Dave ließ nie ein Wort darüber fallen, was in meinem Zimmer in jener Nacht passiert war. Als ich am Morgen danach aufstand, war er schon in der Arbeit, und als ich von der Schule heimkam, war alles so wie immer. Am Samstag gingen wir zusammen zum Einkaufen, und er kaufte mir die Süßigkeiten, die mir wie eine Belohnung vorkamen.

Ich war glücklich, als ich die Einkaufstüten in unsere Wohnung schleppte. »Ich habe was, was du nicht hast, bäh!«, kicherte ich leise, als ich Blake im Gang begegnete. Ich weiß etwas, was du nicht weißt … fuhr mir durch den Kopf, als ich lächelnd an Mum auf dem Sofa vorbeiging. Rasch eilte ich in mein Zimmer, setzte mich aufs Bett, wickelte die Bonbons eins nach dem anderen aus und stopfte sie mir in den Mund. Erdbeer, Limette, Orange – ich steckte mir immer zwei gleichzeitig in den Mund, als ob sie mir jemand gleich abnehmen würde. Dann sammelte ich das Einwickelpapier, versteckte es in der Nachttischschublade und legte mich aufs Bett. Mir war richtig schlecht von dem vielen Zucker.

»Tina!«, schrie Mum von unten. »Wenn du nicht auf der Stelle runterkommst und hilfst, die Einkäufe zu verstauen …«, drohte sie.

Ich richtete mich mühsam auf und eilte nach unten.

»Wie kommst du darauf, dass du dich einfach in dein Zimmer verziehen kannst, ohne beim Aufräumen zu helfen?«, schimpfte sie.

»Jetzt bin ich ja da«, fauchte ich zurück.

»Wag es bloß nicht, mir Widerworte zu geben!«, kreischte Mum und hob die Hand.

»Ach, lass es doch gut sein, Marilyn«, mischte sich Dave ein und rettete mich. Ich war vor einem Schlag bewahrt worden – eins zu null für mich. Ich half dabei, Mums persönliche Vorräte an Chips und Schokoriegeln im Schrank zu verstauen, dann trug ich die Toilettenartikel nach oben ins Bad.

Manche Wochenenden verliefen ruhig, andere, als wäre der Dritte Weltkrieg ausgebrochen, je nachdem, wie meine Mutter aufgelegt war. Wenn es ihr mit Dave gut ging, hörten Blake und ich nicht viel von ihnen. Sie hingen die ganze Zeit rum, rauchten, plauderten und tranken. Wenn Mum etwas wurmte, mussten wir uns alle vor ihr in Acht nehmen, und ich versteckte mich bis zum Einbruch der Dämmerung im Park. Unter der Woche hatte Dave Zeit, sich um mich zu kümmern. Zum Abendessen schnitt er besonders dünne Pommes für mich. Ich durfte vorn im Auto neben ihm sitzen, worüber sich Blake aus Eifersucht schwarz ärgerte.

Aber ich war auch diejenige, die seine nächtlichen Besuche aushalten musste.

Wenn er von seiner Taxischicht heimkam, hörte ich ihn nicht, denn um acht Uhr abends lag ich stets schon im Bett. Es war tief in der Nacht, wenn ich durch eine raue Hand aufwachte, die mir über den Hintern strich. Es überlief mich eiskalt. Ich erstarrte, wenn die Hand zu meinen Beinen glitt und dann an meinen Hüften zupfte, um mich umzudrehen. Ich verhielt mich dabei immer wie ein verängstigtes Tier, das vor Schreck erstarrt in der Hoffnung, das Ganze auf diese Weise lebend zu überstehen. Ich ließ es zu, dass ich auf den Rücken gedreht wurde, und wartete auf das, was als Nächstes kommen würde, denn ich wusste, es war noch nicht vorbei. Ich tat, als schliefe ich tief und fest, während mein ganzer Körper von oben bis unten angespannt war. Ich roch den Gestank von Zigaretten und von Daves Aftershave, wenn er sich über mich beugte und mein Nachthemd hochschob. Dann fuhr seine Hand über meine Oberschenkel und immer höher. Ich hatte den Kopf abgewandt und die Augen fest zugedrückt. Als seine Finger dort herumfummelten, wo sie nicht hätten sein dürfen, drückte ich das Gesicht in meinen großen Teddybären.

»Du fühlst dich so gut an«, wisperte er. Innerlich bäumte ich mich auf – er sprach wieder mit dieser komischen Stimme.

Er rückte mir so nahe, dass ich seinen schlechten Atem roch. Plötzlich zog er an meinem Höschen, und ich zuckte zusammen. Abermals wurde an meinem Höschen gezerrt, erst links, dann rechts, während er sich bemühte, es mir auszuziehen. Ich spürte den Hosengummi um meine Knie. Warum wollte er mir das Höschen ausziehen? Es war mir zutiefst peinlich, dass er nun einen ungehinderten Blick auf mein Geschlecht hatte. Er fing wieder an, meine Beine zu streicheln, und dann glitten seine Finger dazwischen und er fuhr damit auf und ab. Ich spürte seinen Atem auf meinem Bauch, als ob er seine Hand ganz genau beobachtete.

»Gefällt dir das?«, fragte er, als würde er eine Antwort erwarten. Ich vergrub den Kopf noch tiefer im weichen Fell meines Teddys. Dave beugte sich über mich und zog den Bären weg. Es kostete mich unendliche Mühe, so zu tun, als hätte ich nichts bemerkt, weil ich ja schlief. »Gib mir meinen Bären zurück!«, hätte ich am liebsten laut geschrien. Ich spürte das Teddyfell auf meinen Beinen. Was macht er mit meinem Bären? Gib mir meinen Bären zurück, er ist mein Freund!

Ich spürte etwas Flauschiges zwischen meinen Beinen. »Du solltest dich mal selber dort berühren«, wisperte Dave und streichelte mich mit dem Fell. *Was meint er denn damit? Was macht er mit meinem Bären? Warum redet er in dieser seltsamen Stimme mit mir?*

»Berühr dich doch mal selber, das wird dir bestimmt gefallen«, sagte er wieder und fuhr mit der Bärenpfote zwischen meinen Beinen auf und ab. Ich wollte, dass er aufhörte. Es gefiel mir überhaupt nicht, dass mein Bär diese Stelle berührte. Dave atmete schneller, als würde er sich aufregen, und dann wieder langsamer. Wie beim letzten Mal stand er plötzlich auf und ging. Hatte ich etwas falsch gemacht? Ich war komplett verwirrt und blieb reglos liegen, bis ich ihn in Mums Zimmer hörte. Erst dann zog ich mein Höschen hoch, holte mir meinen Bären und legte ihn neben mich, wo er hingehörte.

»Es tut mir leid«, wisperte ich, umarmte ihn und drückte ihm ein Küsschen auf die Nase.

Ich weiß nicht, wann ich endlich einschlief, doch ich wurde von wütenden Schreien aufgeweckt. »Steh auf, du verdammter Faulpelz«, schrie Dave und stampfte wie ein Rhinozeros durch den Gang zu Blakes Zimmer. Dave wurde immer stämmiger. Ich fragte mich, ober er mit seinen breiten Schultern Blakes Tür einrammen würde, und zuckte erschrocken zusammen, als die Tür heftig aufgerissen wurde.

»Raus aus dem Bett!«, schrie Dave. Er war wohl nur eine Handbreit von Blakes Gesicht entfernt.

»Gleich!«, wimmerte Blake. Blake fiel es immer sehr schwer, morgens aus dem Bett zu kommen.

»Steh …« *Klatsch.* »Endlich …« *Klatsch.* »Auf!« *Klatsch, Klatsch, Klatsch.* »Sofort!« *Klatsch.*

Ich krümmte mich, als ich hörte, wie Dave mit der Faust ein letztes Mal auf Blake einschlug. Dann marschierte er wutschnaubend nach unten. Ich hasste Blake, aber jetzt tat er mir leid, denn das musste schrecklich wehgetan haben. Ich spitzte die Ohren, um zu hören, ob er sich noch bewegte. Als etwas raschelte, öffnete ich meine Tür einen Spalt und sah Blake ins Bad humpeln. Er trug nur seine Hose. Auf seinem Rücken prangte ein halbes Dutzend roter Stellen.

Rasch schlüpfte ich in meine Schuluniform. Ich hatte schreckliche Angst, dass Dave auch auf mich einschlagen würde, und wusste nicht mehr, wozu mein Stiefvater fähig war. Was er nachts mit mir anstellte, gefiel mir ganz und gar nicht, aber ich wollte auch nicht geschlagen werden. Leise schlich ich nach unten zum Frühstücken. Ich war völlig eingeschüchtert und verängstigt. Dave rumorte auf der Suche nach etwas Essbarem in den Schränken herum. Still kletterte ich auf einen Stuhl. Meine Beine waren noch nicht so lang, dass sie bis zum Boden reichten.

»Was willst du essen? Cornflakes?«, knurrte er.

»Ja, bitte«, erwiderte ich. Ich wagte es nicht, ihn anzuschauen.

»Hier«, sagte er und schob mir eine Schüssel mit Cornflakes und Milch zu. Er verhielt sich so, als wäre überhaupt nichts passiert. *Vielleicht tun alle Väter das mit ihren achtjährigen Töchtern? Vielleicht ist es ja in Ordnung? Jedenfalls scheint er mich lieber zu haben als Blake. Immerhin mag mich jemand,* dachte ich und lächelte.

Mum kam die Treppe heruntergeschlappt, eingehüllt in ihren Morgenrock.

»Warum bist du noch nicht fertig?«, knurrte sie. »Du bist genauso schlimm wie dein Bruder.«

Ich starrte wortlos auf meine Cornflakes.

»Hast du ein paar Kippen?«, fragte sie Dave.

»Nein. Ich besorge welche, wenn ich die Kids in die Schule gebracht habe«, erwiderte er.

Sie grunzte verärgert und stapfte wieder nach oben, um sich noch mal hinzulegen.

Mit meinen Schulfreundinnen redete ich nicht über das, was mein Dad mitten in der Nacht mit mir anstellte. Es war mir zu peinlich. Dave suchte mich mittlerweile zwei Mal pro Woche heim, normalerweise nach seiner Spätschicht. Offenbar wollte er mir noch Gute Nacht sagen, bevor er ins Bett ging. Ich tat immer so, als schliefe ich, aber er sprach immer mit mir wie bei einer ganz normalen Unterhaltung. Er hatte angefangen, seine Fingerspitze in mich zu schieben. Das hasste ich mehr als alles andere, weil es mir am nächsten Tag in der Schule noch wehtat. Ich wollte, dass er damit aufhörte, aber ich hatte Angst vor ihm, und gleichzeitig war ich auch verwirrt, weil er immer noch nette Dinge für mich tat. An den letzten Wochenenden hatte er mir auf unserer Einkaufstour wieder Süßigkeiten gekauft.

»Sag deiner Mum nicht, dass ich dir das besorgt habe«, sagte Dave und legte einen Schaumfestiger in einen Pappkarton im Einkaufswagen. Er blickte sich dabei nervös um. Weil ich nicht kapierte, warum er so viel Aufhebens machte, stellte ich mich auf Zehenspitzen, um den Karton genauer zu begutachten. Er hatte zwei Kartons ineinander gesteckt, sodass ein doppelter Boden entstanden war, in dem er den Festiger verstaute.

»Pst!«, sagte er und zwinkerte mir zu. »Was hättest du denn sonst noch gern?«

Ich starrte ihn ungläubig an. Er klaute!

Mum hatte uns gesagt, dass Stehlen böse sei, dass das nur die bösen Kinder in unserer Anlage taten und dass wir verhaftet würden, wenn wir es auch täten. Aber wie böse war es tatsächlich, wenn Dave es auch tat? Ich starrte sehnsüchtig auf all die Schminke. So etwas hatte ich noch nie ausprobiert, geschweige denn besessen.

»Möchtest du was zum Schminken?«, fragte Dave. Ich nickte aufgeregt, streckte mich und suchte mir einen knallblauen Lidschatten aus, so wie ihn die beliebten Mädchen im Park gern trugen.

»Sag deiner Mum nichts davon«, warnte er mich abermals, bevor er den Lidschatten in das Geheimfach steckte. Als wir an die Kasse traten, schlug mir das Herz bis zum Hals, aber Dave war vollkommen ruhig. Sein Gesicht verriet nichts. Ich sah immer wieder zu ihm hoch, doch er starrte ungerührt auf den Einkaufswagen, während er die Lebensmittel auf das Förderband legte. Ich hatte Angst, war aber gleichzeitig auch aufgeregt. Ich war seine Komplizin, so wie im Film. Ich hielt den Atem an, bis er die Rechnung bezahlt hatte. Erst danach atmete ich erleichtert aus. Und dann stellte sich freudige Erregung ein – ich hatte einen Schaumfestiger und Lidschatten. Alle meine Freundinnen würden mich beneiden.

»Bring die Sachen gleich in dein Zimmer«, befahl Dave und deutete warnend mit dem Finger auf mich.

Ich wusste, was er mir damit sagen wollte: Wenn ich ein braves Mädchen war und den Mund hielt, würde ich Geschenke bekommen. Dave hatte die Toilettenartikel alle in einer Tüte verstaut, und mir oblag es, diese Dinge nach oben zu bringen und im Bad wegzuräumen. Das tat ich, sobald wir unsere Wohnung betreten hatten.

»Was ist denn in die gefahren?«, fragte Mum höhnisch, als sie meinen Eifer bemerkte.

Ich wartete nicht auf die nächste Bemerkung, denn ich war bereits damit beschäftigt, meine Geschenke in meinem Schrank zu verstecken. An diesem Abend ging ich mit dem Gefühl ins Bett, einen schönen Tag gehabt zu haben. Fünf Stunden später war ich wieder wach. Ich wollte nicht wach sein, aber mein Stiefvater war wieder in meinem Zimmer. Hoffentlich dauert es diesmal nicht lange, flehte ich insgeheim, als ich den Scotch in seinem Atem roch. Er drehte mich sofort auf den Rücken, und seine Finger waren unsanfter als sonst. Es gefiel mir nicht. Ich wollte, dass er damit aufhörte. Ich spürte, wie sein Gesicht sich dem meinen näherte, dann packten seine rauen Hände mich am Kinn und er drängte mir seine Zunge in den Mund. Sie fühlte sich an wie eine Riesenschlange, die sich in meiner Mundhöhle zu schaffen machte. Ich versuchte ihm auszuweichen und drückte den Kopf so heftig auf mein Kissen, dass ich das Gefühl hatte, gleich die Matratze zu durchbohren.

Meine Augen waren halb offen. Ich sah ihn zum ersten Mal nackt. Seine weiße Unterhose ballte sich um seine Knöchel. Ich kämpfte mich von ihm los und drehte ihm den Rücken zu, sodass er mein Gesicht nicht mehr sehen konnte. Mir wurde übel, als ich spürte, wie er mich beobachtete. Schließlich tat ich, was ich am besten konnte – ich tat, als schliefe ich. Ich weiß nicht, wie lange er an meinem Bett saß, aber ich wusste die ganze Zeit, dass noch mehr auf mich zukommen würde.

Er wartete, bis sich mein Atem beruhigt hatte, dann zupfte er wieder an meiner Taille herum. Er zog mir das Höschen aus und streichelte mich zwischen den Beinen.«

»Ts, ts, ts«, tadelte er mich, als ich die Knie mit aller Macht zusammenpresste. Er stand auf und ging zur Tür. Ich konnte es kaum glauben, dass es mir geholfen hatte, so zu tun, als schliefe ich. Offenbar wollte er mich endlich in Ruhe lassen.

Aber warum hatte er die Tür nicht hinter sich geschlossen? Mein Körper erstarrte, als mir klar wurde, dass sich sein Ritual verändert hatte. Ich hörte, wie er im Bad herumfuhrwerkte, dann kam er wieder in mein Zimmer und schloss die Tür hinter sich. Er kniete sich neben mich, und ich hörte, wie er einen Deckel abschraubte. Ich konnte aus den Geräuschen nur erahnen, was auf mich zukam, und war zutiefst verängstigt. Plötzlich spürte ich etwas Kaltes, Klebriges auf meinen Oberschenkeln. Es war grässlich, und er verteilte es mit seinen Fingern auf der Innenfläche meiner Oberschenkel, wobei er meine Beine immer weiter auseinanderschob.

»Das fühlt sich gut an, oder?«, fragte er.

»Nein«!, hätte ich am liebsten geschrien.

Er drängte seine Finger zwischen meine Beine und fuhr damit rasch auf und ab.

»Magst du es, wenn ich dich da berühre?«, wisperte er.

»Nein! Nein! Nein!«, wimmert ich lautlos. »Hör auf damit!«

Sein Atem beschleunigte sich, und ich hörte ein seltsames Geräusch, als würde er an etwas an seinem Körper zerren. Er schob seinen Finger weit in mich hinein. Es tat schrecklich weh. Ich schaffte es kaum noch, so zu tun, als schliefe ich, während es zwischen meinen Beinen wie Feuer brannte. Das Reiben wurde immer schneller, und Dave stöhnte. Ich versuchte, den Schmerz auszublenden, indem ich mir sagte, dass es bald vorüber sein würde. Schließlich grunzte er laut, und der Lärm hörte auf. Er nahm seinen Finger raus, stand auf und ging.

Ich zog die Decke über mich und rieb meine Knie aneinander, um den brennenden Schmerz etwas zu lindern.

Am nächsten Morgen wachte ich mit dem seltsamen Gefühl auf, an das ich mich mittlerweile gewöhnt hatte: Es kam mir vor, als hätte ich einen schlimmen Traum gehabt, der schmerzhaft real gewesen war. Und ich tat das, was ich mittlerweile immer tat: Ich schob alles in die hinterste Ecke meines Hinterkopfs. Die einzige Person, mit der ich über so etwas hätte reden sollen, meine Mum, war die Letzte, der ich es sagen konnte. Ich teilte nichts mit ihr, nicht einmal einen Bissen ihres indischen Gerichts am Freitagabend. Und wenn ich es ihr sagen würde, dann würde Dave aufhören, mir Dinge zu schenken, und mich verprügeln, wie er es mit Blake tat. Ich erklärte mir Daves Verhalten wie seine Ladendiebstähle – wenn ein Erwachsener so etwas tut, kann es nicht allzu schlimm sein. Erwachsene sind schlau und tun nichts Falsches.

Langsam schälte ich mich aus der Bettdecke und schlich ins Bad, wobei ich hoffte, Dave nicht über den Weg zu laufen.

»Autsch«, wimmerte ich, als ich pinkelte. Die Stelle zwischen meinen Beinen fühlte sich wund an. Ich verschränkte die Arme vor dem Bauch und schaukelte auf und ab, um den Schmerz zu lindern.

»He, bist du da drin, Flossy?«, schrie Mum.

»Ja«, ächzte ich und erhob mich mühsam vom Toilettensitz.

»Beeil dich, ich muss aufs Klo«, knurrte sie.

Ich schlüpfte in meine imaginäre Rüstung und machte so weiter wie immer. Das war die einzige Möglichkeit, in unserer Familie zu überleben.

»Das wurde aber auch Zeit«, schnaubte Mum, als ich in mein Zimmer zurückhumpelte. »Mach dich nützlich und bring Dave und mir einen Tee und einen Kaffee«, befahl sie.

Ich machte kehrt und humpelte in die Küche, um den Wasserkocher anzustellen. Plötzlich kam ich mir in meinem Nachthemd nackt und ungeschützt vor. Ich verschränkte die

Arme vor der Brust. Warum war ich nur so hässlich, fett und mit meinen vorstehenden Zähnen? Mochte mich meine Mum deshalb nicht? Mir stiegen Tränen in die Augen, und die schmerzhafte Erinnerung an die letzte Nacht trat in den Hintergrund. Ich konnte nur noch daran denken, wie abstoßend ich war. Immerhin gefalle ich Dave, schluchzte ich. Besser, als gehasst zu werden. Besser, als allein zu sein.

3

Wenn Dave mich nicht anfasste, dachte ich nicht mehr darüber nach. Es waren unangenehme Erinnerungen, die ich einfach in den Abfluss laufen ließ wie das Badewasser. Ich dachte auch nicht weiter darüber nach, ob er mir weiterhin seine speziellen Gute-Nacht-Aufmerksamkeiten zukommen lassen würde, als wir zu unseren Sommerferien zum Highfield Holiday Park in Clacton-on-Sea aufbrachen. Das Leben war ohnehin schwierig genug; wenn ich innehielt, um darüber nachzudenken, was mir passierte, würde das meine Rüstung schwächen. Ich brachte mir sogar bei, nicht zu weinen, um damit stärker zu werden. Wenn ich spürte, dass meine Augen zu brennen begannen, beschwor ich immer irgendwelche wütenden Gedanken an meine Mutter oder meinen Bruder herauf. Damit konnte ich den Tränen Einhalt gebieten.

Highfields war zwar nicht besonders toll, aber wir fanden es großartig, eine Woche lang in einem Caravan zu hausen. Zu viert waren wir in ein winziges Rechteck eingezwängt, in dem es ein Doppelbett, ein Stockbett und eine Küchenzeile gab. Die Duschen befanden sich in einem Flachbau auf der anderen Seite des Campingplatzes. Dort stank es nach modrigen Handtüchern und Bleiche. Mum freute sich immer auf Highfields. Dort konnte sie Blake und mich uns selbst überlassen und den lieben langen Tag mit Dave herumhängen. Solange wir ihr nicht die die Quere kamen, schien sie glücklich zu zu sein.

Mir gefiel das Schwimmbecken am besten, weil ich zu Hause kaum zum Schwimmen kam. Blake spielte gern *Jaws* und zog mich in die Tiefe wie ein Haifisch. Es machte mich wahnsinnig, wenn ich keine Luft bekam, weil es mich an die Male erinnerte, wenn Dave versuchte, mich zu küssen. Ich konnte mich nur gegen Blake wehren, indem ich ihn so fest in den Arm biss, dass es fast blutete.

»Verdammt noch mal, hör auf!«, schrie Blake und spritzte mir Wasser in die Augen.

»Hör du doch auf!«, schrie ich hustend und keuchend. Konnte ich denn nirgends ein bisschen Frieden finden? Ich schwamm zu der Seite des Beckens, an der Mum auf einem weißen Plastikliegestuhl fläzte. Sie trug ihren geblümten Bikini, bei dem sich ihr Busen und ihr Bauch deutlich zeigten, und blätterte in einer Frauenzeitschrift.

»Mum, Blake hat versucht, mich zu ertränken«, jammerte ich.

»Ach, zum Teufel noch mal«, murrte sie, ohne den Blick von ihrer Zeitschrift zu heben.

Noch wollte ich mich nicht abwimmeln lassen. Ich versuchte es mit einer anderen Taktik, um sie dazu zu bringen, sich mir zuzuwenden.

»Mum, ich kann eine ganze Beckenlänge unter Wasser schwimmen«, prahlte ich.

»Na los, zeig`s mir«, sagte sie. Mein Plan war aufgegangen. Ich war wild entschlossen, ihr zu zeigen, dass ich etwas gut konnte. Deshalb zog ich mich am Rand zum anderen Ende des Beckens, um dort meine selbst gestellte Aufgabe in Angriff zu nehmen. »Eins, zwei, drei«, zählte ich, dann holte ich tief Luft und steckte den Kopf ins Wasser. Ich war keine besonders gute Schwimmerin, aber ich tat mein Bestes, um die Strecke zu bewältigen. Chlor brannte in meinen Augen, meine Lunge drohte zu bersten, aber ich schwamm weiter und weiter, bis ich das flache Ende sehen konnte. Endlich tauchte ich wieder auf und rang keuchend nach Luft. Erst dann warf ich einen Blick auf Mum und sah, dass sie sich

Kartoffelchips in den Mund schaufelte und mit Dave schäkerte. Sie hatte überhaupt nicht auf mich geachtet. Ich war so erschöpft, dass ich am liebsten geweint hätte, aber das tat ich nicht. Ich wollte ihr nicht zeigen, wie enttäuscht ich war.

Ich kletterte aus dem Wasser und rannte zu meinem Platz, um mir ein Handtuch zu holen, das ich fest um mich schlang, damit mich niemand im nassen Badeanzug sehen konnte. Dann machte ich mich auf den Weg zu Mum und Dave, aber sie achteten immer noch nicht auf mich. Verdrossen legte ich mich ein Stück abseits auf einen Liegestuhl und deckte meinen Kopf mit einem Handtuch zu, um bis zum Abendessen unsichtbar zu sein.

Dave kochte wie üblich, und um acht waren Blake und ich im Bett. Ich hörte Mum kichern und fragte mich, was Dave gesagt hatte, um sie so fröhlich zu stimmen. Ich vermisste meinen großen Teddy, an den ich mich beim Einschlafen so gern kuschelte.

Mitten in der Nacht wachte ich auf, weil etwas quietschte. Ich erstarrte und stellte mich automatisch tot, weil ich mit der Hand auf meinem Rücken rechnete. Ich warte und wartete, während mir das Herz bis zum Hals schlug, aber nichts passierte. Langsam drehte ich mich um, um mich in dem Raum umzusehen, konnte meinen Stiefvater jedoch nirgends entdecken. Ich hörte nur Blakes schweren Atem. Mittlerweile war ich hellwach und musste dringend aufs Klo. Das war schrecklich, denn dazu musste ich den ganzen Campingplatz überqueren. So lange es ging, lag ich einfach nur da, doch schließlich konnte ich nicht mehr. Ich schlich an der Küche vorbei und rannte dann so schnell ich konnte mit nackten Füßen über das feuchte Gras. Der Mond leuchtete mir den Weg. Die helle Neonröhre in der Frauendusche flackerte, sodass der Raum noch unheimlicher war als tagsüber. Auf die Innenseite der Toilettentür waren ein paar Namen gekritzelt, und ich bildete mir ein, dass Schatten versuchten, unter dem Türspalt hindurchzudringen. Sobald ich fertig war, raste ich zurück und streckte mich zur Tür unseres Caravans. Warum ging sie nicht auf? Ich drückte die Klinke noch einmal, doch die Tür blieb verschlossen. *O nein, bitte nicht* ... Ich verlor den Mut, als mir klar wurde, dass ich mich ausgesperrt hatte. Auf keinen Fall durfte ich meine Mum aufwecken und mich von ihr ausschimpfen lassen. Lieber wollte ich die kalte Nacht im Freien verbringen, als sie dazu zu veranlassen, mich noch mehr zu hassen. Ich zog mir das Nachthemd über die Knie, schlang die Arme um meine nackten Knöchel und steckte den Kopf in den Schoß wie die Enten auf dem See, die ihre Köpfe immer in ihr Gefieder steckten. Tatsächlich gelang es mir, etwas zu dösen, aber ich zitterte immer wieder so erbärmlich, dass ich davon aufwachte. Die Nacht hatte sich sich in meinen Feind verwandelt. Die zwitschernden Vögel waren mein einziger Trost, während ich die Minuten zählte, bis die anderen aufwachten und ich an der Tür klopfen konnte, um hereingelassen zu werden. Sobald sich drinnen etwas rührte, begann ich, an der Tür zu hämmern.

»Was zum Teufel machst du denn da draußen?«, fragte Dave.

»Ich hab mich ausgesperrt«, erwiderte ich verzagt. Meine Lippen zitterten vor Kälte.

»Rein mit dir«, sagte er und hob mich hoch.

»Was ist los?«, rief Mum aus ihrem Bett.

»Tina hat sich ausgesperrt«, erklärte Dave.

»Dumme Kuh«, kicherte Mum.

Blake brüllte vor Lachen, doch ich bedachte ihn nur mit einem müden Grinsen. Ich war zu erschöpft und zu verfroren, um mich gegen ihn zu wehren. Da war es leichter, ausgelacht zu werden.

Als Dave verkündete, dass Mum ein Baby bekommen würde, war ich unendlich glücklich. Endlich würde ich eine Freundin haben. Ich ging davon aus, dass es ein Mädchen werden würde, dass ich mich um sie kümmern würde und wir, wenn sie älter war, Kleider und Make-up teilen konnten. Endlich würde ich jemanden haben, mit dem ich reden und meine Geheimnisse teilen konnte. An Mums Schwangerschaft erinnere ich mich kaum – etwa daran, wie sie aussah, oder wie sie in der Zeit mit uns umging. Meine erste klare Erinnerung besteht darin, wie Dave mit uns zum Krankenhaus fuhr.

»Hast du sie schon gesehen? Wie sieht sie aus? Kann ich sie dann mal nehmen?«, frage ich Dave, der ziemlich aufgeregt wirkte.

»Wir sind gleich da«, fiel er mir ins Wort. »Eure Mum ist erschöpft. Ich will nicht, dass ihr zwei euch streitet. Ist das klar?«, fauchte er und starrte auf Blake im Rückspiegel. »Mach bloß keinen Ärger, du kleiner Scheißer.«

»Warum gehst du immer auf mich los?«, knurrte Blake.

Ich blendete den Wortwechsel aus, weil ich viel zu aufgeregt war. Gleich würde ich meine neue kleine Freundin kennenlernen! Sobald Dave geparkt hatte, kletterte ich aus dem Wagen und balancierte auf der Bürgersteigkante wie auf einem Drahtseil, während ich darauf wartete, dass Dave das Parkticket bezahlte. So viel Energie, wie ich in dem Moment verspürte, hatte ich normalerweise nur, wenn ich vor Mums Schlägen davonrannte.

Wir folgten Dave auf den langen Fluren, die sich endlos hinzuziehen schienen. Der Boden quietschte unter unseren Sneakern, und es roch nach Desinfektionsmitteln. In weiß-blaue Gewänder gekleidete Erwachsenen hasteten hin und her, Rollstühle und Betten überholten uns wie auf einer viel befahrenen Autobahn.

Als wir zur Entbindungsstation kamen, verstärkten die

Geräusche quäkender Babys meine Aufregung. »Wartet hier draußen«, befahl Dave und steckte die Nase in Mums Zimmer, um zu sehen, ob sie wach war. Dann winkte er uns, und ich stürmte voran, um Blake auszustechen. Mum saß im Bett. Ihre Wangen waren noch röter als sonst, ihre Haare waren ungekämmt und nach hinten gesteckt. Neben ihr stand ein Bettchen, in dem meine Babyschwester lag. Ich stellte mich auf Zehenspitzen und spähte hinein.

»Hi, ich bin Tina«, flüsterte ich und berührte mit dem kleinen Finger das winzige Händchen.

»Das hier ist euer kleiner Bruder Jonathan«, strahlte Mum.

»Was? Es ist ein Junge?«, stammelte ich verwirrt. Niemand hatte erwähnt, welches Geschlecht das Baby hatte, aber ich war fest davon ausgegangen, dass ich eine Schwester bekommen würde, schon allein deshalb, weil ich mir sehnlichst eine gewünscht hatte. Ich wollte nicht noch so einen grauenhaften Bruder wie Blake, ich brauchte eine Schwester als Freundin. Tränen stiegen mir in die Augen, und ich beschwor wütende Gedanken herauf, um sie wegzudrängen. Ich setzte mich auf den Stuhl neben Mums Bett und verschränkte die Arme.

»Ich wollte eine Schwester«, fauchte ich und trat mit den Füßen ans Bett.

»Nun, leider hat dich niemand gefragt«, erwiderte Mum sarkastisch.

In dem Moment fand sie mich wohl zu Recht unerträglich, aber ich führte mich nur so auf, um meine Traurigkeit zu überspielen. Ich hatte so sehr gehofft, dass eine Schwester mein Leben verändern würde, und merkte tatsächlich erst in diesem Moment, wie unglücklich ich war.

»Willst du ihn mal nehmen?«, fragte Mum.

»Nein«, sagte ich mürrisch.

»Na gut, dann eben nicht«, erwiderte sie und winkte mich weg.

Ich war fast zehn, als Jonathan 1985 in unser Leben trat. Er schlief in einem Bettchen im Schlafzimmer von Mum und Dave, und nach meiner anfänglichen Enttäuschung war ich ganz verrückt nach meinem kleinen Bruder. Ich half beim Windelwechseln, und wenn er weinte, rannte ich sofort zu ihm. Am liebsten hätte ich ständig mit ihm gespielt und ihn in den Armen gehalten. Ich fand es wundervoll, mich um ihn zu kümmern, denn dabei kam ich mir richtig erwachsen vor, und vor allem fühlte ich mich gebraucht.

Mum merkte rasch, dass ich mich gern um das Baby kümmerte, und überließ es mir mit Freuden. Es gehört zu meinem glücklichsten Kindheitserinnerungen, mit Jonathan in den Armen auf Mums Bett zu sitzen und seinen winzigen warmen Körper zu spüren.

Wenn er schrie, schaukelte ich ihn sanft in meinen Armen und flüsterte ihm zu, dass ich ja da war. Im Nu hörte er dann auf zu weinen.

»Siehst du, du magst mich«, flüsterte ich und drückte meine Nase an sein Gesichtchen. Mit ihm vergaß ich all die Wut und die Streitereien in unserer Familie. So flüchtig diese Momente auch waren, mit Jonathan in den Armen fühlte ich mich an einen glücklichen Ort versetzt, wo die Menschen sich liebten.

»Du wirst immer mein Freund sein, oder?«, flüsterte ich, wenn er mit seiner kleinen Hand nach meinem Finger griff und mich mit seinem freundlichen Babylächeln anstrahlte.

»Ich werde dich immer beschützen«, versprach ich. Das war natürlich ein albernes Versprechen, aber es war mein voller Ernst. Ich glaubte, dass er meinen Schutz nötig haben würde.

Doch in dem Moment, in dem ich dachte, dass mein Leben endlich besser würde, wurde es plötzlich viel schlimmer. Mit zehn war ich viel weiter entwickelt als die anderen Mädchen in meiner Klasse. Meine Brüste wuchsen, und ich war größer und dicker als meine Freundinnen. Ich wusste nicht, warum mein Körper sich so veränderte. Meine Mum setzte sich nie mit mir zusammen, um mir die Sache mit den Bienchen und den Blümchen zu erklären. Ich hielt mich für anormal, und mein seltsamer Körper war offenbar ein weiterer Grund für meine Mutter, mich zu hassen. Am schlimmsten fand ich es, dass sich mein Stiefvater jetzt nachts noch länger in meinem Zimmer aufhielt.

Ich weiß nicht, wie ich es schaffte, einzuschlafen und dabei nie zu wissen, ob Dave mich noch besuchen würde. Es gab kein Muster bei seinen Besuchen bis auf die Tatsache, dass er immer sehr spät kam, wenn Mum schon zu Bett gegangen war. Meine Fähigkeit, nicht darüber nachzudenken, wenn es nicht passierte, half mir sehr. Aber danach wieder einzuschlafen, wenn es passiert war, war wesentlich schwieriger, weil es so brannte.

»Hast du dich jetzt mal selbst berührt?«, flüsterte Dave und kniete sich neben mein Bett.

Als er die Decke zurückzog, stellte er fest, dass ich einen Schlafanzug trug. Ich war dazu übergegangen, weil ich dachte, dass das meinen Stiefvater etwas behindern würde. Meiner Mutter gab ich den Schlafanzug nie zum Waschen aus Angst, ihn am Abend nicht zurückzubekommen.

»Uff«, seufzte Dave, als er meine Schlafanzughose und mein Höschen herunterziehen musste, während ich mich tot stellte.

»Du machst es einem wahrhaftig nicht leicht«, knurrte er.

Er hatte wieder die Dose mit der Fettcreme dabei. Als ich hörte, wie er den Deckel abschraubte, erstarrte ich. An diesem Abend stank er nach Alkohol. Das bedeutete, dass das Brennen im Anschluss heftiger sein würde. Ich stellte mich auf das Schlimmste ein und versuchte, meine Rüstung zu verstärken.

»Küsst du mich mal?«, forderte er mich auf. Seine Spucke sprühte auf mein Gesicht. Nach dem ersten Mal hatte er nicht mehr versucht, mich zu küssen, aber er forderte mich ständig dazu auf. Dave konnte sehr hartnäckig sein, wenn er etwas wollte, und er wollte mich zwei Mal die Woche. Ich blieb wie üblich stumm, also machte er einfach weiter. Er schob meine Schlafanzugjacke hoch, begrapschte meine Brüste mit seinen rauen Händen und strich mir über die Brustwarzen.

»Du fühlst dich so gut an«, nuschelte er.

Nachdem er eine ganze Weile meine Brüste betatscht hatte, beugte er sich vor. Ich spürte etwas Schleimiges, Nasses und Warmes auf meiner Haut. Da er mir keinen Kuss auf den Mund geben konnte, küsste er jetzt meine Brüste. *Hör auf, das fühlt sich grässlich an!*

»Das hat dir gefallen, oder?«, wisperte er.

Er schob mir die Beine auseinander und presste seinen Mund auf diese Stelle. Das hasste ich am allermeisten, seinen grauenhaften schleimigen, stinkenden Mund auf meinem Geschlecht. Er packte meine schlaffe Hand und lenkte sie zwischen seine Beine, auf seinen Penis. Aber dieser Penis war kein normaler Penis. Er war hart und groß. Ich stellte mich immer noch schlafend. Deshalb fiel meine Hand herunter und schlug auf die Bettkante auf. Grob packte er mich am Handgelenk und schlang meine Hand um seinen Penis. Er fühlte sich grässlich und eigenartig feucht an, und ich wusste nicht, was er von mir wollte. Er umfasste meine Hand und fing an, sie auf und ab zu bewegen. Dabei grunzte er wieder so seltsam. Sein Griff wurde fester, und er bewegte meine Hand immer schneller, auf und ab, auf und ab, bis mein ganzer Arm schmerzte. Endlich grunzte er laut, stand auf und ging zur Tür. Ich tat etwas, was ich noch nie gewagt hatte – ich schlug die Augen auf, um mich zu vergewissern, dass er wirklich verschwand. Sein stämmiger Körper war nackt bis auf eine knappe Unterhose. Selbst im Dunkeln konnte ich den Schatten seines Bauchs an der Wand sehen. Als er die Tür öffnete, machte ich die Augen rasch wieder zu, weil ich nicht beim Linsen ertappt werden wollte.

In dieser Nacht konnte ich nicht mehr einschlafen. Mein schmerzender Arm erinnerte mich an Daves Besuch. Ich bemühte mich nach Kräften, an meiner Rüstung festzuhalten, aber egal, wie viele wütende Gedanken ich heraufbeschwor, ich schaffte es nicht, das Brennen in meinen Augen loszuwerden. Ich wickelte mich so fest in meine Decke, dass ich mir vorkam wie in einem Ofen. Ich wollte verhindern, dass ein anderer unter diese Decke kroch. Schließlich ließ ich den Tränen freien Lauf, ohne dabei das geringste Geräusch zu machen. Ich ließ sie einfach auf mein Kissen fallen und schaukelte auf und ab, um mich zu beruhigen.

War ich selbst daran schuld, dass mein Stiefvater mich berühren wollte, weil mein Körper so anders war als der der anderen Mädchen in meinem Alter? Ich hasste mein Spiegelbild, egal, wie viel Schaumfestiger und Lippenstift – Sachen, die Dave mir besorgt hatte - ich auftrug. Ich konnte es nicht ertragen, mich im Spiegel anzuschauen. Wenn ich aus der Badewanne stieg, starrte ich auf meine Fettpölsterchen und stieß ein kleines Gebet aus, dass ich eines Tages in einen schönen schlanken Schwan verwandelt werden würde. Ich weiß gar nicht, warum ich das tat, denn an Märchen glaubte ich schon längst nicht mehr, weil ich gezwungen gewesen war, so rasch erwachsen zu werden.

»Ich hasse dich!«, fauchte ich mein Spiegelbild an. Am liebsten hätte ich mich aus Wut auf mich selbst geschlagen.

Bei meinen Schulfreundinnen wurde ich immer zurückhaltender. Ich kam mir vor wie ein Dorn zwischen lauter Rosen und hoffte, nicht aufzufallen, wenn ich den Mund hielt.

Wie gern hätte ich mich von meiner Mutter trösten lassen, dass ich gar nicht so hässlich war. Aber sie sagte mir nie, dass sie mich hübsch fand, auch wenn ich alle möglichen Versuche anstellte, ihr eine nette Bemerkung zu entlocken.

»Mum, findest du, dass meine Freundinnen hübscher sind als ich?«, fragte ich sie einmal, als sie Jonathan ins Bett brachte.

»Sei nicht albern, Flossy«, seufzte sie gereizt.

»Das sind sie aber, nur ich bin hässlich, und keiner mag mich«, jammerte ich. *Schau mich an,* hätte ich sie am liebsten angeschrien. Sie war meine Mum, und ich hätte dringend ihre Bestätigung gebraucht, dass ich ganz in Ordnung war und nicht das Monster, für das ich mich hielt. Ich wollte, dass sie mir ihre Liebe versicherte.

Stattdessen sagte sie gar nichts und tat, als sei ich gar nicht da. Ich war wieder die Unsichtbare Tina, die laut werden musste, um ihre Aufmerksamkeit zu erregen.

»Ich bin hässlich!«, schrie ich und brach in Tränen aus.

»Himmel noch mal, ich habe Jonathan gerade hingelegt«, zischte sie erbost. »Reg dich ab! Du bist, wie du bist, damit musst du dich abfinden. Das geht allen so. Nicht jede kann ein Supermodel sein.« Das war Mums Einstellung zum Leben – halt den Mund und finde dich mit den Gegebenheiten ab.

Ich schluchzte noch ein Weilchen in der Hoffnung, dass ich ihr leidtun würde und sie die Arme um meine Schultern legte. Doch sie verließ den Raum, ohne mich eines Blickes zu würdigen, und kehrte zu ihrem geliebten Fernseher zurück.

Meine Audienz war vorüber, aber ich konnte nicht mit dem Weinen aufhören. Ich weinte so heftig, dass ich am Schluss kaum noch Luft bekam. »Mum wird mich umbringen, ich habe ihre Decke ganz nass gemacht«, seufzte ich schließlich und versuchte, die Tränen mit meinem Ärmel zu trocknen.

»Du liebst mich noch, oder?«, fragte ich Jonathan, der das ganze Drama verschlafen hatte. »Schon gut, ich weiß, dass du mich liebst.« Schniefend begann ich zu lächeln.

»Jetzt komm schon, Tina, reiß dich zusammen!«, ermahnte ich mich. Beim Weinen fühlte ich mich schwach und verletzlich, weil es mich an die Situationen erinnerte, wenn ich am aufgewühltesten war. Es beschwor die verhassten Bilder an die nächtlichen Besuche meines Stiefvaters herauf. Ich schleppte mich in mein Zimmer und legte eine Kassette ein.

Meine sprießenden Brüste waren erst der Anfang meiner grauenhaften körperlichen Veränderungen. Ich wünschte, meine Mum hätte mich gewarnt, was auf mich zukam, denn es ereilte mich während eines Einkaufs mit Dave. Er stopfte gerade ein paar hübsche Sachen für mich in sein Geheimfach in dem Pappkarton, als ich dringend aufs Klo musste. Ich rannte auf die Kundentoilette. Als ich meine weiße Jeans herunterzog, entdeckte ich einen Blutflecken. Ich war so entsetzt, dass ich fast zusammenbrach. Was war mit mir los? Ich wickelte etwas Papier ab und wischte mich damit ab – noch mehr Blut. Mein Herz begann zu rasen. Ich brach in Panik aus. O mein Gott, werde ich verbluten? Plötzlich verwandelte sich die kühle Toilette in eine wahre Sauna. Schweiß perlte mir über den Rücken und die Brust, meine Handflächen glitzerten vor Schweiß. Ich brauchte Hilfe, aber der Gedanke daran, mit einer blutbefleckten Jeans in den Laden zurückzukehren, war grauenhaft. Ich stopfte mir Klopapier in die Hose und hoffte verzweifelt, dass das das Blut aufsaugen würde.

»O mein Gott, o mein Gott«, wimmerte ich. Ich konnte es nicht ausstehen, wenn mich die Leute anstarrten, aber genau das würde jetzt jeder tun. Wie gelähmt saß ich auf dem Klo und wagte es kaum noch, mich zu bewegen. Mir schoss der Gedanke durch den Kopf, dass jemand dort droben im Himmel es auf mich abgesehen hatte, und ich wusste nicht, wie lange ich das noch ertragen konnte.

»Jetzt steh endlich auf, Tina. Beweg dich!«, meldete sich schließlich die Kämpferin in mir. Mühsam erhob ich mich und zuckte zusammen, als ich meine besudelte Jeans anzog. Ich entriegelte die Klotür und schlich zum Ausgang.

»Eins, zwei, drei, los!«, sagte ich und öffnete die Tür hin zu dem geschäftigen Treiben im Supermarkt. Ich schlang die Arme um mich und machte mich gesenkten Kopfes auf die Suche nach meinem Stiefvater machte – dem Mann, der vielleicht daran schuld war, dass ich blutete. Ich hatte keine Ahnung, was mit mir los war oder ob sein Gefummel etwas in mir kaputt gemacht hatte. Wir sprachen nie über das, was er so gern mit mir anstellte, und deshalb graute es mir davor, ihm zu sagen, dass bei mir da unten etwas nicht stimmte. Ich schlich durch einen Gang nach dem anderen und bildete mir ständig ein, dass alle mich und den großen roten Fleck auf meiner Hose anstarrten.

Wo steckst du? Panik stieg in mir auf. Trotzdem lief ich beharrlich weiter, die Arme verschränkt, den Kopf gesenkt. *Na klar, im letzten Gang beim Alkohol, wo denn sonst*, seufzte ich, als ich ihn endlich entdeckte.

»Wo zum Teufel warst du?«, knurrte Dave.

Ich schlich zu ihm. Ich wagte es nicht, an mir herabzuschauen, um festzustellen, ob der Fleck sich vergrößert hatte. Ich fühlte mich schrecklich gedemütigt.

»Ich blute«, murmelte ich. »Da unten«, fügte ich hinzu und deutete auf die Stelle. Meine Wangen brannten vor Scham.

»Ich besorg dir ein paar Dinge«, sagte er nüchtern. »Setz dich schon mal ins Auto.« Er reichte mir die Schlüssel.

Ich nickte und eilte zum Parkplatz. *Was für Dinge will er mir denn besorgen?*, fragte ich mich. *Was ist bloß los mit meinem blöden Körper?* Als ich im Auto saß, spürte ich wieder die Tränen in meinen Augen brennen. Es kam mir wie eine Ewigkeit vor, bis Dave endlich auftauchte. Schweigend fuhren wir nach Hause. Er wirkte tief in Gedanken versunken.

Ich trug die Tüten in unsere Wohnung. Würde mir jetzt gleich jemand sagen, dass ich bald sterben würde? Dave murmelte etwas zu Mum, und sie kam mit einer Schachtel in der Hand zu mir.

»Was ist mit mir los?«, wimmerte ich.

»Du hast deine Periode. Das passiert jeden Monat. Das da musst du dir in die Hose stecken«, meinte sie und reichte mir eine Binde. Sie wandte sich wieder den Einkaufstüten zu.

Also würde ich nicht verbluten. Ich stand vor der Treppe nach oben, die Schachtel mit den Binden in der Hand. Einerseits war ich erleichtert, andererseits wütend, weil Mum mir nicht einmal fünf Sekunden ihrer Zeit geschenkt hatte. Ich wusste nach wie vor nicht, was in meinem Körper vorging. Offenbar musste ich das alleine herausfinden.

Bald fand ich heraus, dass meine Periode letzten Endes ein wahrer Segen war. Es war die einzige körperliche Veränderung, die ich einsetzen konnte, um mich vor meinem Stiefvater zu schützen.

4

In meinem letzten Grundschuljahr ging es mir meinem Selbstbewusstsein rapide bergab. Ich hatte kaum noch Freundinnen und wurde fast nie von jemandem eingeladen. Als ich doch einmal zu einer Geburtstagsfeier eingeladen wurde, war ich überglücklich. Jemand mochte mich! Ich strahlte übers ganze Gesicht, als ich die Einladung öffnete. Ich würde im Kreis der beliebten Mädchen Kuchen vorgesetzt bekommen und ein kleines Geschenk mit nach Hause nehmen dürfen. Am meisten freute ich mich darauf, dass ich fast einen ganzen Tag von meiner Familie verschont sein würde. Ich fragte Mum, ob ich vielleicht ein neues Oberteil haben könnte. Sie meinte, das könnte ich vergessen. Sie raffte sich nicht einmal auf, in mein Zimmer zu kommen, um mir bei den Sachen, die ich hatte, zu helfen, etwas Passendes zu finden. Ich war so verzweifelt, dass ich mich an Dave wandte, auch wenn ich wusste, dass mich das teuer zu stehen kommen würde.

»Könnte ich das hier bekommen, und das da?« Ich deutete auf einen grünen Lidschatten und einen rosafarbenen Lippenstift im Supermarkt. »Ich bin nämlich zu einer Geburtstagsparty eingeladen.« Ich lächelte stolz. Ich wollte unbedingt hübsch ausschauen.

»Na gut.« Er zwinkerte mir zu.

Obwohl Jonathan sein leiblicher Sohn war, behandelte er mich immer noch wie sein Lieblingskind, und ich war froh, dass ich bei jemandem an erster Stelle stand, weil ich so ausgehungert nach Zuwendung war.

Es war gut, dass ich bei dieser Gelegenheit ein paar neue Schminkutensilien ausgesucht hatte, weil unser üblicher Einkauf am Samstagvormittag ausfiel. Wir wurden nämlich am Freitagabend vor der Party zu unseren Großeltern gebracht – nicht zur Mutter meiner Mum, die ganz in der Nähe wohnte, sondern zu Rose und Wally, den Eltern meines richtigen Vaters. Ich hatte sie schon so lange nicht mehr gesehen, dass ich mich kaum noch an sie erinnern konnte, als wir vor dem Haus parkten. Blake und ich wurden wortlos dort abgesetzt.

»Wo sind wir?«, murmelte ich verwirrt.

»Bei eurer Oma, Rose«, erklärte Mum kurz angebunden.

»Warum sind wir hier?«, jammerte ich.

Keine Antwort. Mum stieg aus und begrüßte Rose und Wally auf der Einfahrt, während Dave Wally unsere Wochenendrucksäcke reichte.

»Du erinnerst dich doch noch an Rose und Wally, oder?«, meinte Mum und schubste mich zu ihnen.

»Hi«, murmelte ich. Fremde Leute schüchterten mich immer ein, und Rose und Wally waren wie Fremde für mich.

Blake stapfte dreist ins Haus, machte es sich auf dem altmodischen Sofa bequem und verlangte, dass der Fernseher angeschaltet würde. Im Wohnzimmer lag ein brauner Teppich mit großen orangefarbenen und gelben Blumen, und die Küche war mit Kupfer ausgekleidet. So etwas hatte ich noch nie gesehen.

»Habt Ihr Hunger?«, wollte Oma wissen.

Ich nickte schüchtern. Diese Oma schien richtig nett zu sein. Sie verströmte Wärme und Güte. So eine Erfahrung hatte ich noch nicht oft gemacht. Bei ihr fühlte ich mich sicher und geborgen. Beim Abendessen durfte ich mir einen Nachschlag nehmen, und schließlich schlief ich pappsatt, aber glücklich auf dem Sofa ein und träumte von meiner Party am nächsten Tag.

Mitten in der Nacht wachte ich plötzlich auf und wusste nicht, wo ich war. Ich schwitzte so heftig, dass mir der Schlafanzug am Leib klebte. Fiebrig und benommen sank ich auf das Kissen zurück. Am nächsten Morgen ging es mir noch schlechter. Oma steckte den Kopf zur Tür herein. Ich lag zusammengerollt im Bett und stöhnte.

»Was ist denn los, Schätzchen?«, fragte sie besorgt und legte die Hand auf meine Stirn. »Du brennst ja richtig!«, rief sie erschrocken.

»Es ist alles in Ordnung«, hustete ich.

»Deine Mum hat mir von deiner Party erzählt. Wenn du so krank bist, kannst du leider nicht dorthin«, sagte sie mitfühlend.

»Aber ich will unbedingt auf die Party«, widersprach ich, und Tränen traten mir in die Augen. »Bitte, bitte«, flehte ich.

»Nein, Schätzchen, du brauchst Ruhe«, beharrte sie.

»Nein!«, jammerte ich und kehrte ihr den Rücken zu. Warum ich? Warum immer ich? Ich presste das Gesicht in die Decke und weinte leise. Wieder mal hatte mich mein Körper im Stich gelassen.

Oma war an diesem Tag besonders nett zu mir, und am Sonntagabend ging es mir schon viel besser. Ich hatte mein Zuhause nicht im Geringsten vermisst und fragte auch nicht, wann ich wieder dorthin zurückkehren würde. Ich durfte Oma beim Kochen helfen, was mir viel Spaß machte. Ich hatte das Gefühl, gebraucht zu werden, und tat so, als wäre ich in einer Kochshow, indem ich Gemüse in hübschen Häufchen vorbereitete. Wie schön wäre es gewesen, wenn Mum einmal so etwas mit mir gemacht hätte! Ich fragte sogar, ob ich abwaschen dürfte, weil ich es unendlich genoss, zu helfen und wie eine Erwachsene zu sein.

»Na schön, dann bringen wir euch mal wieder nach Hause«, sagte Oma, als ich den letzten Teller weggeräumt hatte. Blake saß wieder vor dem Fernseher, und wir wären beide gern geblieben. Zögernd kletterten wir mit unseren Rucksäcken auf den Rücksitz, und Opa fuhr los.

»Wir halten unterwegs noch kurz bei ein paar Freunden«, erklärte Oma. Wir nickten, froh über die Verzögerung. Ein paar Meilen später hielten wir vor einem Doppelhaus aus rotem Backstein mit einer gepflasterten Zufahrt. Wir folgten Oma und Opa zur Haustür, die offen stand.

»Hallo?«, rief Opa, als wir eintraten.

Ein kleiner Junge mit blonden Haaren in einem bunten Strampler stand im Flur.

»Ach, mein Bruder Jonathan hat genau so einen Strampler«, sagte ich, als wir in das große Wohnzimmer traten, in dem ein Sofa stand und Stühle, die genauso aussahen wie die in unserer Maisonette-Wohnung. Auch der Fernseher und die Bilder an den Wänden waren dieselben. Moment mal, alles sieht so aus wie in unserer Wohnung, stellte ich verblüfft fest. Im Esszimmer standen Mum und Dave.

»Danke, dass ihr euch um die zwei gekümmert habt«, sagte Mum zu Oma.

Was war hier los? Wo waren wir? Wo waren all meine Sachen? In mir machte sich das vertraute Gefühl von Panik breit. Es gab keine Schachteln; nichts wies auf einen Umzug hin. Es war, als hätte jemand an einem einzigen Wochenende alles mit einem Riesenstaubsauger aus unserer Wohnung gesaugt und in diesem komischen Haus ausgespuckt.

»Mum, wo bin ich?«, fragte ich völlig verwirrt.

»In unserem neuen Haus«, sagte sie und ließ mich stehen.

Mehr erklärte sie mir nicht. Als ich in diesem riesigen neuen Wohnzimmer stand, beschlich mich wieder einmal das grauenhafte Gefühl, ganz allein zu sein. Ich war so verwirrt, dass ich nicht einmal meinen kleinen Bruder Jonathan erkannt hatte.

»Wo ist mein Schlafzimmer? Wo sind meine Sachen?«, fragte ich bestürzt. Dave sagte mir, dass ich den Raum gegenüber vom Bad bekommen hatte. Ich kam mir vor wie in einen Wachtraum, als ich langsam nach oben ging, durch ein fremdes Haus, das so aussah, als hätten wir schon zehn Jahre darin gewohnt. Mittlerweile hasste ich Überraschungen, weil ich nie wusste, welche Wendungen sie nehmen würden. Langsam schlich ich mich an mein neues Schlafzimmer an. Fast rechnete ich damit, dass mich plötzlich etwas Unheimliches anspringen würde, so wie in einem Horrorfilm. Ich konnte es kaum fassen, als ich feststellte, dass mein neues Zimmer genau so eingerichtet war wie mein altes. Mein Bett stand an der linken Wand, mein Schrank auf der rechten Wandseite, meine Spielsachen lagen in einem Regal, meine Kassetten ordentlich aufgereiht auf einem Regalbrett. Und auf der Bettdecke saß mein großer Bär. Ich reckte mich und spähte aus dem Fenster. Die Straße mündete in eine Wendeschleife. Vielleicht war es hier doch gar nicht so übel. Ich lächelte. Ich hatte noch nie in einem Haus gewohnt, und wir hatten sogar einen Garten zum Spielen. Aufgeregt rannte ich nach unten. Mum und Dave lachten und wirkten sehr glücklich.

»Gefällt dir dein Zimmer?«, fragte Dave. »Du darfst selbst entscheiden, wie du es dekorieren willst«, verkündete er und grinste bei dem Gedanken, mich wieder einmal zu verwöhnen.

»Die Wände sollen bunte Streifen bekommen, blaue, gelbe und rote«, kicherte ich.

War das etwa ein Neuanfang? Mum und Dave wirkten so gelöst, dass ich hoffte, dass Mum mich nun auch lieben würde. Vielleicht würde Dave mich in meinem neuen Zimmer auch nicht mehr anfassen? Ich zwickte mich, um mich zu vergewissern, dass ich nicht träumte.

Unser neues Haus lag in Montgomery Crescent, Harold Hill, einer städtischen Anlage etwa acht Meilen von unserer alten Wohnung entfernt. Ich hatte keine Ahnung, warum wir umgezogen waren. Solche Fragen wurden in unserer Familie nicht erörtert. Aber vielleicht hatte es etwas damit zu tun, dass sich Mum mit den Nachbarn immer häufiger lautstark gestritten hatte.

»Am Montag gehst du in eine neue Schule«, verkündete Mum.

Wie bitte? Bis zum Schuljahresende waren es doch nur noch ein paar Monate.

»Warum denn?«, fragte ich mit bebender Unterlippe.

»Wir sind umgezogen, und deshalb ziehst du in eine neue Schule um«, knurrte Mum schroff.

»Aber was ist mit meinen Freundinnen?«, keuchte ich erschrocken.

Wieder gab es keine Erklärung. Es gab kein mitfühlendes »Keine Sorge, du wirst deine Freundinnen schon noch sehen können.« Nichts dergleichen.

»Aber ich konnte doch nicht zu der Party. Ich habe mich von niemandem verabschieden können«, jammerte ich.

Mum zuckte nur mit den Schultern. Ich stieß einen Wutschrei aus, stapfte in mein neues Schlafzimmer und zog mir die Decke über den Kopf. Obwohl ich nie den Mut aufgebracht hatte, meinen Freundinnen zu sagen, was Dave mit mir anstellte, waren sie mir doch ein gewisser Trost gewesen. Nun war ich wieder völlig allein. Keine Freundinnen, kein Entkommen.

Wumm! Ich schlug mit der Faust so heftig ich konnte an die Wand.

Ich schaffte es nicht mehr, meine Tränen zurückzuhalten. Sie strömten mir über die Wangen und sickerten in mein Kopfkissen. Wäre ich doch nur auf die Party gegangen, dann hätte ich vielleicht ein paar Freundinnen behalten können.

Im Grunde war mir klar, dass unser neues Haus kein Neubeginn war und mein Stiefvater nach wie vor in mein Zimmer kommen würde. Vor dem Zubettgehen traf ich die üblichen Vorkehrungen, indem ich mein Höschen anbehielt und die Pyjamahose darüber anzog in der Hoffnung, dass ihn das dazu bringen würde, mich in Ruhe zu lassen.

Eines Abends gingen Mum und Dave aus, und Mums Bruder Tony und seine Freundin Nicky passten auf uns auf. Ich versuchte einzuschlafen, aber mein Magen knurrte. Deshalb schlich ich in die Küche, um zu sehen, ob ich dort noch etwas zu essen auftreiben konnte. Im Wohnzimmer lief der Fernseher, der Weg zum Kühlschrank war frei. Meine Augen wurden riesengroß, als ich ein großes Stück Käse ganz hinten in einem Fach entdeckte. Ich vergewisserte mich kurz, dass Onkel Tony nicht hinter mir stand, dann holte ich den Käse heraus.

»Leg ihn zurück!« Tony hatte mich doch ertappt. »Na komm schon, du hast zu Abend gegessen, ab ins Bett mit dir.« Ich zog eine Schnute und trapste wieder nach oben. Zu dumm, dass ich nicht leise genug gewesen war.

Ich wachte von dem Gestank von Old Spice, Zigaretten und Alkohol auf, der über mir hing. Es muss schon sehr spät gewesen sein, weil es mir vorkam, als hätte ich lange geschlafen. Ich wachte gar nicht richtig auf, als Dave die Zudecke ans Fußende des Bettes schob. Doch dann wurde ich hellwach, als er an meiner Pyjamahose und meiner Unterhose zerrte. Seine Nägel gruben sich in meine Haut, als er mir die Kleider vom Hinterteil streifte. Rasch, bevor ich die Knie zusammendrücken konnte, spreizte er mir mit seinen rauen Händen die Beine.

Wieder begann er, mit mir zu reden. Wie immer forderte er mich auf, mich zu berühren.

»Hast du schon mal versucht, dich zu berühren?«, flüsterte er, während er einen Finger in mich schob. »Versuch`s doch mal so«, nuschelte er und bewegte den Finger von rechts nach links.

»Wenn du es so machst, dann macht es dir richtig Spaß«, fuhr er fort, ganz, als würde er mir eine wichtige Unterweisung erteilen.

Er fuhrwerkte mit einem Finger in mir herum, dann schob er weitere Finger in mich hinein. Ich weiß nicht, wie viele noch folgten, aber es tat so weh, dass es mich die größte Mühe kostete, nicht laut aufzuschreien. *Du schläfst. Du schläfst. Tu so, als würdest du schlafen.* Ich hatte das Gefühl, innerlich zu zerreißen.

Er fing wieder an zu grunzen wie ein Schwein. Der Schmerz war schier unerträglich, und Dave ließ eine gefühlte Ewigkeit nicht von mir ab. Endlich stand er auf und ging. Und ich blieb im Bett liegen, die Beine weit gespreizt, vor Kälte zitternd. Ich angelte mir meine Decke, die auf dem Heizkörper am Fußende des Bettes gelandet war. Sie fühlte sich warm an, und ich wickelte mich fest darin ein. Dann zog ich mein Höschen und meine Pyjamahose wieder an. Ich wusste nicht, was ich tun sollte, um die Schmerzen zu lindern. Ich lag einfach nur da und weinte.

Normalerweise wachte ich gern auf, weil ich dann beinahe so tun konnte, als wäre das, was nachts passiert war, nur ein böser Traum gewesen. Doch an jenem Morgen hatte ich eine schmerzhafte Erinnerung daran. Es ging mir so schlecht wie noch nie. Ich humpelte ins Bad und krümmte mich, als ich mich auf die Toilette kauerte.

»Autsch«, wimmerte ich. Es fühlte sich an, als würde ich Glasscherben pinkeln. Gelähmt vor Schmerz blieb ich zusammengekauert auf der Toilette sitzen, bis die Schmerzen so weit nachgelassen hatten, dass ich wieder laufen konnte.

Ich konnte mich an niemanden um Hilfe wenden, ich musste es einfach vergessen.

In eine neue Schule zu gehen, fand ich besonders schlimm, weil ich das Gefühl hatte, wie ein bunter Hund aufzufallen mit meinen Vorderzähnen, die so weit vorstanden, dass meine Oberlippe nach vorne gestülpt war und ich aussah wie Bugs Bunny. Im letzten Schuljahr hatten alle eine Clique gebildet, keiner wollte sich mit einem hässlichen Entlein wie mir anfreunden. Ich aß allein im Speisesaal. Niemand setzte sich neben mich. Je mehr Zeit ich allein verbrachte, desto mehr Zeit hatte ich, über all die schmerzhaften Dinge nachzudenken, die mir passierten.

Ich kam mir vor, als würde ich mich in einem gläsernen Schneckenhaus bewegen. Ich konnte die Welt um mich herum zwar sehen, aber ich konnte mit niemandem reden und mich auch niemandem zuwenden, weil ich alles in mir verbarg. Der Pausenhof der Ingrebourne Primary School in Romford war riesig. Jede Gruppe hatte einen eigenen Bereich, in dem sie sich aufhielt. Ich entdeckte ein paar Mädchen aus meiner Klasse und schlich mich vorsichtig an, weil ich hoffte, dass sie mich in ihrer Clique aufnehmen würden. Ich wagte sogar ein kleines Lächeln, wobei ich mich anstrengte, meine hässlichen Zähne nicht zu zeigen.

»Bist du die Neue?«, fragte eines der hübschen Mädchen.

»Ja«, erwiderte ich und versuchte, selbstbewusst zu klingen.

Ein paar Mädchen fingen an zu tuscheln und starrten mich an. Sie legten die Hand vor den Mund, aber es war offenkundig, dass sie über mich redeten. Schamesröte stieg mir ins Gesicht, während ich versuchte, zu erraten, was sie Schlimmes über mich sagten. Ich hoffte inständig, dass die Glocke bald das Ende der Pause verkünden würde und ich mich wieder hinter meinem Pult verstecken konnte.

Jetzt hatte ich wirklich niemanden mehr, an den ich mich wenden konnte. Zu Hause war niemand, der mir freundlich gesinnt war, und auch in der Schule hatte ich keine Freundinnen mehr. Der Einzige, der mir Aufmerksamkeit schenkte, bereitete mir Schmerzen. Ich war völlig verwirrt. Und schrecklich einsam.

5

»Du bist stinkfaul!«, brüllte Mum. »Nie hilfst du mir. Du interessierst dich nur für dich.« Sie geiferte vor Wut. Spucke sprühte auf mein Gesicht.

»Faule Schlampe«, schrie sie und hob die Hand. Ich stolperte rückwärts in dem Versuch, ihrem Schlag auszuweichen.

Sie starrte mich hasserfüllt an.

»Ich hasse dich!«, schrie ich und rannte in mein Zimmer. Nichts, was ich tat, war in den Augen meiner Mutter gut genug. Ich bereitete das Abendessen vor, aber sie war wütend, weil es noch nicht fertig war, wenn sie von der Arbeit nach Hause kam. Mittlerweile arbeitete sie als Sekretärin in einer Anwaltskanzlei. Ich strengte mich an, eine köstliche Pastasoße zu kochen, und tat auch sonst alles, um möglichst erwachsen zu sein, aber sie zeigte mir immer, dass ich in ihren Augen eine Versagerin war. Seit Mum eine Vollzeitstelle hatte, kam ich mir vor wie Aschenputtel. Ich durfte erst in den Park, wenn ich gekocht und aufgeräumt hatte. Zu meinen Aufgaben gehörte Staubsaugen, Bettenmachen, Geschirrspülen und den Mund halten.

Auch Dave hatte einen neuen Job. Er fuhr nun Gefrierkost aus, weil sein alter Rover kaputt gegangen war. Mum hatte ihn angebrüllt, sich einen verdammten Job zu suchen, weil sie kein verdammtes Geld hätten, um das Auto reparieren zu lassen. Sie brüllten so laut, dass die Wände zitterten. Wenn Dave mich fragte, ob ich ihn bei seiner Liefertour begleiten wollte, willigte ich ein, nur um Mum zu entkommen. Ich hatte keine Freundinnen mehr, mit denen ich am Wochenende spielen konnte, und war völlig abhängig von meinem Stiefvater. Ich konnte es zwar nicht ausstehen, wenn er mich berührte, und hasste das Gefühl, dass ich mich danach immer schmutzig fühlte, aber er war der Einzige, der auch das Gefühl in mir hervorrief, etwas Besonderes zu sein.

»Das ist meine Tochter«, erklärte er dem Chef der Fastfoodkette *Wimpy*, als er dort Hamburger ablieferte.

Ich schüttelte dem Mann stolz die Hand. Dave bezeichnete mich als seine Tochter, nicht als Stieftochter. Innerlich strahlte ich.

»Wenn du brav bist, besorge ich dir einen Hamburger«, flüsterte Dave mir zu.

»Super«, sagte ich und grinste breit.

»Warte hier«, befahl er mir.

Ich saß im Führerhaus des Lastwagens und wartete auf Dave. Er bog mit einer Papiertüte und einer Limonade um die Ecke. Sein Bauch war so fett, dass es aussah, als würden gleich die Knöpfe abspringen. In den fünf Jahren, seit er bei uns lebte, hatte er ziemlich zugenommen. Und er war auch kahler geworden. Er kämmte sich immer eine dunkle, fettige Haarsträhne über die kahle Stelle. Noch immer hatte er dichte Koteletten, die bis zu seinem Kinn herabwucherten. Ich fand, dass das ziemlich albern aussah. Sein Nacken war feist, sein Körper breit und stämmig.

»Heute ist dein Glückstag.« Grinsend reichte Dave mir die Tüte.

Ich spähte hinein und jauchzte vor Glück, als ich auch Pommes entdeckte. Dave wirkte zufrieden, dass er mich wieder einmal für sich eingenommen hatte. Auch für sich hatte er einen Hamburger gekauft, und ich beobachtete ihn, wie er ihn sich in den Mund stopfte und auf einen Satz verschlang.

»Bist du fertig?«, fragte er. Seine Lippen glänzten vom Fett des Hamburgers. Er wischte sich den Mund mit dem

Ärmel ab, kurbelte das Fenster herunter und spuckte auf die Straße.

»Na gut, auf zur nächsten Lieferung«, sagte er und ließ den Motor an.

»Kann ich noch einen Hamburger haben?«, fragte ich.

»Willst du denn noch fetter werden, Flossy?«, feixte er. Jeder Hinweis auf meine Figur verscheuchte mich in mein Schneckenhaus. Beschützend verschränkte ich die Arme vor der Brust. Normalerweise sprachen wir nicht über meinen Körper und schon gar nicht über die Dinge, die er nachts mit mir anstellte. Wir plauderten über völlig normale Dinge, so wie es wohl jeder Vater mit seiner Tochter tat. Er hatte immer noch den harten Akzent und würzte seine Reden mit Flüchen. Besonders gern schimpfte er über die anderen Autofahrer. »Elender Scheißer« gehörte zu seinen Lieblingsflüchen. Manchmal legten wir viele Meilen zurück, ohne eine Wort zu sagen, manchmal erzählte er mir, was er noch zu erledigen hatte oder was er im Fernsehen gesehen hatte.

Mein Stiefvater war wie Jekyll und Hyde – der Dave, mit dem ich es tagsüber zu tun hatte, und das Monster, das sich nachts in mein Zimmer schlich.

Nach meinem Eintritt in die Mittelschule am Bedfords Park in Harold Hill begleitete ich Dave häufig auf seinen Touren, weil wir aufgrund einer Asbestwarnung ein paar Wochen zu Hause bleiben mussten. Danach vergingen nur wenige Wochen, bevor Mum Blake und mich von der Schule nahm, weil Blake gemobbt wurde. Ich wurde auf die Frances Bardsley School geschickt, eine reine Mädchenschule.

Auf eine Schule zu gehen, auf die nur Mädchen gingen, fand ich schlimm genug, aber ein halbes Jahr später dort anzufangen als alle anderen war die reine Hölle. Wieder mal war ich die Neue, als alle anderen sich bereits in kleinen Grüppchen zusammengeschlossen hatten. Obendrein trug ich nun eine Zahnspange, die sich dick wie ein Bahngleis um Unter- und Oberkiefer legte, sodass meine Lippen noch weiter hervorstanden und ich mir noch hässlicher und noch weniger liebenswert vorkam.

Mum begleitete mich nicht an meinem ersten Tag. Ich musste allein in den Schulbus klettern und setzte mich ganz hinten auf die Bank. Nervös strich ich die Rockfalten meiner flaschengrünen Schuluniform glatt. Ich hasste es, Röcke zu tragen, weil ich mir verwundbar vorkam, wenn meine Beine entblößt waren. Aus dem Grund trug ich ja nachts auch immer einen Schlafanzug.

Der Busfahrer ließ mich am Ende einer langen, von hohen Bäumen gesäumten Zufahrt heraus. Ich streifte mir den Rucksack über und fing an zu laufen. Meine Füße waren bleischwer. Ich konnte nur daran denken, dass es doch viel schöner gewesen wäre, die Klasse mit einer modischen Umhängetasche zu betreten und nicht mit meinem schäbigen alten Rucksack. Vielleicht würden mich die anderen Mädchen dann eher in ihr Herz schließen?

»Schlag es dir aus dem Kopf, dass ich auch nur einen verdammten Penny für eine verdammte Tasche ausgebe, solange du noch einen durchaus anständigen Rucksack hast«, brüllte Mum, als ich es wagte, sie zu bitten, mir für meine neue Schule eine neue Tasche zu kaufen.

Normalerweise bat ich sie nie darum, mir etwas zu kaufen. Warum konnte sie mir nicht wenigstens diese eine Bitte erfüllen? Ich dachte wirklich allen Ernstes, dass mir eine neue Tasche helfen würde, Freundinnen zu finden. Nun klammerte ich mich an den Schulterriemen fest, als ich unter dem Dach der riesigen Bäume zu meiner neuen Schule stapfte. Ich fühlte mich winzig und kam mir vor wie in einem gruseligen Horrorfilm. Mein Magen schlug Purzelbäume, als ich endlich in der Eingangshalle ankam. Bei dem

Gedanken daran, wieder mal als Neue aufzufallen, wurde mir speiübel.

»Tina Moore?«, fragte die Empfangssekretärin und spähte über den Rand ihrer Brille.

»Ja«, murmelte ich verzagt.

»Du bist spät dran«, schimpfte sie.

Das war die erste von Hunderten von Rügen, die ich in der Frances Bardsley-Schule aushalten musste. Doch dank meiner Mum wusste ich mittlerweile nur zu gut, dass eine Rüge auch ein Mittel war, Aufmerksamkeit zu erregen.

»Das hier ist Tina. Sie wird ab heute in unsere Klasse gehen«, stellte mich die Lehrerin vor.

Ich machte den Mund nicht auf, um meine Zahnspangen nicht zeigen zu müssen. Alle starrten mich an. Ich wäre am liebsten im Erdboden versunken, lief an den leeren Plätzen im vorderen Bereich vorbei und versteckte mich in der letzten Reihe. Immerhin konnte mich dort niemand mehr anstarren. Ich seufzte erleichtert auf.

Als die Pausenglocke läutete, wurden die Bücher lautstark zugeklappt und die Stühle quietschend nach hinten geschoben. Ich folgte der Menge, die durch die Tür drängelte und sich auf den Weg zum Pausenhof machte. Der Unterricht machte mir keinen Spaß, aber die Pausen fand ich noch schlimmer, weil ich dann immer alleine herumstand. Ich suchte mir eine ruhige Ecke und lehnte mich an einen Zaun, während die anderen Mädchen sich austobten. Es war Januar, also eiskalt, und ich trug nur einen dünnen, flaschengrünen Pullover mit einem V-Ausschnitt. Ich verschränkte die Arme und zog die Schultern ein, um mich gegen den eisigen Wind zu wappnen. Eine Gruppe aus meiner Klasse spielte Gummitwist.

»England, Irland, Schottland, Wales«, sangen sie im Chor, während ein Mädchen über den Gummi hüpfte, der um die

Beine von zwei anderen geschlungen war. Beim letzten Sprung blieb sie hängen und kreischte.

»Du bist raus!«, kicherten die anderen, während sie die Arme geschlagen nach oben streckte.

»Donna ist dran«, verkündete ein Mädchen, und ein anderes auffällig hübsches Mädchen trat vor. Sie war groß und schlank und hatte glänzende kastanienbraune Haare, die wie Vorhänge über ihre fein gemeißelten Wangenknochen fielen. Man musste kein Genie sein, um auf den ersten Blick zu sehen, dass sie das beliebteste Mädchen war, denn die Menge machte ihr bereitwillig Platz, als wäre sie eine Berühmtheit. Lachend warf sie den Kopf zurück und zeigte dabei eine perfekte weiße Zahnreihe. Sie hatte alles, was ich gern gehabt hätte – sie war schlank, hübsch, beliebt, und vor allem sichtlich glücklich.

Ihr Zauber wirkte bei mir genauso wie bei den anderen – auch ich fühlte mich wie magisch zu ihr hingezogen. Ich gesellte mich zu den anderen, um Donna beim Hüpfen zuzuschauen. Sie hüpfte perfekt, wie bei einem Tanz, über den Gummi, und alle quietschten aufgeregt.

»Super!«, applaudierten die anderen, als Donna den Rekord im höchsten Level brach. Sie warf die Hände in die Luft, als hätte sie soeben eine olympische Goldmedaille gewonnen.

»Wer will als Nächste?«, riefen die anderen.

Ich weiß nicht, ob mich der Neid oder die Wut anstachelte, aber etwas an Donnas Leistung hatte mich verärgert, und ich wollte beweisen, dass ich auch etwas konnte.

»Ich«, rief ich und trat vor. Die Menge teilte sich auch für mich, aber nicht so, wie sie es bei Donna getan hatte. Diesmal wirkten die anderen eher ungläubig und fingen an zu kichern.

»Wie willst du denn mit deinen fetten Beinen zwischen die Gummis springen?«, höhnte eines der Mädchen.

Ich lief knallrot an, als die anderen mich anstarrten und lachten. Im Grunde war ich gar nicht so dick, ich war einfach nur viel größer und entwickelter als die anderen. Aber Mädchen spüren es sofort, wenn jemand unsicher ist, und ich verströmte vermutlich den Gestank von Selbsthass wegen der Dinge, die mein Stiefvater mit mir anstellte. Ich zog den Kopf ein und schlich wie ein geprügelter Hund davon. Von Weitem hörte ich die anderen immer noch spöttisch kichern, als ich mich an den Zaun drückte. Ich hielt den Blick gesenkt, damit niemand meine Tränen bemerkte, und sah zu, wie sie auf den Boden fielen.

Die Schulglocke rettete mich.

Ich wartete, bis alle anderen ins Klassenzimmer gegangen waren, bevor ich mich auf den Weg machte. Ich schlug auch einen anderen Weg ein, vorbei am Schwimmbecken. Von der gegenüberliegenden Seite kam mir das beliebteste Mädchen entgegen, Donna. In mir regte sich die Wut.

Ich hasse dich, ich hasse dich. Plötzlich sah ich nur noch rot. Ich hasste es, wie sie so völlig unbekümmert durch die Gegend lief. So eine unkontrollierbare Wut hatte ich noch nie in mir verspürt. Das Feuer explodierte in meinen Armen. Ich drehte mich um, folgte Donna und gab ihr einen Stoß. Sie stolperte und wäre beinahe gegen eine Mauer geknallt. Mir bereitete es ein erstaunliches Überlegenheitsgefühl, sie leiden zu sehen. Schon holte ich zum zweiten Schlag aus, aber Donna war schneller. Sie wirbelte herum, kniff die Augen wie eine Katze zusammen und zischte mich wütend an.

Dann schlug sie mir laut brüllend die Faust ins Gesicht.

Ich taumelte unter der Wucht des Schlages zurück. Mein Mund brannte – die blöde Kuh hatte meine Lippe erwischt, die an meine Zahnspange geraten war. Ich wischte mir das Blut vom Mund. Als ich den Blick hob, stellte ich fest, dass Donna bereits verschwunden war. Ich wusste nicht recht, ob ich weinen oder schreien sollte, weil ich völlig verwirrt war von dem, was soeben passiert war. Woher stammte diese Wut in mir? Aber irgendwie gefiel mir die wütende Tina. Meine Lippe pochte vor Schmerz, aber ich blendete ihn aus, wie ich es schon so oft getan hatte.

Auf dem Flur war es gespenstisch still, alle anderen waren schon wieder in ihren Klassenzimmern. Die Tür zur Toilette ging quietschend auf, was das Ganze noch unheimlicher machte. Die Wände waren übersät mit Graffiti, und es roch nach Desinfektionsmitteln wie in einem Krankenhaus. Ich überprüfte mein Spiegelbild – es sah noch viel schlimmer aus, als ich gedacht hatte. Meine Lippe war aufgerissen, meine Wangen waren blutverschmiert.

»Idiotin!«, fauchte ich mich an. Ich hörte schon meine Mutter schimpfen.

Ich wollte mir das Blut abwaschen, aber dann sah ich im Spiegel noch etwas anders. Ein Lächeln stahl sich auf mein Gesicht, als sich mir eine Möglichkeit auftat, um Aufmerksamkeit zu buhlen.

»Du kommst zu spät, Tina«, schimpfte die Lehrerin.

»Tut mir leid, Miss«, erwiderte ich und schlurfte in den Raum, dann hob ich den Kopf und starrte meine Mitschülerinnen trotzig an. Einige keuchten erschrocken auf, als sie mein blutverschmiertes Gesicht sahen. Ich täuschte schreckliche Schmerzen vor und humpelte zu meinem Schreibtisch. Innerlich jubilierte ich. Donna warf mir einen hasserfüllten Blick zu, was für mich das Sahnehäubchen war. Alle drehten sich zu mir um, begafften meine Wunde und tuschelten miteinander. Alle redeten über mich. Diese Unterrichtsstunde verbrachte ich damit, die Sekunden zu bis zur nächsten Pause zählen, in der ich hoffte, meinen Ruhm noch ein wenig auszukosten.

Klingeling, läutete die Glocke.

Sobald ich aufgestanden war, umringten mich die anderen.

»Bist du okay?«, fragte eine.

»Was ist denn mit dir passiert?«, fragte eine andere. Innerhalb von Sekunden hatte sich eine große Gruppe um mich versammelt. Ich hätte am liebsten laut gejubelt vor Glück, aber ich musste mein falsches Spiel natürlich weiterspielen.

»Donna hat mich geschlagen«, murmelte ich.

»Ach herrje!«, keuchten alle erschrocken.

»Du musst sofort in den Sanitätsraum und das säubern lassen«, meinte ein Mädchen mit langen blonden Haaren. »Sonst entzündet es sich noch, und dann musst du dir das Gesicht amputieren lassen«, übertrieb sie.

Alle anderen keuchten abermals auf. Ich ging an diesem Nachmittag nicht in den Sanitätsraum, weil ich nicht wollte, dass jemand meine Kriegswunde wegwischte. Ich wollte das Blut auf meinem Gesicht lassen, bis ich daheim war, um auch dort möglichst viel Aufmerksamkeit zu erregen. Wenn es nach mir gegangen wäre, hätte dieser Tag ewig dauern können.

Mum war noch in der Arbeit, als ich heimkam. Ich fing mit der Zubereitung des Abendessens an. Als sie nach Hause kam, war sie wieder mal besonders schlecht gelaunt und schlug die Tür lautstark hinter sich zu.

»Wo sind meine verdammten Kippen?«, brüllte sie und warf eine leere Schachtel auf den Boden. Ich verspannte mich, während ich darauf wartete, dass sie auf mich losging.

»Flossy, wenn du in der Küche fertig bist, holst du mir Zigaretten«, befahl sie. Ich nickte gehorsam. Sie reichte mir das Geld, ohne auch nur einen einzigen Blick auf meine kaputte Lippe zu werfen oder mich zu fragen, wie der erste Tag in der neuen Schule verlaufen war. Das hätte ich mir gleich denken können. Als ich zurückkam, hockte sie auf dem Sofa und zappte sich durch die verschiedenen Kanäle. Ich teilte das Essen aus und gab ihr die größte Portion Nudeln.

»Blake, das Essen steht auf dem Tisch«, schrie ich nach oben. Ich reichte Mum ihren Teller, denn sie und Dave setzten sich nicht mit uns an den Tisch.

»Danke«, murmelte sie mürrisch.

»Was ist denn mit deinem Gesicht passiert?«, fügte sie hinzu. Endlich hatte sie es bemerkt.

»Ich bin in einen Streit geraten«, erwiderte ich und wappnete mich schon gegen ihre Schimpftirade.

»Kaum bist du fünf Minuten in dieser Schule, handelst du dir schon Ärger ein«, kreischte sie und lief rot an vor Zorn. »Du bist ein verdammter Albtraum!«

Ich trat den Rückzug an.

»Geh in dein verdammtes Zimmer«, brüllte sie. Wenn sie nicht einen Teller mit Essen in der Hand gehabt hätte, wäre bestimmt eine Ohrfeige fällig gewesen.

Vermutlich hätte ich froh sein sollen, dass sie meine Verletzung überhaupt bemerkt hatte, dachte ich und schlug mit der Faust gegen die Wand. Ich zog die Socken aus und grub die Nägel in meine Füße. In letzter Zeit war ich dazu übergegangen, mich zu zwicken, wenn ich mich ärgerte. Ich zwickte und grub immer tiefer, bis die Haut um meine Nägel und die Seiten meiner Füße zu bluten begannen. Erst dann hörte ich auf. Ich bildete mir ein, erst einschlafen zu können, wenn ich mir Schmerzen zugefügt hatte. Diese Schmerzen wirkten gegen den Schmerz und die Einsamkeit, die ich in mir verspürte.

Am nächsten Morgen wachte ich voller Schwung und Elan auf. Ich hoffte, meine verletzte Lippe würde mir ein paar Freundinnen bescheren, aber ich hätte es besser wissen müssen. Donna hatte allen erzählt, dass ich den Streit angefangen hatte, und jetzt tuschelten zwar wieder alle über mich, aber diesmal aus den falschen Gründen.

»Spinnerin!«, rief eine, als ich zu meinem Pult ging.

Ich atmete tief durch und machte weiter. Mit meinem Elan war es vorbei. Ich zog mich in mein Schneckenhaus zurück und versteckte mich vor der Welt. Ich glaube, an diesem Tag sprach ich mit niemandem, und auf der Busfahrt nach Hause wurde ich wieder von allen gehänselt. Ich hatte einen Tag in der Hölle verbracht und kehrte nun in eine andere Hölle zurück.

Dave hatte Spätschicht, weshalb ich mich mit meinen Englisch-Hausaufgaben an meine Mutter wenden musste. Ich verstand zwar alles, aber egal, wie sehr ich mich bemühte, ich bekam die Rechtschreibung nicht hin. Die Buchstaben purzelten einfach wirr in meinem Kopf herum.

»Mum, wie buchstabiert man *gardening*?«, fragte ich verzagt.

»Schlag`s in einem verdammten Wörterbuch nach«, fauchte sie.

Um das Wort zu suchen, muss ich wissen, wie man es schreibt, hätte ich sie am liebsten angeschrien. Stattdessen schlug ich das Buch zu und stapfte stumm in mein Zimmer.

»Den Park kannst du vergessen, solange du nicht fertig bist!«, schrie Mum mir nach. Ich trampelte so heftig die Stufen hoch, dass die Treppe bebte.

»Ich hasse dich«, fauchte ich und schleuderte mein Übungsbuch quer durchs Zimmer. Ich wusste nicht, woher all dieser Zorn kam, aber ich wollte unbedingt jemanden schlagen, die Wand oder mich selbst. Stundenlang lag ich auf meinem Bett und versuchte, mir Mittel und Wege einfallen zu lassen, wie ich mich mit den Mädchen in meiner Klasse anfreunden könnte. Schließlich schlief ich ein in dem Glauben, eine Antwort gefunden zu haben.

Am nächsten Morgen wachte ich auf, weil ich hörte, wie Dave in Blakes Zimmer stürmte und ihn versohlte. Auch ich hatte verschlafen, aber Dave behandelte mich mehr denn je wie eine Prinzessin. Er ließ mir alles durchgehen. Ich fragte mich allmählich, ob mich Mum deshalb so hasste. Ärgerte sie sich etwa, weil Dave mich so verwöhnte? Ich zog meine Schublade auf, holte einige der Geschenke meines Stiefvaters heraus und stopfte sie in meinen Rucksack. Mittlerweile quoll meine Schublade über vor Haarsprays und Schaumfestigern.

Als ich an Blakes Zimmer vorbeischlich, hörte ich, wie Dave immer noch auf ihn einschlug. Rasch eilte ich aus dem Haus. Mein Rucksack war so schwer, dass ich mich nach vorne beugen musste, als ich zum Bus rannte. Ich wollte auf keinen Fall noch einmal zu spät zur Schule kommen.

Zum Glück langweilte es die Mädchen inzwischen, mich mit allen möglichen Schimpfnamen zu bedenken, aber nun war ich wieder unsichtbar geworden. Auf dem Weg zu meinem Pult versuchte ich, einige der freundlicheren Gesichter in meiner Klasse anzulächeln, doch sie übersahen mich einfach. Keine wollte als meine Freundin gelten. Na komm schon, Tina, du schaffst es, mahnte ich mich und biss die Zähne zusammen. Ich brauchte einfach eine Chance, ihnen zu beweisen, dass ich nicht die Missgeburt war, die sich mir im Spiegel zeigte. Bis zur Pause dachte ich unentwegt darüber nach, was ich tun und sagen wollte. Die Stimme der Lehrerin drang nur von weiter Ferne an mein Ohr.

Endlich läutete die Pausenglocke, und alle rannten ins Freie. Ich schulterte meinen schweren Rucksack und folgte den anderen. Donna stand in der Mitte des Pausenhofs, umringt von der üblichen Gruppe ihrer Fans. Das Herz schlug mir bis zum Hals, als ich zu der Gruppe schlenderte und mein Bestes tat, meine Angst zu verbergen. Donna hörte mitten im Satz auf und starrte mich an, was alle anderen dazu brachte, mich ebenfalls anzustarren. Einige keuchten erschrocken auf, als ich näher kam und schließlich meinen Rucksack abnahm.

»Möchte jemand ein paar Sachen für die Haare oder ein bisschen Schminke?«, fragte ich so cool wie möglich, auch wenn ich innerlich zitterte.

»Wie bitte?«, fragte eines der Mädchen, als hielte sie mich für übergeschnappt.

Ich kniete mich hin, zog den Reißverschluss meines Rucksacks auf und zeigte den Berg von Daves Geschenken.

»Mein Stiefvater kauft mir so viele Sachen, dass ich sie gar nicht aufbrauchen kann«, prahlte ich, als hätte ich den besten Vater der Welt.

Die Mädchen spähten in den Rucksack; eine nach der anderen fing an, meine Geschenke herauszuziehen.

»Schaumfestiger«, staunte eine.

»Wow, du hast ja wirklich Glück mit deinem Dad«, fuhr sie neidisch fort.

Ich grinste. Mein Plan funktionierte. Die Geschenke hatten zwar ihren Preis, aber immerhin konnte ich mir damit eine Freundin kaufen, und sei es nur für einen Tag.

6

»Hilfe!«, schrie ich. »Mum, hilf mir!«

Wo steckst du? Warum hörst du mich nicht?

»Mum, hilf mir«, schrie ich so laut, dass mir der Hals brannte.

»Rettet mich denn keiner?«, wimmerte ich tränenüberströmt.

Aber niemand erhörte mich.

Ich schlug um mich und versuchte, zu entkommen, aber ich saß in der Falle.

»Nein!«, schrie ich und war plötzlich hellwach. Wo war ich? Ich keuchte. Meine Brust war wie zugeschnürt. Ich war schweißnass, und meine Laken fühlten sich eiskalt an, weil sie feucht geworden waren. Mein Traum war so real gewesen, dass ich das Gefühl hatte, noch mitten drin zu stecken. Es war die vierte Nacht in Folge, dass ich träumte, ich wäre lebendig in einem gläsernen Sarg begraben worden, in dem sich nur ein winziger Schlauch befand, durch den ich Sauerstoff bekam. Egal, wie laut ich schrie, niemand konnte mich hören. Ich wachte immer knapp vor einer Ohnmacht auf.

In den letzten neun Monaten hatte sich etwas verändert. Ich hatte schreckliche Albträume, aus denen ich oft tränenüberströmt erwachte. Früher war ich nie gereizt gewesen, jetzt hatte ich oft das Bedürfnis, auf jemanden oder etwas einzuschlagen. Auch die Schmerzen zwischen meinen Beinen waren schlimmer geworden. Manchmal waren sie so schlimm, dass ich kaum an meinem Pult sitzen konnte. Ich wusste kaum noch, wie es war, nicht ständig schreckliche Schmerzen zu haben.

Und ich konnte mit niemandem darüber reden. Mit elf war es einem einfach zu peinlich, über die Stelle zwischen seinen Beinen oder andere Sachen, die damit zu tun hatten, zu reden. Ich wusste nicht, ob eine der anderen schon ihre Periode hatte. Über solche Dinge redeten wir einfach nicht im Pausenhof. Und obwohl ich es hasste, was mein Stiefvater mit mir anstellte, wusste ich doch nicht, ob es falsch war. Ich ging immer noch davon aus, dass das alle Väter mit ihren Töchtern machten.

Doch dann kam eine Unterrichtsstunde, in der sich alles änderte.

Für mich war es unvorstellbar, mit jemanden über meine Periode zu reden. Und nun sollte eine Klasse voller Elf-und Zwölfjähriger zum ersten Mal in ihrem Leben über Sex reden. Den ganzen Morgen hatte ich die anderen dabei beobachtet, wie sie über die bevorstehende Sexualerziehung witzelten und lachten. Ich hatte keine Ahnung, wie Babys entstanden. Nach allem, was ich wusste, hätten sie genauso gut vom Storch gebracht werden können.

Unser Klassenzimmer lag im ersten Stock. Ich erinnere mich noch deutlich daran, dass man die Baumspitzen sehen konnte, wenn man aus dem Fenster sah. Unsere Lehrerin schien noch verlegener als wir. Sie lief feuerrot an, als sie kleine runde Plastiktütchen verteilte.

»Das sind Kondome«, stammelte sie. »Sie dienen als Verhütungsmittel, damit Frauen nicht schwanger werden«, fuhr sie fort und strich sich nervös die Haare hinter die Ohren.

»Was macht man denn damit?«, fragte eines der mutigeren Mädchen in der Klasse, während die anderen verlegen kicherten.

»Na ja, der Mann streift sich eines auf den Penis …«, fing die Lehrerin an.

»Igitt, das Ding ist ja schleimig«, rief eine.

»Aufgepasst«, rief eine andere, und ließ das Kondom wie einen Gummi durch das Klassenzimmer schnellen.

»Mädchen, benehmt euch«, knurrte die Lehrerin, und wir bekamen Kicheranfälle. Das Ganze war uns schrecklich peinlich.

Die Lehrerin rollte einen Bildschirm und einen Videorekorder nach vorn. Sie trug eine lange Strickjacke über einem weißen Shirt, das in einen knielangen Rock gestopft war, und flache Schuhe. Ihrer Miene nach hätte sie sich am liebsten weit von uns fort gewünscht. Sie machte sich an dem Videorekorder zu schaffen und grummelte vor sich hin, während sie die Verbindung zum Bildschirm überprüfte.

Dann räusperte sie sich vernehmlich. Wir waren immer noch damit beschäftigt, zu kichern.

»Okay!«, rief sie. »Ich zeige euch jetzt ein Video, also passt gut auf.« Sie verdunkelte den Raum und setzte sich auf eine Seite. Die Erzählstimme klang sachlich wie in einem Naturfilm.

»Wenn ein Mann und eine Frau ein Paar sind, machen sie gemeinsam ein Baby«, erklärte der Erzähler, und auf dem Bildschirm tauchte die Zeichnung eines Mannes auf, der in eine Frau eindringt.

»So werden Babys gemacht?«, fragte eine Schülerin ungläubig.

»Jawohl, und jetzt seid leise«, mahnte die Lehrerin.

Aber ich hatte genug gehört. Ich wurde kreidebleich, als mir endlich klar wurde, was mein Stiefvater die ganze Zeit mit mir anstellte. Der Raum um mich verschwamm, und mir wurde übel. Dieser Film wirkte auf mich wie ein Elektroschock, er förderte all die Erinnerungen zutage, die ich im letzten Jahr tief in mir vergraben hatte.

Ich wurde in mein Zimmer zurückversetzt, wo ich aufwachte, als Daves raue Finger meinen Rücken befummelten und mir über den Hintern fuhren. Er drehte mich auf die Seite und zog mir wie so oft die Schlafanzughose aus.

»Du bist so schön«, schmachtete er mich an. Ich ging davon aus, dass er neben meinem Bett kniete. Ich hörte, wie er mit etwas auf dem Boden herumhantierte. War das etwa wieder diese grauenhafte Creme? Ich wartete auf das Geräusch, wenn er den Deckel abschraubte, aber ich hörte es nicht. Er widmete sich wieder mir, und ich spürte seinen heißen Atem auf meinem Bauch, als er mich ausgiebig musterte. Eine Weile passierte nichts, doch dann spürte ich etwas Kaltes zwischen meinen Beinen und zuckte zusammen.

»Entspann dich«, flüsterte Dave.

Mein Herz begann zu rasen.

Er fuhr mit dem kalten Ding hin und her.

Mein Herz raste immer schneller.

Er drückte einen Knopf, und das Ding begann zu vibrieren. Es vibrierte und summte, und ich hasste es. Ich wollte, dass er damit aufhörte. Ich wollte sehen, was er mit mir anstellte, aber ich war zu verängstigt, um die Augen aufzuschlagen und ihm zu zeigen, dass ich wach war. Mich schlafend zu stellen war mein einziger Schutz.

»Magst du das?«, flüsterte er und presste den kalten Vibrator an mich.

»Das gefällt dir doch, oder?«, fragte er und schob das Ding in mich.

Schmerzen explodierten in mir. Ich hatte das Gefühl, entzweigerissen zu werden. Er fuhr mit diesem Ding auf und ab, rein und raus. Ich stellte mir vor, dass ich an einem sonnigen Tag im Park auf einer saftig grünen Wiese stand. An diese Vorstellung klammerte ich mich, bis der Schmerz so unerträglich wurde, dass ich gar nichts mehr fühlte.

Ich weiß nicht, wie lange er damit rummachte, aber es kam mir wie eine Ewigkeit vor. Schließlich stand er auf und beugte sich über mich. Ich spürte seinen feuchten Atem zwischen meinen Beinen. Er atmete so schwer, dass sein widerlicher Zigarettenatem zu mir hochwaberte. Er streckte seine schleimige Zunge raus und versuchte, mich abzuschlecken.

»Ts, ts, ts«, knurrte er gereizt, weil er seitlich nicht richtig an mich herankam.

Die Lehrerin hatte wohl etwas Lustiges gesagt, denn in meinen Flashback drängte sich lautes Gelächter. Das reichte jedoch nicht aus, um mich in die Gegenwart zurück zu holen. Das Gelächter verstummte, und ich konnte nur noch Daves schweren Atem hören.

Ich hörte, wie er wieder aufstand, und es klang, als würde er seine Hose ausziehen. *Bitte, zwing mich nicht dazu, >es< in die Hand zu nehmen!*

Mein Herz schlug so heftig, dass ich befürchtete, gleich zu explodieren.

Mein Körper verspannte sich, als ich ein anderes Geräusch vernahm. Ich spitzte die Ohren. Es klang, als würde er eine Verpackung aufreißen. Über mein Bett gebeugt streifte er sich etwas über. Das taube Gefühl in mir hatte nachgelassen, dafür hatte der Schmerz wieder eingesetzt. Und dann tat er etwas, was er bislang noch nie getan hatte: Er stieg in mein Bett, packte meine Fußgelenke mit seinen schweißfeuchten Händen und hob meine Beine hoch. Ich ließ sie wieder fallen – schließlich schlief ich. Er hob sie wieder hoch, diesmal grober, aber ich ließ sie wieder fallen.

»Na komm schon, das wird dir gefallen, hilf mir!«, fauchte er gereizt.

Dir helfen? Ich will, dass du verschwindest, hätte ich am liebsten laut geschrien. Ich hatte das schreckliche Gefühl, dass alles nur noch schlimmer werden würde. Er legte sich auf mich. Sein schwerer Körper drückte mich auf die Matratze. Sein großer Bauch quetschte meinen zusammen, seit stinkender Atem wehte mir ins Gesicht. Es war unerträglich.

Ich wollte die Beine nicht für ihn breit machten. Er drückte seinen harten Penis gegen mich, als wollte er mich aufmeißeln. Er presste immer heftiger, und schließlich schaffte er es, ihn mir in den Leib zu rammen. Ein heißer Schmerz durchzuckte mich, der immer schlimmer wurde, als Dave sich immer schneller und heftiger auf mir bewegte. Mein Körper sprang auf und ab wie bei einer Lumpenpuppe. Sein Atem wurde immer schwerer, und er drang immer tiefer in mich ein, bis er einen riesigen Grunzlaut ausstieß. Er keuchte noch ein wenig, dann löste er sich von mir und hinterließ eine dicke Schweißschicht auf meiner Haut.

Ich rutschte auf dem Stuhl im Klassenzimmer hin und her, während ich die grauenhaften Schmerzen noch einmal erlebte.

Ich hielt die Augen geschlossen, als ich hörte, wie mein Stiefvater mein Zimmer verließ, doch dann machte ich sie einen Spalt weit auf. Ich wollte unbedingt wissen, ob er noch in meinem Zimmer war. Doch er war bereits zu meiner Mutter ins Bett geschlüpft.

Ich lag wie festgeklebt auf meinem Bett und konnte mich vor Schmerzen nicht rühren. Mir war, als hätte jemand mit einem Messer in mich gestochen und mich innerlich aufgeschlitzt. Was hatte er da bloß mit mir angestellt? Endlich rappelte ich mich hoch und humpelte ins Bad. Was würde mich dort erwarten?

Wieder rutschte ich auf dem Stuhl hin und her, als mir die Schmerzen einfielen, die mich überfallen hatten, als ich versuchte zu pinkeln.

Es brannte wie heißer Zitronensaft auf einer offenen Wunde. Ich erinnerte mich daran, wie ich mich mit Klopapier abgetupft und Blut gesehen hatte. Das Bad drehte sich um mich herum, als ich zusah, wie die Flecken sich wie Tinte auf einem Löschpapier ausbreiteten.

Die Pausenglocke holte mich aus diesem Flashback. Ich keuchte, als wäre ich soeben aus einem Albtraum erwacht.

Ich weiß nicht mehr, wie oft mein Stiefvater mich schon vergewaltigt hatte, weil ich die grauenhaften Erinnerungen bis zu diesem Zeitpunkt ausgeblendet hatte. Der Groschen fiel erst an dem Tag, als ich erfuhr, was Dave mir antat, und dass das keineswegs alle Väter mit ihren Töchtern machten, sondern nur Paare, die ein Baby bekommen wollten.

Die Mädchen trampelten polternd zur Tür, aber ich hörte kaum etwas. Ich saß da wie gelähmt und fühlte mich, als wäre mir der Boden unter den Füßen weggezogen worden, als mir aufging, dass das, was mein Stiefvater mir antat, gelinde gesagt sehr, sehr falsch war.

An den Rest des Tages erinnere ich mich kaum. Ich weiß nur noch, dass die Busfahrt nach Hause mir unendlich lang vorkam. Zum Glück war niemand daheim, und ich rannte sofort zum Schrank und holte mir eine Handvoll Schokoriegel – Bounty, Twix und Mums Lieblingsriegel, Fry`s Chocolate Cream. Damit rannte ich in mein Zimmer und drehte »Eternal Flame« von den *Bangles* auf die höchste Lautstärke, um die grauenhaften Bilder aus meinem Kopf zu vertreiben.

Ich sang laut mit, obwohl mir die Tränen über die Wangen strömten.

Sobald das Lied zu Ende war, spulte ich zurück und hörte es mir wieder von vorne an. Ich wickelte die Schokoriegel auf und stopfte mir einen nach den anderen in den Mund. Ich hasste mich und wollte so fett werden, dass *er* mich auch hasste und mich dann hoffentlich endlich in Ruhe ließe.

7

Wenn sich einmal ein Riss aufgetan hat, schließt er sich nicht einfach wieder. Unser Sexualkundeunterricht hatte die Schleusen geöffnet. Ich konnte den Flashbacks keinen Einhalt gebieten, und ich besaß nicht mehr die Kraft, die frischen Erinnerungen auszublenden.

Mein Stiefvater missbrauchte mich ein Mal und manchmal auch zwei Mal die Woche, und ich wusste nicht, wie ich ihn aufhalten sollte. Meiner Mum konnte ich nichts sagen, weil wir nicht redeten; wir schrien einander nur an. In der Schule hatte ich keine Freundinnen, denen ich mich anvertrauen wollte, und selbst wenn ich welche gehabt hätte, hätte ich mich zu sehr geschämt, um ihnen mein schmutziges Geheimnis zu verraten.

Jetzt war mir auch klar, warum ich in den vergangenen Monaten so wütend gewesen war. Es kam daher, dass ich die Wahrheit fest unter Verschluss gehalten hatte. Nachdem ich erkannt hatte, was mein Stiefvater mit mir anstellte, war ich wütender als je zuvor. Verzweifelt sehnte ich mich danach, gerettet zu werden, und tat deshalb alles, um Aufmerksamkeit zu erregen. Ich wurde zum Klassenclown und provozierte die Lehrerinnen genauso, wie ich es bei meiner Mutter tat. Wenn ich eine Frage beantworten sollte, wartete ich mit einer sarkastischen Erwiderung auf.

»Tina, was ist die Hauptstadt von England?«, fragte die Lehrerin.

»Romford natürlich, Miss«, antwortete ich grinsend.

Die Klasse brach in schallendes Gelächter aus; mir machte es Spaß, möglichst ernst dreinzuschauen.

»Sehr schlau, Tina. Aber du tust dir damit keinen Gefallen«, erwiderte die Lehrerin gereizt und wandte sich wieder der Tafel zu.

Wie kann sie es wagen, mir den Rücken zuzukehren? Wut stieg in mir auf.

»Als schlau haben Sie mich noch nie bezeichnet«, provozierte ich sie.

»Es reicht, Tina!«, fauchte sie.

Mir reichte es jedoch noch nicht, ich wollte sie dazu bringen, sich umzudrehen und mich anzuschauen.

»Aber Miss …«, fing ich an. Doch bevor ich den Satz beenden konnte, schleuderte sie mir ein Stück Kreide an den Kopf.

»Autsch!«, kreischte ich, und meine Mitschülerinnen verstummten. Es tat richtig weh, aber ich war froh, mein Ziel erreicht zu haben und im Mittelpunkt zu stehen. Bald hatte die neue Tina zwei Freundinnen. Die beiden, die zu den rebellischeren Mädchen meines Jahrgangs gehörten, fragten mich, ob ich in der Pause mit ihnen rauchen wollte. Dazu verzogen sie sich immer hinter den Schulzaun. Ich befürchtete, dass sie mich durchschauen würden, wenn ich nicht mitmachte. Also versuchte ich, möglichst vor ihnen zu prahlen, weil ich mich unbedingt an sie klammern wollte.

»Hast du schon mal geraucht?«, fragte Sarah und lehnte sich lässig an den Zaun. Sie war ziemlich groß und schlaksig.

»Na klar«, schwindelte ich. Dabei hasste ich schon allein den Rauch, weil er mich an »ihn« erinnerte.

»Na, dann zieh doch mal«, sagte Sarah und reichte mir ihre Zigarette. Es kam mir wie eine Prüfung vor, denn die beiden beobachteten mich ganz genau. *Reiß dich zusammen, Tina, vermassel das jetzt bloß nicht,* mahnte mich eine innere Stimme. Auch ich lehnte mich lässig an den Zaun und setzte meine beste Böse-Mädchen-Miene auf, dann inhalierte ich den Rauch, so tief ich konnte.

Sogleich fing ich schrecklich an zu husten. Ich lief tiefrot an, während die zwei sich anschauten, als wollten sie sagen, dass sie sich das ja gleich gedacht hatten.

»Was raucht ihr denn da?«, fragte ich, als ich mich ein wenig erholt hatte, und verzog das Gesicht, als sei die Zigarettenmarke daran schuld. Ich war so wild entschlossen, von den beiden als Freundin angenommen zu werden, dass ich noch einmal an der Zigarette zog und es diesmal schaffte, den Hustenreiz zu unterdrücken, auch wenn mein Hals schrecklich brannte.

»Wir verstecken uns gern hier hinten«, erklärte Kelli, die dunkle Haare und ein rundes Gesicht hatte. »Zumindest sind wir dann weit weg von den blöden Lehrerinnen, die uns ständig sagen, was wir tun sollen«, grummelte sie.

»Ja, ich kann es auch nicht leiden, wenn man mir sagt, was ich tun soll«, pflichtete ich ihr bei und kickte ein Steinchen über den Rasen, um zu zeigen, wie cool ich war. Ich wollte einfach nur gemocht werden und dazugehören.

Am Ende meines ersten Jahres in der Sekundarstufe hatte ich den Ruf weg, eine ungezogene Göre zu sein, vor deren Wutanfällen man sich in Acht nehmen musste. Die Mädchen hatten mir den Spitznamen *Tinanator* gegeben, nach Arnold Schwarzenegger in *Terminator*, weil ich um mich schlug, sobald mich jemand ärgerte. In meinem Schlafzimmer konnte ich mich nicht wehren, und deshalb ließ ich meiner Wut in der Schule freien Lauf.

Eines Vormittags regnete es so heftig, dass wir in der Pause im Klassenzimmer bleiben durften. Wie im Pausenhof bildeten sich kleine Grüppchen, nur war es hier viel leichter, zu hören, was die anderen tuschelten. Ich stopfte mir den Bauch mittlerweile täglich mit Sandwiches voll, die ich mit Chips angereichert hatte, und hatte mein Pausenbrot sowie einen Schokoladenpudding auf mein Pult verteilt. Eine von Donnas

Freundinnen rempelte mich an, ich fiel vom Stuhl, mein Chips-Sandwich fiel mir aus der Hand.

»Ich hab dich nur davor bewahren wollen, noch fetter zu werden«, meinte sie höhnisch und stolzierte wie ein Pfau davon.

Ich starrte auf die auf dem Boden verstreuten Chips und dann auf sie. Plötzlich sah ich nur noch rot und stürzte mich wie ein wild gewordener Stier auf sie. Mein Sichtfeld verengte sich zu einem schmalen Tunnel. Ich ballte die Faust, um sie ihr ins Gesicht zu schlagen, stolperte jedoch über ein Stuhlbein. Die Wucht meines beabsichtigten Angriffs war so immens, dass ich mit vollem Karacho zu Boden ging. Der Raum um mich herum verdüsterte sich, dann wurde mir schwarz vor Augen.

»Tina, wach auf«, rief mir jemand ins Ohr.

»Wach auf«, ertönte eine andere Stimme. Sie klang meilenweit weg. Ich kam mir vor, als würde ich über mir schweben und auf meinen Körper herabblicken.

»Wach auf!«

Endlich schlug ich die Augen auf. Ich muss etwa zwanzig Sekunden lang bewusstlos gewesen sein, aber mir kam es wie eine Ewigkeit vor. Ein halbes Dutzend Mädchen starrte mich an.

»Alles in Ordnung?«, fragte eine Klassenkameradin. Sie wussten nicht, wie hoch meine Schmerzschwelle war. Ich fühlte mich so ruhig, dass ich mir gar nicht mehr erklären konnte, woher all meine Wut gekommen war. Es war, als steckte ein Monster in mir, das zum Vorschein kam, wenn ich Schutz brauchte. Und je schlimmer Daves Berührungen wurden, desto höher hob das Monster sein hässliches Haupt.

Die knallharte Tina war mein Schutzschild, aber in Wahrheit war ich nicht so. In Wahrheit war ich ein unglaublich einsames kleines Mädchen, das fast jede Nacht weinte und sich eine ganz normale Kindheit wünschte. Mir wurden die einfachsten Dinge vorenthalten, die die anderen Mädchen für selbstverständlich hielten. Ich konnte nach der Schule keine Freundinnen besuchen, weil ich Hausarbeiten erledigen musste. Ich konnte auch keine Freundinnen zu mir einladen, weil ich mich meiner Familie schämte und vor ihr Angst hatte.

Dennoch wollte ich unbedingt ein Mal so sein wie die anderen in meinen Alter, wenigstens ein einziges Mal. Eines Nachmittags lud ich Liz und Mel zu mir ein, denn ich wusste, dass Dave und Mum erst etwas später heimkommen würden. Eigentlich hätte ich mir denken können, dass ich den Versuch, aus meinem Gefängnis auszubrechen, schwer würde büßen müssen.

Vor Kurzem war ich zwölf geworden und spielte mit großer Freude die Dame des Hauses. Ich schenkte den Mädchen Orangensaft ein und bot ihnen an, sich etwas von Mums Schokoriegelauswahl zu nehmen. Ich wollte unbedingt den Eindruck erwecken, dass meine Freundschaft wertvoll war, weil ich viel zu bieten hatte.

»Nehmt euch, was ihr wollt«, bot ich an und öffnete meine Geheimschublade mit Daves Geschenken.

»Wow, Tina, wie gut hast du es denn!«, staunte Mel.

»Dieser Lidschatten steht dir bestimmt hervorragend«, meinte ich und reichte ihr einen. Ich lächelte, als sie das Schächtelchen öffnete und sich etwas aufs Lid schmierte. Ich hasste mich so sehr, dass ich glaubte, das einzige, was für mich sprach, waren die Geschenke, die ich verteilen konnte. *Ich bin hässlich. Warum sollten die anderen ihre Zeit mit mir vergeuden, wen ich ihnen nichts bieten kann?*

»Sollen wir noch was spielen?«, schlug ich vor. Ich wollte nicht, dass sie schon gingen.

»Welche Spiele hast du denn?«, fragte Mel und wühlte weiter in meiner Schublade herum.

»*Blockbuster* zum Beispiel.« Ich holte die Schachtel aus dem Regal.

»Ich würde am liebsten *Vier Gewinnt* spielen«, quietschte Liz und strich sich die schwarzen Locken aus der Stirn.

Ich baute das Spiel im Wohnzimmer auf und ließ die beiden anfangen, während ich das Essen auf den Herd stellte. Die Angst vor dem, was Mum tun würde, wenn kein Essen auf dem Tisch stünde, zog mich in die Küche.

»Wollt ihr noch einen Saft?«, rief ich ihnen zu, während ich rasch ein paar Kartoffeln und etwas Gemüse aufsetzte. »Warum kann ich nicht wenigstens einen Abend frei haben?«, murrte ich halblaut.

»Tina, du bist dran«, rief Mel. Ich setzte mich zu ihnen auf den Fußboden im Wohnzimmer. Ich konnte mich nicht mehr daran erinnern, wann ich zum letzten Mal ein Spiel gespielt hatte. Es fühlte sich richtig komisch an, etwas Lustiges zu machen, so, als ob es falsch wäre, Spaß zu haben.

»Hey, du Miststück«, kreischte Mel, weil ich die erste war, die vier Spielsteine in eine Reihe angeordnet hatte.

»Hey, du hast verloren«, freute ich mich und fing an, mich richtig wohlzufühlen. Eine Stunde lang war ich wieder ein Kind, und die Last fiel von meinen Schultern ab. Ich dachte weder an das, was Dave mit mir anstellte, noch daran, dass Mum mich hasste und ich ständig mit Blake stritt – ich hatte einfach nur Spaß mit meinen Freundinnen. Gerade feierte ich meinen vierten Sieg in Folge, als ich jäh in die Wirklichkeit zurückgeholt wurde.

»Brennt hier was an?«, fragte Mel schnüffelnd.

»Das Abendessen!«, kreischte ich, sprang hoch und rannte in die Küche, in der eine dicke Rauchwolke hing. Panisch überprüfte ich den Schaden – ich hatte Mums nagelneue Töpfe anbrennen lassen.

»O nein!«, schrie ich und fing an, die Töpfe heftig mit Seifenwasser zu schrubben.

»Sag deiner Mum doch einfach, dass es ein Versehen war«, versuchte Mel mich zu beruhigen.

»Das verstehst du nicht. Sie wird völlig ausrasten«, fauchte ich. Wenn ich nicht von Wut übermannt wurde, dann war es die Angst, die mich fest in Griff hatte. Ich verbrachte mein Leben nur noch zwischen diesen beiden Polen und fühlte mich völlig erschöpft. Ich bat meine Freundinnen, zu gehen, bevor Mum heimkam. Sie verabschiedeten sich nervös und ließen mich an der Spüle stehen.

»Bitte, verschwindet«, flehte ich die dunklen Stellen auf den Topfböden an und versuchte, sie mit den Nägeln abzukratzen. »Bitte!«, wimmerte ich. »Ich verspreche auch, nie mehr jemanden einzuladen.« Ich schrubbte, bis ich meine Arme nicht mehr spürte, aber die Form der Kartoffeln war immer noch auf dem Topfboden zu sehen.

»Das ist nicht fair«, schrie ich und schleuderte den Schwamm quer durch die Küche. Ich sank auf den Boden, zog die Knie an die Brust und schaukelte hin und her. Tränen fielen auf meine Schuluniform und klebten mir die strähnigen Haare auf die Wangen.

Es war sinnlos, zu warten, bis meine Mum mich in diesem Zustand antraf. Sie würde ohnehin nicht das geringste Mitgefühl aufbringen. Besser war es, aufzustehen und sich gegen ihre Schläge zu wappnen. Als sich der Schlüssel im Schloss drehte, legte ich meine Rüstung an.

»Was zum Teufel stinkt hier so?«, fauchte Mum und trat hustend in den Flur. »Tina?«, rief sie vorwurfsvoll.

Ich stand in der Küche mit dem Rücken zur Spüle, die Arme nervös hinter mir verschränkt. Mum beäugte mich mit einem scheelen Blick.

»Ich hatte eine Art Unfall«, sagte ich gesenkten Hauptes.

»Was soll das heißen?«, fauchte sie.

»Ich habe das Gemüse zu lang gekocht, und jetzt gehen

die verbrannten Stellen nicht mehr aus den Töpfen weg«, murmelte ich.

Sie schob mich von der Spüle weg und untersuchte den Schaden, dann wirbelte sie herum und gab mir eine heftige Ohrfeige.

»Du blöde Kuh!«, fauchte sie.

Ich drückte eine Hand auf die brennende Wange und kämpfte gegen meine Tränen an.

»Du verdammte Idiotin, kannst du denn niemals was richtig machen?«, brüllte sie. In ihre Augen trat ein bedrohliches Funkeln. Ich wich nach hinten aus, als sie zum nächsten Schlag ausholte, und rannte nach oben in mein Zimmer.

»Verdammtes kleines Miststück!«, kreischte sie mir nach.

Ich warf mich aufs Bett, vergrub den Kopf im Kissen und schlug mit den Fäusten auf die Matratze. Ich hatte das Gemüse ja nicht absichtlich anbrennen lassen, ich hatte doch nur ein bisschen Spaß mit meinen Freundinnen haben wollen. Schließlich zog ich meine Schublade auf und holte mir eine Handvoll Schokolade heraus. Ich legte mich auf die Seite und stopfte mir ein Stück nach dem anderen in den Mund. Der Zuckerschock war tröstlich, zumal ich wusste, dass ich an diesem Abend sonst nichts mehr zu essen bekommen würde.

Als Dave mir sagte, dass er mich am kommenden Wochenende zu einer langen Tour mitnehmen wollte, wehrte ich mich nicht. Ein Hamburger und Pommes waren besser, als von meiner Mutter geschlagen zu werden. Ich konnte nicht mehr sagen, was mir den meisten Schmerz verursachte. Wenn Mum gemein zu mir war, wandte ich mich an Dave, weil er der Einzige war, von dem ich mich gemocht fühlte. Ich war richtig abhängig von seinen Süßigkeiten und Aufmerksamkeiten geworden und von dem, was ich für Liebe hielt. Ich trottete mit meinem Schlafsack und dem Schlafanzug im Arm ins Erdgeschoss und fand mich mit dem ab, was mich erwartete. Dave hatte mich bislang nur in meinem Zimmer berührt. Ich konnte also nur hoffen, dass sich das Ritual nicht verändern würde.

Mum lag auf der Couch und schlürfte Tee. Sie hob kaum den Blick, um uns zu verabschieden.

»Bis später«, meinte sie nur und starrte weiter auf den Fernseher.

Ich hatte noch einen richtigen Hass auf sie, weil sie mich geschlagen hatte, als ich die Töpfe hatte anbrennen lassen, aber gleichzeitig wünschte ich mir, dass sie mich rettete. Ich wollte, dass sie aufsah und ihren Mann fragte, warum er mich zu einer Übernachtungstour mitnahm und nicht Blake oder Jonathan.

Schau mich an!, schrie ich innerlich und drückte den Schlafsack an die Brust.

»Viel Spaß«, murmelte sie gleichgültig. Mein Hoffnungsschimmer verglühte.

Ich kletterte in die Fahrerkabine und warf meinen Schlafsack auf das schmale Bett hinter den Sitzen. Das Duftbäumchen am Rückspiegel verströmte ein widerlich süßes Vanillearoma. In den Seitenfächern steckten leere Zigarettenschachteln und allerlei sonstiger Verpackungsmüll, und der Aschenbecher quoll über. Wir mussten für diese Lieferung das ganze Land durchqueren. Dave sagte mir, dass er bei einigen seiner neuen Routen sogar zwei Mal unterwegs übernachten müsse. Ich fragte ihn, ob er sich dann nicht einsam fühlte.

»Es ist besser, als deiner Mum beim Schimpfen zuzuhören«, erwiderte er und ahmte mit der Hand ihren großen Mund nach.

Er schien ihre Schreierei ebenso satt zu haben wie ich. Oft fragte ich mich, warum er sich diese Behandlung gefallen ließ. Warum ging er nicht einfach, wie es mein richtiger Dad getan hatte? Als Kind begriff ich noch nicht, dass er wahrscheinlich meinetwegen blieb.

Wir waren stundenlang unterwegs, doch die Zeit ging rasch vorüber. Er stellte das Radio an, und ich döste auf dem Beifahrersitz und freute mich auf unsere Tankstellenabstecher, weil Dave mir dann Eis und Limonade kaufte.

Als es dunkel wurde, kletterte ich über die Sitze, um mir den Schlafanzug anzuziehen. Ich legte mich dazu auf das schmale Bett, damit Dave mich nicht im Rückspiegel beim Umziehen beobachten konnte.

»Du kannst dort schlafen, ich schlafe hier vorn«, verkündete Dave. Ich zog meinen Schlafsack eng um mich wie einen schützenden Kokon. In die Fahrerkabine fiel Scheinwerferlicht, aber ich schlief trotzdem rasch ein. Als ich aufwachte, parkten wir in einer Lastwagenbucht irgendwo am Rand einer Tankstelle.

Ich war sofort hellwach, als ich hörte, wie Dave ächzend und stöhnend versuchte, seinen schweren Körper über die Sitzbank zu wuchten.

Schließlich tastete er meinen Schlafsack ab und zog den Reißverschluss auf. Ich hielt die Augen fest geschlossen. Ich konnte es nicht ertragen, ihm dabei zuzuschauen, wie er sich auf mich stürzte. Er fummelte an meinem Schlafanzug herum und zerrte mir die Hose herunter. Ich hielt den Atem an und wartete auf seinen nächsten Angriff.

Er hustete laut, und der Schleim, den er dabei zutage förderte, landete auf meinem Gesicht.

Ich wollte ihn wegwischen, aber ich tat ja immer noch so, als schliefe ich. Also verharrte ich reglos auf der schmalen Matratze. Er steckte grob ein paar Finger in mich.

Dann hörte ich, wie eine Gürtelschnalle geöffnet wurde und er sich die Hose auszog. Als nächstes riss er ein Päckchen auf – ein mittlerweile schon vertrautes Geräusch, das mir sagte, dass das Schlimmste gleich kommen würde. Endlich kletterte er über die Sitzbank und landete mit seinem vollen Gewicht auf mir. Auf diesem Bett gab es kaum genug Platz für eine Person, geschweige denn für mich und diesen Fettwanst. Er presste seinen harten Schwanz an mein Bein. Ich spürte, wie frustriert er war, dass er nicht richtig an mich rankam. Schließlich drängte er meinen schlaffen Körper gegen die Wand der vorderen Bank und versuchte, auf diese Weise in mich einzudringen.

Er rammte mir mit aller Kraft seinen Penis zwischen die Beine und schaffte es tatsächlich, ihn in mich zu schieben. Dann fing er an zu rammeln. Mein Kopf baumelte über die Sitzbank, während Dave mit aller Kraft in mich stieß. Ich hielt die Augen immer noch fest geschlossen. Ich konnte ihn einfach nicht anschauen, denn das hätte diesen Albtraum zu wirklich werden lassen.

Schließlich zog er sich aus mir zurück. Offenbar war ihm klar geworden, dass er mir den Hals brechen würde, wenn er so weitermachte. Er zerrte an seinem Penis herum und fing an zu grunzen, während ich auf das Bett zurücksank. Mein Oberteil war nach oben geschoben, mein Höschen und meine Schlafanzughose ballten sich um meine Fußgelenke. Ich fühlte mich schrecklich schmutzig, beschämt und hilflos. Er machte ungerührt weiter, sein Grunzen wurde immer lauter, bis er schließlich laut ächzte und eine dicke, warme Flüssigkeit auf mich spritzte. Es lief an meinen Beinen hinab. Er holte sich ein Tuch aus der Fahrerkabine und säuberte mich grob. Dann kletterte er auf den Vordersitz zurück. Ich zog mir sofort das Höschen und die Schlafanzughose an und wickelte mich in meinen Schlafsack. Die Schmerzen in meinem Nacken waren diesmal schlimmer als die in mir drin. Ich umklammerte ihn mit beiden Händen und hoffte inständig, bald einschlafen zu können.

Jedes Mal, wenn ich mich rührte, wachte ich von den bohrenden Schmerzen in meinem Nacken auf. Die Scheiben der Fahrerkabine waren angelaufen von Daves schwerem Atem. Der Mond sah aus, als hinge eine dichte Nebelschicht vor ihm. Ich schlummerte wieder ein und wurde erst wach, als der Motor angelassen wurde.

»Ich habe dir ein Frühstück besorgt.« Dave reichte mir einen McMuffin, als sei nichts passiert. Der Schmerz in meinem Nacken erinnerte mich an den Horror der vergangenen Nacht, aber Dave blieb stumm, als er bemerkte, wie ich mir den Nacken rieb.

»Danke«, meinte ich nur. Das war meine Belohnung dafür, dass ich in der Nacht nicht laut geschrien hatte.

Wir nahmen sofort wieder unsere Vater-Tochter-Beziehung auf, in der die nächtlichen Ereignisse mit keinem Wort erwähnt wurden. Es war mir sogar ganz recht, dass er alles unter den Teppich kehrte. Mir wurde nämlich schon allein bei dem Gedanken übel, dass er mit mir über die Dinge sprechen könnte, die er so gern mit mir anstellte. Ich dachte, ich würde es nur überleben, wenn es ein Geheimnis bliebe. Wäre ich doch schon so reif gewesen, dass ich verstanden hätte, dass ich durch mein Schweigen meine Folterqualen nur verlängerte …

Dave drehte am Radio herum, bis ein Lied kam, das ihm gefiel. Er lehnte sich zurück und klopfte mit den Fingern aufs Lenkrad im Takt mit seiner Lieblingssängerin, Enya. Ein Lächeln stahl sich auf sein Gesicht. Mum hasste Enya, und Dave konnte ihre Lieder nur hören, wenn sie schon im Bett war. Ich presste die Hand auf meinen Nacken, während er sorglos durch die Gegend kurvte.

Ich hatte mich zwar vierundzwanzig Stunden kaum bewegt, war aber trotzdem todmüde, als wir nach Hause kamen. Jetzt tat mir alles weh, und ich wollte nur noch ins Bett und am nächsten Morgen mit weniger Schmerzen aufwachen. Mum saß wieder auf ihrem Lieblingsplatz und fragte mich nicht, wie die Fahrt gewesen war. Ich humpelte gleich in mein Zimmer.

»Räum sofort deinen Schlafsack auf, sonst ...«, schrie sie mir nach.

Ihre Worte prallten an meiner Rüstung ab. Ich hatte nicht die Kraft, ihr etwas zu erwidern. Erleichtert seufzte ich auf, als ich meine Zimmertür zuzog und den Rest der Welt aussperrte. Vergeblich warf ich mich auf der Suche nach einer bequemen Lage auf dem Bett hin und her. Schließlich kochte die Wut in mir hoch, ich strampelte die Decke ans Fußende und hämmerte auf die Wand ein. Leider verschaffte mir das nicht die übliche Erleichterung. Ich spürte, wie das Monster in mir an meiner Haut zupfte und herauswollte. Zornerfüllt schrie ich auf und begann, mit den Fäusten auf meine Oberschenkel einzuschlagen. Es tat zwar so weh, dass ich zu weinen begann, verschaffte mir aber auch eine unendliche Erleichterung. Ich konnte gar nicht mehr damit aufhören und wollte auf meiner nackten Haut weitermachen. Also schob ich mir die Jeans bis zu den Knien herunter und schlug mit aller Kraft auf meine nackten Oberschenkel ein.

Klatsch.

Es klang wie bei Blake, wenn Dave auf ihn einschlug.

Klatsch. Meine Haut fing an zu brennen.

Klatsch. Der Wut und der Schmerz, die in mir vergraben waren, sickerten langsam aus mir heraus.

Meine Haut war zwar knallrot, aber ich konnte wieder freier atmen. Ich zog meinen Schlafanzug an, um die aufkommenden Blutergüsse zu verbergen, schlüpfte unter die Decke schlief ein.

8

Bei jedem Schritt zusammenzuckend, humpelte ich durch die Tür unseres neuen Hauses in Rush Green. Obwohl wir erst seit einer Woche an der Meadow Road wohnten, hatte Mum es sich bereits wieder auf ihrem geliebten Sofa gemütlich gemacht.

»Autsch«, kreischte ich, als ich versuchte, die Stufen hochzusteigen.

Mum warf einen Blick auf mich und verzog das Gesicht, als wolle sie sagen: »Was ist denn jetzt schon wieder?«

»Aua«, heulte ich auf.

»Warum jammerst du denn so rum?«, fragte sie mürrisch.

»Ich glaube, ich hab mir beim Aussteigen aus dem Bus den Knöchel verrenkt«, wimmerte ich.

»Komm her!«, knurrte sie.

Ich humpelte durchs Wohnzimmer. Sie rollte meine Jeans hoch, um den Schaden zu begutachten.

»Aua«, kreischte ich laut.

»Himmel noch mal, Flossy, das hat mir jetzt gerade noch gefehlt. Dave ist noch nicht da, also werde wohl ich dich ins Krankenhaus fahren müssen«, stöhnte sie. »Wo sind meine verdammten Kippen? Ohne die gehe ich nicht aus dem Haus«, fuhr sie fort und tastete am Boden nach der Schachtel.

»Tut mir leid, Mum, das wollte ich nicht«, jammerte ich und strengte mich an, auf einem Bein zu balancieren.

»Es wird dir noch richtig leidtun, wenn du jetzt nicht sofort ins Auto steigst. Also los, setz dich in Bewegung.« Sie schubste mich zur Tür. Stumm fuhren wir zur Notaufnahme des Oldchurch Hospital. Innerlich lächelte ich. Heute Abend würde ich nicht kochen müssen, und ich hatte Mums ungeteilte Aufmerksamkeit.

Wir hockten bestimmt zwei Stunden in dem heißen, stickigen Warteraum. Mum jammerte ununterbrochen, weil sie mit mir ihre kostbare Zeit vergeudete und weil ihr die Leute neben uns auf die Nerven gingen, aber das war mir egal. Ich freute mich, sie endlich einmal ausschließlich für mich zu haben. Selbst wenn sie mich angeschrien hätte, hätte ich mich gefreut.

»Tina«, rief der Arzt mich auf. Ich bat Mum mit einem Blick, mich zu begleiten. Sie seufzte tief, dann wuchtete sie sich hoch. Wir wurden in einen kleinen Raum geführt, der mit einem blauen Plastikvorhang von den anderen abgetrennt war und genauso aussah wie der, in dem ich vor sechs Jahren gelegen hatte, als Mum mir die Jacke an den Kopf geworfen und ich mir den Kopf aufgeschlagen hatte.

»Also, wo tut es dir weh?«, fragte der Arzt mitfühlend.

»Am Knöchel«, murmelte ich. Ich lief rot an und konnte ihm nicht in die Augen sehen. Ich hätte nie gedacht, dass meine Lüge so weit führen würde. Ich hatte nämlich entdeckt, dass mein Fuß etwas geschwollen wirkte, wenn ich ihn in einem bestimmten Winkel drehte, und ich wollte herausfinden, ob ich damit die Aufmerksamkeit meiner Mutter erregen konnte. Ich war so froh gewesen, als mir das gelungen war, dass ich gar nicht darüber nachgedacht hatte, was passieren würde, wenn ein richtiger Arzt mich untersuchte.

»Autsch«, log ich, als er an meinem Knöchel herumdrückte. Er verzog überrascht das Gesicht, dann tastete er noch einmal.

»Aua«, schrie ich und zog mein Bein weg.

Ich übertrieb meine Schmerzen so glaubhaft, dass der Arzt meinte, ich hätte mir wohl den Knöchel verrenkt, und mich mit Krücken heimschickte. Mum ließ mich auf dem Sofa sitzen und stellte einen Stuhl mit einem Kissen vor mich, auf das ich mein Bein legen sollte. Ich schwebte im siebten Himmel.

»Mum, kann ich einen Saft haben?«, fragte ich und setzte meinen besten Welpenblick auf.

»Hol dir doch einen«, knurrte Blake. Er schäumte über vor Eifersucht wegen all der Aufmerksamkeit, die mir zuteil wurde.

»Wie soll ich das machen?«, fragte ich und deutete auf meinen Knöchel.

»Lass deine Schwester in Ruhe«, schrie Mum und holte mir ein Glas Saft. Es war besser als alles, was ich mir vorgestellt hatte. Vielleicht liebte mich Mum ja doch? Mehr wollte ich gar nicht wissen, als dass sie irgendwo in ihrem Herzen froh war, mich als Tochter zu haben; dass sie mich vermisste, wenn Dave mich auf seine langen Touren entführte; dass es ihr eigentlich gar nicht recht war, dass Dave mich überhaupt mitnahm.

Ich hatte noch immer die Hoffnung, dass meine Mutter mich retten würde.

Aufmerksamkeit ist wie eine Droge. Je mehr man bekommt, desto mehr will man haben. Ich war richtig süchtig danach. Endlich hatte ich es geschafft, dass meine Mutter mich bemerkte, und ich wollte noch mehr Zuwendung.

»Mum«, rief ich aus meinem Zimmer.

Nichts.

»Muuuum!«, kreischte ich laut.

Nichts. Ich stand auf und stellte mich an die Tür.

»Kann ich noch einen Saft haben?«, schrie ich.

»Nein, du bist schon im Bett, schlaf jetzt«, erwiderte sie endlich. Ich humpelte erst seit ein paar Tagen mit meinen Krücken herum, doch sie verlor bereits das Interesse an mir.

Ich wollte nicht auf das bisschen Aufmerksamkeit verzichten und war völlig verzweifelt, als sie mir wieder entglitt.

Klatsch! Ich schlug mit den Fäusten auf meine Beine ein. *Klatsch! Klatsch! Klatsch!* Ich konnte die Angst in mir nicht kontrollieren und lenkte mich durch die Schläge davon ab. Meine Beine waren immer noch blaurot vom letzten Mal, als ich mich geschlagen hatte, aber die Blutergüsse waren ein richtiger Trost. Schließlich begann ich, auf mein Kissen einzuschlagen, bis ich keine Kraft mehr hatte.

Meine vorgetäuschte Knöchelzerrung brachte mir bei meiner Mutter nichts mehr ein, doch wider Erwarten führte sie dazu, dass mein Stiefvater mich den Rest der Woche in Ruhe ließ. Damit hatte ich gar nicht gerechnet, weil er immer so wirkte, das ließen ihn die Schmerzen, die er mir zufügte, völlig kalt. Fieberhaft überlegte ich, was ich noch tun könnte, um ihn mir vom Leib zu halten. Mein Schlafanzug behinderte ihn zwar ein bisschen, aber er war keine Abschreckung. So zu tun, als schliefe ich, brachte überhaupt nichts.

Plötzlich fiel mir etwas ein, und ich fing an zu lächeln. Den ganzen Tag lang hatte ich mir den Kopf darüber zerbrochen, jetzt hatte ich eine Lösung.

Mein neues Zimmer in Rush Green war größer als mein letztes, und mein Fenster führte auf einen grünen Sportplatz hinaus. Am Samstagmorgen wurde ich von jubelnden Fans geweckt, und als ich aus dem Fenster spähte, entdeckte ich große, kräftige Rugby-Spieler aus Barking und dem Dagenham Club, die auf dem Spielfeld herumrannten. Auf dem Boden meines Zimmers lag ein rosafarbener Teppich, an den Fenstern hingen passende Vorhänge, und mein Bett war mit einem weißen, geblümten Volant verziert – ein richtiges Kleinmädchenzimmer. So ein Zimmer hätte mir früher, vor meinem zehnten Geburtstag, gut gefallen, aber mittlerweile kam ich mir überhaupt nicht mehr wie ein kleines Mädchen vor.

Das Zimmer lag gegenüber dem Bad und neben Blakes und Jonathans Zimmer, danach kam Daves und Mums Zimmer. Es lag also so weit von dem meiner Mutter entfernt, dass Geräusche wohl kaum bis zu ihr durchdrangen. Anders als bei unserem letzten Haus machte ich mir bei diesem Haus keine Hoffnung mehr, dass ein neues Haus auch einen Neubeginn bedeuten würde.

Mitten in der Nacht wachte ich auf, weil die Tür aufging. Ich war noch nicht an all die Geräusche und Gerüche des neuen Hauses gewöhnt. Aus irgendeinem Grund fiel Licht in mein Zimmer, obwohl das Fenster nicht auf die Straße führte. Das Licht war so hell, dass ich sehen konnte, wie mein Stiefvater nackt bis auf die Unterhose durch mein Zimmer schlich. Ich schloss die Augen und wartete auf seine Berührungen. Ich roch es an seinem Atem, dass er eine Menge getrunken hatte, und auch seine Haut dünstete Alkohol aus. Dave und Mum hatten zusammen mit Tony und Sue, einem Paar, das in der Nähe wohnte, zusammengesessen und getrunken. Mum war wohl schon im Bett, und Dave wollte auf dem Weg dorthin noch bei mir vorbeischauen.

Er kniete sich ans Bett und zog mir die Decke weg. Ich hatte keine Zeit mehr, mich umzudrehen, er konnte sich also gleich an mir zu schaffen machen. Als Erstes streifte er mir die Schlafanzughose herunter. Ich lag da wie ein Stein und war zum ersten Mal nicht sicher, was als Nächstes passieren würde.

»Ts«, zischte er gereizt, als er in meine Unterhose griff, dann stand er auf und ging. Ich konnte wieder atmen. Ich wartete, bis er sich ins Ehebett gelegt hatte, dann schlich ich ins Bad und stellte ein Bein auf den Toilettensitz.

»Autsch.« Es tat weh, den trockenen Tampon aus mir zu ziehen. Nachdem ich mich – nur für den Fall, dass Dave es sich anders überlegt hatte - vergewissert hatte, dass die Binde, die ich in mein Höschen geklebt hatte, noch gut saß, zog ich mir das Höschen wieder an.

So zu tun, als hätte ich noch meine Periode, war das einzige Abschreckungsmittel, das mir eingefallen war. Dave ließ mich immer in Ruhe, wenn ich blutete. Sobald er die Binde in meinem Höschen gespürt hatte, hatte er den Rückzug angetreten. Wie lange konnte ich wohl so tun, als hätte ich meine Periode? Ich hoffte, dass die Binden reichen würden, um dieses Spiel noch eine weitere Woche zu spielen. Mum beauftragte Dave stets, die extra starken Binden zu kaufen. Es war zwar schrecklich, mit so einer dicken Binde in der Hose im Bett zu liegen, aber es war tausend Mal besser als die Alternative.

Zwei Wochen hatte ich meine Ruhe. Dave kam zwar in mein Zimmer, um nachzuschauen, zog dann aber ergrimmt, weil er nicht bekommen konnte, was er wollte, wieder ab. Doch dann ließ er sich noch eine andere Verwendung für mich einfallen. Er drehte meinen Körper zu sich und zog sich die Hose aus. Beim Gestank seiner Lenden wurde mir speiübel, aber ich stellte mich wie immer schlafend. Er packte mich mit seiner schweißfeuchten Hand am Kinn, drückte meine Wangen zusammen wie einen Schraubstock und zwang mich damit, den Mund aufzumachen. Ich wollte kreischen, aber kein Ton kam mir über die Lippen. Ich hatte meine Stimme schon vor vielen Jahren verloren. Er stieß mir seinen Penis so tief in den Mund, dass ich kaum noch atmen konnte. Der salzige Geschmack, der Gestank, keine Luft – meine Übelkeit wurde immer stärker. Er stieß ihn mir immer tiefer in den Mund. Ich würgte, warf den Kopf zurück, drehte mich um und vergrub den Kopf in meinem Teddy.

Seine Augen durchbohrten meinen Rücken. Würde er es noch einmal versuchen? Bitte nicht!

Eine Weile blieb er seufzend vor mir stehen. Ich klammerte mich an meinen Teddy, als ob mich der retten könnte. Schließlich wandte er sich ab. Rasch vergewisserte ich mich, dass er wirklich weg war, dann rannte ich ins Bad und spülte mir den Mund aus. Schon allein bei dem Gedanke daran, was er soeben mit mir angestellt hatte, musste ich wieder würgen. Ich drückte eine Riesenmenge Zahnpasta auf meine Zahnbürste und bürstete mir die Zähne, die Zunge und den Gaumen so heftig, dass es anfing zu bluten. Als ich den Wasserhahn aufdrehte und zuschaute, wie das Wasser das Blut in den Abfluss spülte, fragte ich mich, wie meine Mum es schaffte, all diesen Lärm zu überhören. Hörte sie in diesem Moment, dass ich im Bad war? Aber ich spülte meine Gedanken mit dem Blut in den Abfluss; denn wenn ich weiter darüber nachgedacht hätte, hätte ich nie mehr in den Schlaf gefunden. Mein Leben drehte sich nur noch ums Überleben.

Meine Periode war mittlerweile ein wahrer Segen, aber ich wagte es nicht, länger als zwei Wochen so zu tun, als blutete ich noch. Dank der Binden konnte sich mein Körper davon erholen, zwei Mal die Woche vergewaltigt zu werden. Ich fing gerade erst an, mich daran zu erinnern, wie es sich anfühlte, ohne Schmerzen herumzulaufen, und wollte diese Schmerzen nie mehr erleben. Aber es blieb mir nichts anderes übrig. Nach einer solchen Auszeit nahm mich mein Stiefvater umso härter her.

Ich hatte mich an das Brennen beim Wasserlassen gewöhnt, doch als wir eines Tages zu einem Besuch bei Daves Bruder John nach Irland aufbrachen, hatte ich das Gefühl, dass etwas ganz und gar nicht mit mir stimmte. Als wir in unserem alten Citroën zur Fähre fuhren, juckte es mich derart heftig an den Stellen, an denen mein Stiefvater mich so gern berührte, dass ich am liebsten mit den Nägeln dort gekratzt hätte. Wieder einmal überfiel mich das panische Gefühl, nicht zu wissen, was mit mir los war. Ich konnte an nichts anderes denken, als vor den anderen davonzulaufen, um mich etwas zu beruhigen. Mum, Dave und Jonathan standen in der Kantine nach wässrigem Rührei und Speck an, ich verdrückte mich heimlich zum Bug der Fähre.

Das Meer schillerte in einem kalten Blau, so wie Mums Augen, und der Himmel sah aus, als würde er gleich explodieren. Ich wäre zu gern ins Freie gegangen, weil ich hoffte, der eisige Wind würde das Jucken zwischen meinen Beinen besänftigen.

Sage ich Dave deshalb nie, dass er mich in Ruhe lassen soll, weil ich Angst habe, dass er explodiert und mich dann so verprügelt, wie er das immer mit Blake tut?

Der Regen hämmerte gegen die Fensterscheiben. Es klang wie Gewehrschüsse.

Warum bin ich nicht so stark, ihm zu sagen, dass er verschwinden soll? Ihm Nein zu sagen? Es ist einzig und allein meine Schuld, dass mir das passiert.

Ich wischte mir die Tränen mit dem Ärmel ab und fand eine leere Sitzreihe, wo ich meine Ruhe hatte, bis Mum nach mir schrie. Ich solle endlich in das verdammte Auto steigen, weil wir verdammt noch mal da wären. Als wir von der Fähre rollten, sah im Regen alles grau und verschwommen aus. Na super, das wird bestimmt ein toller Urlaub, dachte ich bei mir. Ich wischte das Kondenswasser von der Scheibe, um mich ein bisschen umzuschauen, und zuckte erschrocken zusammen. Auf den Straßen liefen von Kopf bis Fuß in Schwarz gekleidete Männer herum, die Waffen trugen. Richtige Waffen. Ich erstarrte, als ein gepanzerter Wagen vor uns einbog, gefolgt von mehreren britischen Soldaten. Ihre Stiefel klangen wie Donner, als sie neben dem Wagen herrannten. Ich hatte keine Ahnung, was dort draußen los war, und hatte grässliche Angst, dass man uns erschießen würde.

»Was geht hier ab?«, rief ich entsetzt. Mum und Dave waren damit beschäftigt, sich über den Weg zum Campingplatz zu streiten. Von ihnen kam weder eine Erklärung noch ein Trost. Ich drückte mich in meinen Sitz.

»Solange wir uns nicht verfahren, wird uns schon nichts passieren«, hörte ich Dave sagen. Wir fuhren gerade an heruntergekommenen Häusern vorbei, deren Fenster mit Brettern vernagelt waren. Die Wände waren beschmiert, manche der Häuser waren bis auf die Grundmauern abgebrannt, andere waren mit Stacheldraht gesichert. In den Mauern waren Einschusslöcher.

»Und woher wissen wir, dass wir uns nicht verfahren haben?«, jammerte ich.

»Wenn wir beschmierte Mauern sehen, steht uns Ärger ins Haus«, grummelte Dave.

»Warum?«, flehte ich um eine Erklärung.

»Zum Teufel, bringen sie dir denn in der Schule überhaupt nichts bei?«, fauchte Mum.

Ich hatte keine Ahnung, dass wir uns inmitten eines Krieges zwischen Katholiken und Protestanten befanden. Obwohl die vielen Männer mit ihren Waffen mir grässliche Angst machten, fielen mir irgendwann die Augen zu und ich döste ein, während Mum und Dave sich ihre Wortgefechte lieferten. Ich wachte erst wieder auf, als Dave heftig auf die Bremse trat. Um uns herum waren die Wände beschmiert mit Graffiti - Männer in Sturmhauben und Waffen in der Hand und die Buchstaben IRA.

»Wo zum Teufel sind wir?«, schrie Mum in Daves Ohr.

Ich entdeckte die Angst in Daves Augen, als er die Karte studierte – ein Blick, den ich noch nie an ihm gesehen hatte. Wir werden erschossen, gleich werden wir erschossen – Adrenalin strömte wie wild durch meine Adern. Ich klammerte mich so fest an meinen Sitzgurt, dass meine Finger taub wurden. Schließlich schloss ich die Augen. Ich wollte Dave und Mum nicht zeigen, wie verängstigt ich war. Stattdessen tat ich einfach so, als schliefe ich, so, wie ich es immer machte, wenn Dave mir wehtat.

Ich hoffte, dass mein Blick auf ein magisch grünes Paradies wie in den Geschichten von Narnia fallen würde, wenn ich die Augen wieder aufschlug. Aber der Campingplatz in Londonderry war ebenso trostlos wie der Ort, den wir gerade durchquert hatten. Unser Wohnwagen stand am Rand eines Kliffes und schwankte gefährlich im Wind und dem heftigen Regen, der auf ihn herabprasselte. Es war wie in einem Horrorfilm. Vorsichtig reckte ich den Hals und spähte in die Tiefe.

»O mein Gott!« Der Wind prallte auf meinen Rücken wie auf ein Segel. Ich machte einen Satz nach hinten, zu Tode erschrocken bei dem Gedanken, dass ich beinahe von der Klippe geweht und auf den rasiermesserscharfen Felsen in der Tiefe aufgespießt worden wäre.

»Flossy, mach jetzt nicht rum und hilf Dave, unser Gepäck reinzutragen«, rief Mum und richtete es sich häuslich ein. Der Camper war winzig und roch nach Schimmel, doch zum Glück gab es hier eine Toilette im Gegensatz zu den Caravans in Clacton-on-Sea. Wieder überfiel mich der grauenhafte Juckreiz, er wurde unerträglich. Was ist mit mir los? Panisch rannte ich unter die Dusche in der Hoffnung, dass das Wasser den Juckreiz lindern würde. Ich schrubbte mich mehrmals mit Seife ab in dem Versuch, das Brennen wegzuwaschen.

Schließlich trat ich aus dem schrankgroßen Bad in den Wohnraum, in dem es nach Fett zu stinken begann. In unserer Familie gab es zum Abendessen meistens Pommes, und

Dave hatte aus einer Pfanne eine behelfsmäßige Fritteuse gemacht. Mir ging es so schlecht, dass ich nichts essen wollte, ich wollte nur noch unter die Decke kriechen und am nächsten Morgen aufwachen und mich besser fühlen. Dave und Mum hatten ein Doppelbett, ich schlief neben Jonathan. Blake war zum Glück bei Oma - Mums Mutter - geblieben. Immerhin gab es dadurch einen Kampf weniger, dem ich mich stellen musste. Ich weiß nicht, wie wir es schafften, in dem tosenden Sturm einzuschlafen. Unser schäbiger Camper wankte hin und her, während der Regen aufs Dach prasselte und der Sturm an den Fenstern rüttelte. Ich rollte mich zu einer Kugel zusammen und zog mir die Decke über die Ohren, um den Tumult etwas zu dämpfen, doch er sickerte bis in meine Träume. Ich warf mich in meinem schmalen Bett hin und her, während ich träumte, dass der Wind den Caravan über die Klippe zu wehen drohte.

»Hilfe!«, schrie ich und hämmerte an die Fenster. Aber meiner Kehle entrang sich kein Laut.

In meinem Traum neigte sich der Caravan gefährlich zur Seite. Die Felsen in der Tiefe hatten sich in die Zähne eines Monsters verwandelt, das Meer war zu seiner Spucke geworden, die ihm im Maul zusammenlief, weil es kaum erwarten konnte, mich aufzufressen.

»Hilfe!«, schrie ich laut und wachte tränenüberströmt auf. Noch immer wütete der Sturm. Offenbar war mein Schrei darin untergegangen, denn niemand rührte sich. Ich versuchte, ruhiger zu werden, aber mittlerweile juckte es mich so heftig, dass ich nicht mehr einschlafen konnte. Ich schlich ins Badezimmer, um mich noch einmal zu waschen.

Am nächsten Morgen trieb mich der Juckreiz in den Wahnsinn. Ich versuchte, meine Cornflakes zu essen, aber ich konnte nicht sitzen bleiben. Noch immer regnete es in Strömen, und der Gedanke daran, dass wir in diesen Wohnwagen gepfercht waren, während es mir so schlecht ging, war unerträglich. Ich war mir sicher, dass etwas Schlimmes in mir wucherte und dass ich Hilfe brauchte. Ich musste es Mum sagen. Der Gedanke, mit ihr über etwas so Persönliches zu reden, war mir zwar unendlich peinlich, aber noch größer war meine Sorge, dass ich dafür bestraft werden würde. Ich war verängstigt, verlegen und beschämt zugleich und überlegte mir immer wieder, wie ich es ihr sagen sollte. Sie stand mit dem Rücken zu mir am Waschbecken, Dave war außer Hörweite.

»Mum …«, quietschte ich, doch die Worte blieben mir im Hals stecken. Ich zitterte.

»Was ist denn jetzt schon wieder?«, fauchte sie.

»Mum, es juckt mich schrecklich«, fing ich an. Meine Wangen brannten vor Scham.

Sie wirbelte herum und starrte mich an. »Wo denn?«, fragte sie und verzog das Gesicht. Da wir über solche Sachen nie redeten, fehlten mir die Worte.

»Dort drunten«, meinte ich und deutete darauf.

Mum starrte mich finster an und meinte, ich solle das ihr überlassen. Was meinte sie damit? Wie üblich erhielt ich keinerlei Erklärung. War ich krank? Wusste sie von mir und Dave? Meine Gefühle schwankten zwischen normal, irrational und dem schlimmsten Szenario.

»Was machen wir jetzt?«, wisperte ich.

Keine Antwort. Ich musste einfach abwarten. Es war die reine Folter. Später reichte mir Mum kommentarlos eine Salbe.

»Crem dich damit ein«, sagte sie, ohne mit der Wimper zu zucken. Ich wusste damals nicht, dass ich eine Pilzinfektion hatte, die oft durch Geschlechtsverkehr verursacht wird. Die Creme linderte den Juckreiz auf der Stelle, unser Urlaub wurde also etwas erträglicher für mich. Dave und Mum besuchten an dem Abend Verwandte, ich musste auf Jonathan aufpassen. Auch wenn es immer noch regnete, hob sich meine Stimmung sofort, als ich hörte, wie der Motor vom Daves Wagen ansprang.

»Komm doch mal her«, gurrte ich und nahm Jonathan auf den Schoß.

»Was sollen wir tun?« Ich küsste seine kleine Nase. Sein engelhaft blondes Haar und seine großen blauen Augen brachten mich zum Schmelzen. Ich liebte ihn wie einen eigenen Sohn, und ich spürte, dass er meine Liebe erwiderte - eine Liebe, die mir sonst niemand entgegenbrachte. Ich stellte den winzigen Fernseher an und drehte an der Antenne, bis der Schneesturm auf dem Bildschirm verschwand.

»Suchen wir uns einen Zeichentrickfilm. Das magst du doch, oder?«, meinte ich und zog die Decke über uns. »Hab keine Angst vor dem Sturm. Ich beschütze dich«, versprach ich und drückte ihn fest.

Ich wusste allerdings nicht, wer mich beschützen sollte. Aber ich fand mich allmählich damit ab, dass es für mich keine Rettung gab.

9

Um die Mittagszeit hatte sich die halbe Schule im Park versammelt, um dem Kampf beizuwohnen. Als wir in Maygreen Crescent wohnten, war Lisa Long meine Freundin gewesen, doch jetzt war sie meine Feindin. Sie war erst im zweiten Jahr auf die weiterführende Schule gekommen, und inzwischen für mich zur Rivalin geworden. Sie hatte nämlich ein paar gemeine Bemerkungen über meine Mum fallen lassen, zum Beispiel, dass sie so fett sei, und ich musste ihr klarmachen, wer hier das Sagen hatte. Unsere Kampfansage verbreitet sich wie ein Lauffeuer in der Schule, und nun kletterte ein Mädchen nach dem anderen durch das Loch im Zaun in den Highlands Park, der hinter unserer Schule lag.

»Leg los«, rief Lisa, angestachelt von unserem Publikum, das quasi einen Boxring um uns gebildet hatte.

»Leg du los.« Ich winkte.

Aber keine von uns wollte als Erste zuschlagen. Die Mädchen stupsten uns an, sodass wir aufeinander zu stolperten. Ich schlug meiner Gegnerin ins Gesicht. Sie geriet ins Straucheln und landete auf ihrem Allerwertesten. Alle keuchten erschrocken auf. Ich fixierte sie erregt. Ihre Augen wurden schmal, und sie ging wie eine Rakete auf mich los.

»Los, Tina«, schrien die Mädchen. Keine wagte es, mich zu verärgern, indem sie das neue Mädchen unterstützte.

»Schlag sie«, riefen sie im Chor.

Lisa drosch auf mich ein, aber ich war größer und stärker als sie, und meiner Wut war keiner gewachsen. Ich packte sie mit beiden Händen an den Haaren und zog daran, so fest ich konnte.

»Aua!«, heulte sie auf, als ich ihr büschelweise die Haare ausriss.

Ich zwang sie zu Boden und schlug ihren Kopf auf den harten Zement. Sie war wie eine Lumpenpuppe in meinen Händen.

»Tina, hör auf, sonst bringst du sie noch um!«, kreischte eines der Mädchen. Aber ich machte weiter, bis Lisa mich heftig in den Arm biss.

»Du elende Schlampe!«, schrie ich. Jetzt explodierte das Monster in mir richtig und bahnte sich einen Weg nach draußen. Ich stürzte mich mit der Macht jahrelang zurückgehaltener Wut auf sie. Die anderen Mädchen mussten uns trennen, weil die Sache jetzt wirklich gefährlich geworden war.

»Lasst mich los!«, schrie ich und schlug wild um mich.

Das war mein erster ernster Kampf, der meinen Ruf als beinhartes Biest festigte.

Während ich das Blut von meiner Bisswunde wischte, schoss mir das, was Dave in der vergangenen Nacht mit mir angestellt hatte, durch den Kopf.

Er war wie üblich in mein Zimmer gekommen und hatte mir die Hose ausgezogen, doch dann hatte er innegehalten und war wieder gegangen, ohne die Tür zuzumachen. Ich erstarrte, denn mir war klar, dass das Ritual sich verändert hatte und mich etwas besonders Schmerzhaftes erwartete.

Ich hörte ihn im Bad herumkramen und konnte nur raten, womit er diesmal auftauchen würde. Ich lag da wie eine Patientin auf dem OP-Tisch, die auf den Chirurgen wartet; nur dass ich nicht betäubt war, ich spürte alles.

Etwas Kaltes, Kratzendes fuhr über die Stelle zwischen meinen Beinen. Es überlief mich eiskalt.

»Das fühlt sich jetzt richtig schön an, so glatt«, schwärmte er und streichelte mich mit seinen feuchtkalten Fingern.

Dann legte er sich auf mich und vergewaltigte mich. Sobald er weg war, untersuchte ich den Schaden – mein Stiefvater hatte mir die wenigen Haare, die mittlerweile auf meiner Scham sprossen, abrasiert. Ich verstand nicht, warum er das getan hatte - und ich wollte es auch gar nicht wissen.

Als wir uns am Nachmittag zum Unterricht einstellten, sah ich ziemlich übel aus, aber Lisa ging es schlimmer. Sie hatte eine klaffende Wunde auf der Stirn, und ihre Haare waren völlig verfilzt. Seltsamerweise stellte mich niemals eine Lehrkraft zur Rede. Sie warfen mir immer nur ein Stück Kreide an den Kopf, wenn sie mich zum Schweigen bringen wollten.

Es kam mir mittlerweile auch seltsam vor, dass Dave mich nie aufforderte, kein Wort über unser Geheimnis verlauten zu lassen. Ich war dreizehn, und obwohl ich mich im Unterricht dumm stellte, um Aufmerksamkeit zu erregen, war ich doch einigermaßen schlau. Wenn ich nicht versuchte, alles zu vergessen, schwirrten mir zahllose Fragen durch den Kopf. Hatte mein Stiefvater denn gar keine Angst, dass ich mich einer Freundin offenbaren würde? War er überzeugt davon, dass ich schon nichts sagen würde, weil ich zu viel Angst hatte? Oder lebte er selbst in Angst, so wie ich?

Inzwischen machte ich es ihm schwerer, mein Schweigen zu erkaufen, weil ich am Samstag nicht mehr mit ihm zum Einkaufen ging. Ich wollte die Zeit lieber mit Freundinnen im Park verbringen und meiner Familie entkommen. Ich wollte Zigaretten, kein Haarspray und auch keinen Schaumfestiger. Vermutlich ließ sich Dave deshalb etwas anderes einfallen. Nachdem er mich wieder einmal vergewaltigt hatte, legte er etwas auf meinen Tisch.

»Ich hab dir ein bisschen Geld da gelassen, weil du so ein

braves Mädchen bist«, flüsterte er. Ich stellte mir vor, dass sich seine Lippen dabei höhnisch kräuselten.

Sobald er weg war, zog ich mich an und versteckte mich unter der Decke, bis die Neugier siegte und ich nachsah, was er mir dagelassen hatte. Es war ein 10-Pfund-Schein. So viel Geld hatte ich noch nie gesehen bis auf die Male, wenn Mum mich losschickte, um Zigaretten und Alkohol für sie zu kaufen. Ich konnte mich jedoch nicht dazu durchringen, das Geld zu nehmen. Es kam mir vor wie ein vergifteter Apfel, und gleichzeitig fand ich es zu schön, um wahr zu sein. Als ich versuchte, einzuschlafen, spürte ich den Schein neben mir richtig brennen. Schließlich steckte ich ihn doch zu all meinen anderen Geschenken in meine Schublade.

Am nächsten Morgen tobte wieder mal ein Krieg in unserem Haus. Jonathan heulte, Mum schrie und Dave stürmte mit einem Messer in der Hand durch den Flur.

»Das ist das letzte Mal, dass du verschlafen hast«, drohte er. Die Klinge funkelte im einfallenden Licht. Ich schlug meine Tür zu und hatte schreckliche Angst.

Er wird Blake umbringen!, schoss es mir durch den Kopf, und ich stemmte mich mit dem Rücken an die Tür, um sie zu verbarrikadieren.

»Du verdammter fauler Scheißer!«, schrie Dave und stürmte in das Zimmer, das Blake mit Jonathan teilte.

»Ich beil mich ja, ich bin gleich fertig«, jammerte Blake, und Jonathan heulte noch lauter. Ich wollte ihn retten, aber ich konnte mich nicht vom Fleck rühren.

»Den Fernseher kannst du vergessen«, schrie Dave, und dann war kein Hintergrundgeräusch mehr zu hören.

»Du gemeiner Kerl!«, zischte Blake

»Was hast du gesagt?«, fauchte Dave. *Klatsch!* Kurze, heftige Schläge schallten durchs Haus.

Dann wurde es totenstill. Sogar von Jonathan war nichts mehr zu hören. Mir wurde schwindelig, als ich mir ein Zimmer voller Blut vorstellte. Vollgepumpt mit Adrenalin, wie ich war, war ich ständig hin- und hergerissen zwischen Kampf und Flucht. Als ich Dave nach unten stapfen hörte, wagte ich einen Blick in das Zimmer der Jungs. Jonathan hatte sich unter der Decke versteckt, Blake humpelte, und das Fernsehkabel in seinem Zimmer war nur noch ein paar Zentimeter lang. Dave hatte es in kleine Stücke geschnitten. Blake starrte mich hasserfüllt an und schlug die Tür vor meiner Nase zu.

Ich kehrte in mein Zimmer zurück und holte die zehn Pfund aus meiner Schublade. Daves Wut hatte mich wieder in Angst und Schrecken versetzt, damit schwand aber auch mein Selbstbewusstsein. Mit diesem Geld konnte ich meinen Freundinnen Zigaretten und Süßigkeiten kaufen. Damit konnte ich zumindest dafür sorgen, dass ich nicht wieder ohne Freunde dastand. Ich stopfte den Schein in meine Tasche und rannte aus dem Haus, bevor mich jemand anschreien konnte.

Acht von zehn Mal, die mein Stiefvater mich vergewaltigte, ließ er mir Geld da. Die Summe schwankte zwischen fünf und dreißig Pfund. Wenn er es nicht tat, flüsterte er mir zu, dass er es mir ein andermal geben würde, solange ich mich von ihm berühren ließ. Das klang, als hätte ich eine Wahl, aber in Wahrheit hätte er so oder so weitergemacht. Doch er hielt sein Versprechen und steckte am nächsten Tag einen Schein unter meine Decke.

Dieses Geld verstärkte meinen inneren Aufruhr, denn ich wurde davon abhängig, um meine Freunde zu behalten. Das »böse« Mädchen zu sein, das Zigaretten verschenkte, hatte mir große Beliebtheit verschafft, und mir wurde schlecht bei dem Gedanken, all diese Aufmerksamkeit zu verlieren und wieder zu einem Niemand zu schrumpfen. Die Zeiten, in denen ich mit meinen Freundinnen herumhängen konnte wie eine ganz normale Jugendliche, gehörten zu den wenigen Dingen, die mich den Schmerz »dort unten« vergessen ließen. Ich war viel zu jung, um das zu erkennen, aber Dave hatte mich in einen hinterhältigen Teufelskreis des Missbrauchs gedrängt.

Die Schmerzen nach dem Geschlechtsverkehr waren schlimmer geworden, seit Dave kein Päckchen mehr aufriss, bevor er in mich drang. Jetzt fühlte es sich an, als würde jemand mit einem riesigen Holzlöffel in meinen Organen herumwühlen. Noch immer hatte ich viel zu viel Angst, um mich Mum anzuvertrauen, aber ich versuchte, es ihr zu zeigen. Ich offenbarte ihr meine neuesten Qualen auch, weil ich mich verzweifelt nach ihrer Zuwendung sehnte.

»Mum, ich hab meine Tage und schreckliche Bauchschmerzen«, jammerte ich.

»Die Periode ist manchmal sehr schmerzhaft«, wimmelte sie mich ab.

»Aber Mum, ich habe wirklich grauenhafte Schmerzen«, übertrieb ich und krümmte mich.

»Was kann ich daran ändern? Leg dich hin«, befahl sie. Jammernd kroch ich in mein Zimmer und hoffte, dass ich ihr doch irgendwann einmal leidtun würde. Doch ich musste noch zwei Tage lang stöhnen und weinen, bis sie endlich darauf reagierte und mich zu einer gynäkologischen Ambulanz ins Rush Green Hospital fuhr. Ich war so glücklich über ihre ungeteilte Aufmerksamkeit - die ich ja auch schon dank meiner vorgetäuschten Knöchelzerrung erreicht hatte -, dass ich gar nicht darüber nachdachte, was dieser Arztbesuch mit sich bringen würde.

Eine Ärztin mit einem straffen Dutt führte uns in einen

kleinen Raum und wies mich an, mich auf einen Plastikstuhl ihr gegenüber zu setzen.

»Ich habe Bauchweh«, murmelte ich und bemerkte, wie ihr Blick zu Mum wanderte. Plötzlich wurde mir klar, wie ernst die Lage war.

»Ich werde dich untersuchen müssen«, erklärte sie. Untersuchen? Sollte das heißen, dass ich mein T-Shirt hochziehen musste, damit sie meinen Bauch anschauen konnte? Warum wirkte sie so besorgt?

Wir wurden in einen großen Raum geführt, in dessen Mitte ein Bett stand, von dem zwei komische Metallarme abstanden. Ich warf einen Blick auf Mum, aber ihre Augen schimmerten wieder völlig gefühllos und kalt wie Marmor. Die Ärztin reichte mir ein grünes Hemd und zog den Vorhang vor ein kleines Abteil, damit ich mich in Ruhe umziehen konnte. Ich musste mich nackt ausziehen, was mir sehr schwerfiel, weil *er* das ja immer gern mit mir machte. Ich schlüpfte in das viel zu große Hemd, das hinten offen war und nur am Nacken zugebunden werden konnte. Nervös öffnete ich den Vorhang und trat zögernd in den großen Raum. Ich hielt die weit offen stehende Rückseite des Hemdes mit der Hand zu, während die Ärztin mich zu sich winkte.

»Lehn dich zurück und leg die Beine auf die Schienen«, wies sie mich an, während Mum sich ans Kopfende des Bettes setzte. Ich kletterte darauf und legte gehorsam die Beine in die robotermäßig wirkenden Schienen. Nun war mein Geschlecht völlig entblößt.

»Das wird jetzt gleich ein bisschen kalt«, warnte die Ärztin. »Versuch trotzdem, dich zu entspannen.«

Ich spürte einen scharfen Schmerz, als etwas Kaltes, Hartes in mich geschoben wurde. Es kam mir vor wie der kalte Vibrator, den *er* in mich geschoben hatte. Ich starrte auf die grau-beige Decke, von der die Farbe abblätterte, und fing an zu weinen.

»Du bist sehr tapfer«, versuchte die Ärztin mich zu beruhigen. Sie spreizte das Ding noch etwas und fing an, in mir herumzukratzen.

Mir fielen all die schrecklichen Dinge ein, die mein Stiefvater immer mit mir anstellte, und ich weinte hemmungslos. Ich hasste ihn, weil er mich nicht in Ruhe ließ, und jetzt lag ich in einem riesigen, einsamen Raum mit weit gespreizten Beinen in einer Lage, in der er mich oft hinterließ, und eine Fremde fummelte in mir herum. Ich schluchzte so heftig, dass meine Mum einschreiten musste.

»Ich weiß, dass das schrecklich ist, aber wenn du Kinder hast, wird es dir egal sein, wenn dich Leute dort unten anschauen«, sagte sie kühl.

Ach, damit geht es mir gleich tausend Mal besser, dachte ich sarkastisch. Die Untersuchung schien eine Ewigkeit zu dauern, doch schließlich zog die Ärztin das Metallteil aus mir heraus.

»Okay, wir sind fertig, du kannst dich jetzt wieder anziehen«, sagte sie seelenruhig. Ich humpelte immer noch weinend hinter den Vorhang. Ich glaube, das war das erste Mal, dass ich mir erlaubte, vor jemandem zu weinen. Danach war ich zwar sehr erschöpft, aber irgendwie ging es mir besser.

Die Ärztin bat meine Mum mit ernster Miene in den kleinen Nebenraum, ich wartete davor auf einem Plastikstuhl. Ärzte eilten an mir vorbei, und ich sah zu, wie der Zeiger der Uhr sich bewegte. *Tick tack.*

Auch Mum wirkte sehr ernst, als sie aus dem Raum kam. Hatte sie etwa erfahren, dass ich sterben musste?

»Was ist los?«, keuchte ich erschrocken.

Sie warf mit eine Packung Antibiotika und ein Schmerzmittel in den Schoß.

»Du hast eine Beckenentzündung«, sagte sie gereizt.

»Was ist das denn?«, fragte ich. Aber diese Frage hätte ich mir sparen können. Mum ignorierte sie einfach und erklärte mir nur, wann und wie oft ich die Pillen schlucken sollte. Wieder einmal überlegte ich mir, was wohl in meinem Inneren nicht stimmte.

Auf dem Heimweg wirkte Mum sehr gedankenverloren. Eine Beckenentzündung klang wie eine ernste Krankheit, und ich musste Medikamente nehmen. Doch darüber freute ich mich richtig, als mir klar wurde, welche Möglichkeiten meine Krankheit barg. Natürlich hatte ich keine Ahnung, dass so eine Entzündung oft durch Geschlechtsverkehr hervorgerufen wird. Woher hätte ich das auch wissen sollen? Das hatte die Ärztin nur Mum gesagt, mir nicht.

Als ich, die Hände auf den Bauch gepresst, unser Haus betrat, verdrehte Blake eifersüchtig die Augen. Mum sagte mir, ich solle mich hinlegen, und verkündete, sie würde mir gleich etwas zu trinken bringen. Ich schwebte im siebten Himmel.

Die nächsten Tage schwänzte ich die Schule mit meiner Komplizin, Sam Aitken, weil ich fand, mit meiner Krankheit hätte ich mir ein bisschen Urlaub verdient. Wir saßen im Park und rauchten und redeten über alles bis auf das, was Dave immer mit mir anstellte. Ich sagte ihr nicht, dass ich gerade ein Antibiotikum einnahm, denn dann hätte ich ihr wohl auch von der Untersuchung erzählen müssen, und das war mir viel zu peinlich. Stattdessen alberte ich herum wie jede ganz normale Dreizehnjährige.

»Wer kann am weitesten von der Schaukel springen?«, forderte ich Sam heraus, nachdem wir ein Wettrennen zum

Spielplatz veranstaltet hatten. Ich setzte mich auf die Schaukel und schwang immer höher. Fast war mir, als flöge ich, doch in meiner Magengrube lag etwas, was mich wie Blei beschwerte. Ich schaukelte so hoch es ging, dann schrie ich »Hurra!«, glitt von der Schaukel, flog durch die Luft und landete unsanft auf dem Kunstrasen.

»Du spinnst«, keuchte Sam erschrocken durch ihre Zahnlücke hindurch auf.

Ich hatte mir beide Knie und Ellbogen aufgeschlagen, aber Schmerzen machten mir keine Angst mehr. Mein Überlebenswille war ohnehin nicht mehr sehr ausgeprägt.

Eine Weile ließ Dave mich in Ruhe. Hatte Mum ihm gesagt, dass ich eine Beckenentzündung hatte? Redeten sie jemals über mich? Sie saßen gern nächtelang mit ihren neuen Nachbarn herum, hörten *Queen*-CDs, redeten und lachten. Ich hörte das Klirren von Flaschen und Gläsern auf dem Couchtisch. Sue lachte laut wiehernd wie eine Hyäne, und ich wünschte, sie würde damit aufhören. Wahrscheinlich schlief ich noch nicht sehr lange, als ich von Daves Alkoholatem und seinem Old Spice aufwachte.

»Wenn du ein braves Mädchen bist und mich noch ein bisschen mit dir spielen lässt, geb ich dir Geld«, nuschelte er und hustete mir Schleim ins Gesicht. Eine Antwort wartete er nicht ab, er kletterte gleich auf mich. Mir wurde kalt unter seinem Blick. Ich stellte mir vor, wie er mich anstarrte und seinen Blick über jede Kurve meines Körpers und meine Babyspeckröllchen wandern ließ.

»Entspann dich«, wisperte er und spreizte mir mit Gewalt die Beine. Diesmal vergewaltigte er mich sehr langsam, als wüsste er, dass ich Medikamente nahm.

Als er weg war, musste ich mir wehtun, um wieder einschlafen zu können. Ich schlug heftig auf meine Beine ein, wie ich es nun schon seit einiger Zeit tat. Schließlich kauerte ich mich auf den Boden, stütze die Ellbogen auf dem Bett auf, faltete die Hände und schickte ein Stoßgebet zum Himmel.

»Bitte, bitte, lieber Gott, mach, dass er aufhört«, flehte ich. »Ich kann nicht mehr.«

10

Die lautstarken Auseinandersetzungen mit meiner Mum wurden von Tag zu Tag schlimmer.

»Ich hasse dich, ich wünschte, du wärst tot!«, brüllte ich. Jetzt war ich diejenige, die die Wände des Hauses erbeben ließ. Mum lachte mir ins Gesicht, was meine Wut um das Zehnfache steigerte und meine Traurigkeit um das Tausendfache. Ich hasste sie nicht etwa deshalb, weil sie mich wieder einmal hatte auflaufen lassen. Ich hasste sie, weil ich es nicht mehr ertrug, sie anzuschauen; denn sie bewahrte mich nicht davor, vergewaltigt zu werden. Ob sie nicht sehen konnte oder nicht sehen wollte, was direkt vor ihrer Nase ablief, wusste ich nicht. Ich konnte daraus nur schließen, dass sie mich nicht genug liebte.

Aber jedes Mal, wenn ich einen Hassanfall auf sie bekam, brachte mich die Kämpferin in mir paradoxerweise dazu, gleichzeitig noch intensiver um ihre Liebe und ihre Beachtung zu kämpfen in der Hoffnung, dass sie mich doch noch retten würde.

Ich kauerte auf dem schmutzigen Fußboden im Bad und musterte die dicke Schicht von Fett und Kalk, die sich im Lauf des Jahres, in dem wir in Rush Green lebten, darauf gebildet hatte. Dann fing ich an, den Boden mit einer alten Zahnbürste zu bearbeiten. Ich polierte die Badarmaturen und den Abfluss im Waschbecken, bis ich mich darin spiegeln konnte. Nach zwei Stunden waren meine Finger ganz schrumpelig, aber unser Bad sah aus wie ein Ausstellungsstück.

»Nicht schlecht«, meinte ich, als ich mich aufrichtete und mein Werk bewunderte. »Mum wird mich dafür lieben müssen«, murmelte ich, während ich die Fliesen ein letztes Mal polierte.

Bumm. Bumm. Mum hämmerte mit der Faust an die Tür.

»Was zum Teufel treibst du da drinnen? Ich muss aufs Klo«, schrie sie.

Ich wollte den Moment auskosten. Langsam sperrte ich die Tür auf und trat einen Schritt zurück.

»Alle Achtung, Flossy«, staunte Mum.

»Wer hat behauptet, dass ich nicht putzen kann?«, strahlte ich.

»Weil du das so schön gemacht hast, kannst du es ab sofort jede Woche machen«, sagte Mum, stürmte herein, schubste mich raus und schlug mir die Tür vor der Nase zu. Mir war ein winziger Dank zugeworfen worden, aber mehr hatte ich gar nicht erwartet. Ich strahlte. Die Flamme der Hoffnung war wieder mal entzündet worden.

Ich kochte, ich putzte, ich buk - ich tat alles, um sie dazu zu bringen, mich zu lieben. Wenn ich nicht gerade versuchte, ihre Anerkennung zu gewinnen, machte ich mich rar, um ihren Schlägen zu entkommen und sie nicht zu verärgern. Ich sehnte mich so verzweifelt nach ihrer Liebe, danach, dass die Mum, die ich gern gehabt hätte, mich in meinen Träumen besuchte. Oft wachte ich schweißgebadet auf, mein Kopf fühlte sich leicht an wie ein Heliumballon, und meine Brust war zusammengequetscht, als würde ein Elefant auf mir sitzen. Ich hatte wieder einmal geträumt, dass ich in einem gläsernen Sarg lebendig begraben wurde, dessen einzige Luftzufuhr aus einem engen Schlauch bestand. Diesmal hatte ich jedoch ein Feuerzeug und sah Würmer und Asseln um mich herumkriechen.

Ich hämmerte gegen den Sargdeckel, ich schrie aus Leibeskräften, doch niemand hörte mich.

»Hilfe! So rette mich doch jemand!«, brüllte ich und hämmerte mit den Fäusten auf das Glas. Vergeblich. Ich war dazu gezwungen, langsam zu verhungern, und zwar direkt in dem Garten hinter unserem Haus. In dem Moment, als ich aufgeben wollte, tauchte über mir ein Licht auf. Nägel gruben sich in die Erde wie eine Schaufel. Ich erkannte die Hände.

»Mum!«, schrie ich. »Hilf mir, Mum. Ich sitze hier fest!«, keuchte ich und trampelte nach Leibeskräften gegen meinen gläsernen Sarg. Mum sah besorgt aus. Endlich hatte sie ein Loch gegraben, unter dem mein Gesicht lag. Ich sah sie, aber sie sah mich nicht. Entsetzt beobachtete ich sie, während sie weiter Erde wegschaufelte, doch dann gab sie auf und schüttelte den Kopf.

»Er ist leer«, murmelte sie und wandte sich an den dunklen Schatten hinter ihr.

»Nein, Mum! Ich bin hier!« Ich hämmerte gegen den Sargdeckel. Sie erhob sich und bedeckte den Sarg wieder mit Erde.

»Sieh mich an! Ich bin hier!«, brüllte ich, aber meiner Kehle entrang sich kein Laut. Das Feuerzeug verglühte, und ich lag wieder im Dunkeln und würde sterben. Und dann wachte ich auf.

Die Träume waren so grauenhaft, dass ich sie oft noch den ganzen Tag in der Schule mit mir herumschleppte. Die Mädchen ertappten mich einmal an so einem finsteren Tag, als sie mich überredeten, bei einem Spiel mitzumachen, bei dem mit Hilfe eines Ouija-Bretts Geister geweckt werden sollten. Ich lebte ohnehin in der Hölle, für mich konnte das Leben nicht beängstigender werden. Fünf von uns setzten sich im Schneidersitz auf den Boden unseres Klassenzimmers und fassten sich an den Händen. Draußen fiel ein sanfter Aprilregen. Die Feuchtigkeit im Raum nahm zu. Meine Finger klebten vor Schweiß. Wir hatten selbst so eine Unterlage gebastelt, die aus einem Blatt Papier bestand, auf dem die Buchstaben des Alphabets, die Zahlen von eins bis neun und die Worte Ja und Nein aufgezeichnet waren. Als Zeiger diente uns ein schmuddeliger Spitzer, den ein Mädchen aus ihrem Federmäppchen gekramt hatte. Wir legten die Zeigefinger auf den Spitzer, und Mel stellte die erste Frage.

»Geister, wir rufen euch. Hört ihr uns?«, fragte sie und legte ein Beben in ihre Stimme.

Die anderen kicherten und sagten ihr, sie solle nicht so übertreiben.

»So geht das nicht, ihr Armleuchter«, platzte ich dazwischen.

»Na los, zeig du es uns, du Besserwisserin«, höhnte Mel.

»Befinden sich in diesem Raum Geister?«, fragte ich. Dann sahen wir uns stumm an und warteten darauf, dass etwas passierte. Nach zehn Sekunden begann der Spitzer sich zu bewegen.

»Wow«, entfuhr es uns allen, während unsere Finger zu dem Wort Ja geschoben wurden. Die Mädchen keuchten auf, doch Sarah schaffte es nicht mehr, mit ihrem Streich fortzufahren, und prustete vor Lachen. Sie steckte alle anderen damit an.

»Sarah, du blöde Kuh!«, schimpfte ich, denn offenbar hatte sie den Spitzer bewegt. Danach verloren wir das Interesse an unserer Seance, und das Gespräch verlagerte sich auf das Thema Jungs – ein Thema, über das ich höchst ungern sprach.

Eines der Mädchen, die einen älteren Freund hatte, der als Automechaniker arbeitete, prahlte, dass sie schon alles mit ihm gemacht hatte, alles bis auf richtigen Sex.

»Neulich hab ich seinen Pimmel angefasst«, gestand sie errötend, und die anderen fingen haltlos an zu kichern. Meine Miene versteinerte, während ich daran dachte, wie schmutzig ich war.

»Er war riesig und hart und sah ziemlich unheimlich aus.« Sie lachte und deutete mit den Händen die Größe an.

Ich wand mich auf meinem Stuhl. *Hör damit auf!*

»Hat denn eine von euch schon Sex gehabt?«, fragte sie.

Alle anderen keuchten unschuldig auf, nur ich wurde kreidebleich und senkte den Kopf, um meine schuldbewusste Miene zu verbergen.

»Sex ist was für Erwachsene, ich tue es erst, wenn ich verheiratet bin!«, erklärte eines der braveren Mädchen standhaft, obwohl die anderen sie hänselten, dass sie langweilig sei.

Ich hatte dank meines Albtraums das Haus schon sehr geknickt verlassen, und fühlte mich bei meiner Heimkehr noch schlechter. Ich stapfte gleich in mein Zimmer, weil ich mich hinlegen und Musik hören wollte, bis es Zeit war, das Abendessen zu machen. Ich warf meine grüne Schuluniform auf den Boden und schlüpfte unter die Decke. Was war das? Ich hatte mich auf etwas Kaltes, Flaches gelegt. Ich richtete mich auf und entdeckte zwei Zeitschriften mit nackten Frauen auf dem Umschlag. Ich hatte keine Ahnung, dass es sich um Pornohefte handelte, schließlich war ich ja erst dreizehn. Unschuldig blätterte ich durch eines der Hefte und war entsetzt von den Bildern. Weibliche Brüste, Nahaufnahmen von weiblichen Geschlechtsteilen, »Ich hab`s gern hart« als Überschrift über einer Frau, die auf allen Vieren auf dem Boden kniete.

»Igitt.« Ich bekam richtig Gänsehaut. Angewidert schlug ich die Zeitschrift zu und versteckte beide unter dem Laken. Von wem diese Hefte stammten, stand außer Zweifel. Die Frage war nur, warum mein Stiefvater wollte, dass ich sie anschaute.

Wie üblich musste ich nicht lange auf die Antwort warten. In dieser Nacht konnte ich nicht einschlafen, weil ich wusste, dass ich noch Besuch bekommen würde. Ich war bereits total angespannt, noch bevor er die Tür öffnete. Er schlich an mein Bett, und der säuerliche Gestank seiner Lenden schlug mir ins Gesicht. Mir wurde speiübel. Dave drehte mich auf den Rücken und lieferte sich den üblichen Kampf mit meinem Schlafanzug. Dann tauchte er die Finger in die Cremedose und verteilte das klebrige Zeug zwischen meinen Beinen. Schließlich spreizte er mir die Beine und schob mir ein paar Finger in den Bauch.

»Du bist echt sexy«, flüsterte er und fummelte in mir herum. »Ich möchte ein paar Fotos von dir«, ächzte er. »Du könntest gut daran verdienen«, fuhr er fort und machte mit seinen Fingern weiter – rein, raus, rein, raus.

Hör auf, das tut weh. Bitte, hör auf, flehte ich stumm.

»Du musst mich einfach nur die Fotos machen lassen«, flüsterte er wieder.

Endlich zog er die Finger raus, und ich konnte mich kurz erholen, während er die Hose auszog und auf mich kletterte. Ich hatte die Beine wieder fest geschlossen, aber das störte ihn nicht weiter. Er stieß einfach zu, bis er sein Ziel erreicht hatte, und wurde dann immer schneller.

»Leg die Hefte einfach dorthin, wo du sie gefunden hast, wenn du damit einverstanden bist«, nuschelte er mir ins Ohr. »Du kannst das ganze Geld behalten«, ächzte er und stieß immer tiefer in mich, bis er fertig war.

Ich legte die Hefte nicht an die Stelle, die er mir gesagt hatte. Ich wusste nicht, welche Fotos er von mir machen wollte und warum, aber irgendwie war mir klar, dass das nichts Gutes bedeutete. Ich hatte all die Jahre so getan, als schliefe ich tief und fest, nun wollte ich auf gar keinen Fall aufwachen und vor seiner Kamera posieren, egal, wie viel Geld er mir anbot. Die Tina, die er nachts anfasste, war wie eine Leiche, was meinen Part anging. Als ich ein paar Tage später unter dem Laken nachschaute, waren die Hefte weg, und Dave erwähnte sie nicht mehr.

Als Dave und Mum verkündeten, dass sie am Wochenende nach Irland fliegen würden, um ein paar Angelegenheiten mit Daves Familie zu regeln, war das Musik in meinen Ohren. Blake und ich sollten zu Hause bleiben. Mir fiel ein Stein vom Herzen; ganze drei Nächte und zwei Tage hatte ich nichts zu befürchten.

»Brennt das Haus nicht ab, Freunde bleiben draußen, und streite dich nicht mit deinem Bruder!«, fauchte Mum mich an, als sie Dave an der Schwelle ihren Koffer überreichte.«

»Schon gut«, nickte ich. Ich konnte meine Aufregung kaum zügeln. Sobald sie draußen waren, schloss ich die Tür und boxte mit der Faust in die Luft. Ich stürzte mich aufs Sofa und packte beim Landen die Fernbedienung. Dann kuschelte ich mich in den Abdruck von Mums großem Hintern und zappte durch die Programme auf der Suche nach einem Zeichentrickfilm. Blake hatte wohl mitbekommen, dass die Tür ins Schloss fiel, und kam mit einem bösen Glitzern in den Augen nach unten.

Ich gab ihm mit einem scheelen Blick zu verstehen, dass er sich nicht in meine Nähe wagen sollte. Seine Oberlippe kräuselte sich, er fauchte. Er war zehn Monate älter als ich, aber ich war mittlerweile größer als er. Wir sahen uns überhaupt nicht ähnlich. Er hatte eine blonde Mähne, die er sich immer aus dem Gesicht streifen musste, meine Haare waren dunkel und reichten mir bis zum Rücken. Er war stinksauer, dass ich die Erste am Fernseher gewesen war, und fing sofort an, mich zu provozieren.

»Ich schlafe heute Nacht in Mums und Dads Doppelbett«, verkündete er.

»Nein, das tust du nicht«, widersprach ich. Mein Kampfgeist war geweckt.

»O doch, Tina«, knurrte er sarkastisch.

»Nein! Ich schlafe dort, weil ich Mums Wecker brauche«, konterte ich und stand auf. Ich hatte angefangen, Zeitungen auszutragen. Dazu musste ich im Morgengrauen aufstehen, hatte jedoch noch keinen eigenen Wecker.

»Nein, das tust du nicht«, brüllte Blake und rannte ins Obergeschoss. Ich rannte ihm nach, aber er war schneller und schloss sich im Schlafzimmer ein. Ich knallte gegen die Tür.

In dem Moment sah ich wieder rot. Ich trat mit aller Kraft gegen die Tür, so heftig wie in meinem gläsernen Sarg. Ich schrie, ich fluchte, ich wollte ihn töten.

»Dich erwisch ich schon noch, du kleiner Scheißer«, kreischte ich. Er hatte meine Hoffnung auf ein friedliches Wochenende zunichte gemacht. Ich hasste ihn aus ganzem Herzen.

»Reg dich ab!« Blakes Stimme zitterte.

»Sag du mir nicht, dass ich mich abregen soll!«, schrie ich mit überschlagender Stimme und trat so heftig gegen die Tür, dass diese durchbrach. Ich war so besessen, dass ich den Schmerz in meinem Fuß gar nicht spürte, aber das klaffende Loch in der Tür brachte mich zur Besinnung.

»Scheiße«, murrte ich, als mir klar wurde, was ich getan hatte. Ich verzog mich, um etwas ruhiger zu werden, und Blake blieb in Mums Zimmer verbarrikadiert.

»Mum wird dich umbringen!«, verkündete er höhnisch. Sein Spott hätte normalerweise gereicht, um mich in neue Wut zu versetzen, doch die Angst vor Mums Schlägen hatte mich bereits fest im Griff. Ich zog mich in mein Zimmer zurück und setzte mich auf Bett. Mein Herz hämmerte laut. Den Rest des Wochenendes bemühten wir uns, uns nicht wieder in die Quere zu kommen, doch der dunkle Schatten der Angst hing ständig über mir. Ich konnte mich weder entspannen noch mein Wochenende genießen.

Ich erschrak fast zu Tode, als ich die Tür ins Schloss fallen hörte und Jonathan glucksend hinter Mum und Dave ins Wohnzimmer stolperte.

O mein Gott, sie sind wieder da. Jetzt bin ich geliefert.

Ein paar Sekunden später war der Fernseher an und *Knots Landing*, Mums neueste Lieblingsserie, dröhnte durchs Wohnzimmer. Ich hatte ein Abendessen vorbereitet, um sie etwas gnädiger zu stimmen, aber Blake konnte keine Sekunde länger warten, um seine Neuigkeiten loszuwerden.

»Tina hat ein Loch in eure Schlafzimmertür getreten«, trällerte er wie ein Kanarienvogel.

»Wie bitte?«, bellte Dave.

»Ich geh und schau es mir an«, seufzte Mum. Ich zog mich in mein Zimmer zurück und wartete auf den Schrei. In meinen Ohren hämmerte mein Puls.

Bumm, bumm, bumm. Noch war alles ruhig.

Bumm, bumm, bumm. Immer noch kein Schrei. Vorsichtig trat ich vor die Tür, um zu sehen, was Mum aufhielt. Sie stand in ihrem alten Rock und ihren Sandalen vor der Tür, die Hände auf die Hüften gestemmt.

»Tut mir leid, Mum, aber Blake wollte mich nicht reinlassen«, murmelte ich. Sie seufzte tief auf, dann sah sie mich mit ihren Marmoraugen an.

»Na, immerhin habt ihr das Haus nicht in Brand gesteckt«, meinte sie schulterzuckend.

Wieder einmal war mir der Boden unter den Füßen weggezogen worden. Ich wusste nie, woran ich bei Mum war. Ungläubig verzog ich das Gesicht. Beinahe wäre mir eine Tracht Prügel lieber gewesen, denn danach hätte ich mich entspannen können. Schließlich erklärte ich mir ihre Gelassenheit damit, dass sie wohl ein paar nette Tage mit Dave verbracht hatte, und eilte rasch zurück in meine Höhle.

Ich stand kurz davor, ein wenig Vertrauen zu meiner Mum zu fassen, als sie mich so enttäuschte wie noch nie. Danach gab es für mich keine Umkehr mehr.

Es war eine Nacht wie Hunderte andere. Ich konnte mittlerweile nicht mehr sagen, wie viele Male mein Stiefvater mitten in der Nacht in mein Zimmer geschlichen war. Mir kam es wie eine einzige anhaltende Vergewaltigung vor. Ich stand kurz vor meinem vierzehnten Geburtstag, und Dave kniete vor meinem Bett und präparierte mich mit den Fingern und der Creme.

»Oh, du fühlst dich so gut an«, ächzte er, während er an sich herumfummelte. »Das wird dir bestimmt gefallen«, versprach er und stand auf.

Knarz.

Wir erstarrten beide.

Offenbar war Mum aufgewacht und lief herum. Dave zog sich die Hose hoch und hastete zur Tür. Sie war ins Bad gegangen, ihm blieb nur ein winziges Zeitfenster, um ungesehen zu entwischen. Er zog gerade meine Tür hinter sich zu, als Mum fragte: »Was machst du denn da?«

Sie hatte ihn auf frischer Tat ertappt.

Er schloss die Tür, sodass ich das restliche Gespräch nicht mehr mitbekam, egal, wie sehr ich die Ohren spitzte. Mein Herz schlug wieder wie wild, doch diesmal vor Freude; denn ich dachte, dass es jetzt vorbei war. Endlich war es vorbei. Ich war frei.

In jener Nacht machte ich kaum ein Auge zu, weil ich schon fast erwartete, dass Mum wie ein Ritter auf dem weißen Ross in mein Zimmer stürmen würde, mich in die Arme nehmen und mich irgendwohin bringen würde, wo ich den Rest meines Lebens in Sicherheit war.

»Es tut mir leid, Flossy«, würde sie sagen. Nach diesen Worten sehnte ich mich fast so sehr wie nach den Worten

»Ich liebe dich«. Ich würde ihr in die Augen schauen und den Moment genießen, wenn sie sich ein wenig wand, weil sie meine Erwiderung kaum erwarten konnte. Und dann würde ich sagen: »Ich verzeihe dir.« Denn letzten Endes war sie immer noch meine Mutter, egal, was sie getan hatte.

Freudentränen rollten mir über die Wangen, als ich mir vorstellte, wie sie mich zum ersten Mal umarmen und mir versichern würde, dass von nun alles gut werden würde. Ich packte mein Kissen und drückte es ganz fest, während ich darauf wartete, dass Mum endlich für mich eintrat.

Irgendwann schlummerte ich wohl im Sitzen ein, denn als sich die Sonne am nächsten Morgen einen Weg durch den Vorhang bahnte, wachte ich mit einem steifen Nacken auf.

Zögernd machte ich mich wie üblich für die Schule fertig. Am Treppenabsatz fiel mir das nächtliche Drama ein. *Mum hat dich dabei erwischt, wie du aus meinem Zimmer geschlichen bist. Wie hast du ihr das erklärt, Dave?* So sehr ich mich in der Schule auch bemühte, die knallharte Göre zu spielen, in dem Moment wurde ich plötzlich wieder zu Tina, dem kleinen Mädchen, das Angst hatte, dass ihr Stiefvater sie windelweich prügeln würde, nachdem die Katze aus dem Sack war. Sollte ich so wie immer nach unten gehen und frühstücken? Ich spähte vorsichtig in die Küche. Der Wasserkessel kochte, das Frühstücksgeschirr kirrte, Blake schlürfte den Rest Milch aus seiner Müslischüssel und Jonathan klapperte mit dem Löffel auf den Tisch. Zum Glück war Dave schon unterwegs, ich hatte Mum also ganz für mich, bevor auch sie sich zur Arbeit aufmachte.

»Müsli oder Toast?«, fragte sie.

Ich war so entgeistert, dass es mir die Sprache verschlug. So hatte ich mir das wahrhaftig nicht vorgestellt. *Solltest du mich nicht lieber fragen, was dein Mann letzte Nacht in mei-*

nem Zimmer zu suchen hatte? Solltest du dich nicht endlich bei
mir entschuldigen, weil du mich nicht beschützt hast?

»Was ist denn?«, fragte sie achselzuckend, als ich sie wortlos anstarrte.

»Müsli«, flüsterte ich. Meine Stimme versagte.

Sie stellte eine Schachtel Cornflakes auf den Tisch und
fütterte Jonathan weiter, als wäre nichts geschehen und als
hätte sich nichts verändert. Die Flamme der Hoffnung flackerte noch ein letztes Mal in mir, dann erstarb sie.

11

Jeder hat eine Belastungsgrenze, selbst der stärkste, tapferste Krieger. Ich hatte, ohne es zu wissen, meine Grenze erreicht. Unser jährlicher Urlaub in Highfields in Clacton-on-Sea – in dem Jahr war ich vierzehn - hatte rein gar nichts mehr mit meinen Erinnerungen an abenteuerliche Sprünge von der hohen Sprungschanze und dem Spielen an Spielautomaten zu tun. Es waren zwar niemals ungetrübte Erinnerungen, aber diesmal ging die Woche in einem einzigen Grauschleier an mir vorüber.

Ich ertrug es nicht, Mum und Dave dabei zuzuschauen, wie sie sich sorglos amüsierten, während mich etwas in meinem Inneren auffraß. Ich wollte die Schmerzen verdrängen, ich musste meinen Körper narkotisieren. Also tat ich das, was sie taten – ich griff zur Flasche.

»Könnt ihr mir vielleicht eine Flasche Martini besorgen?«, fragte ich ein paar Jugendliche, die vor dem Alkoholladen neben dem Campingplatz herumlungerten. Ich hielt ihnen einen zerknüllten Zehn-Pfund-Schein hin, den mir mein Stiefvater zugesteckt hatte.

»Ich geb euch auch ein paar Ziggis dafür«, versprach ich, als sie mich von oben bis unten musterten. Einer der Jungs ging in den Laden und kam mit einer dünnen blauen Plastiktüte heraus.

»Trink nicht alles auf einmal«, schmunzelte er und überreichte mir die Tüte.

Ich starrte ihn durch die fettigen Haarsträhnen an, hinter denen ich mein Gesicht verbarg.

»Danke«, murmelte ich. Ich war zu schüchtern, um ihm in die Augen zu schauen. Ich trug ein langes, weites Kleid, um jeden Zentimeter meines Körpers, den ich mittlerweile abgrundtief hasste, zu verstecken.

Die Sonne ging unter, und ich hörte die Brandung auf die Küste donnern, je näher ich dem Klubhaus kam. Sonnenverbrannte Familien kehrten zu ihren Wohnwägen zurück, beladen mit Eimern und Spaten und gestreiften Tüchern, die als Windschutz dienten. Der Eisverkäufer, der jeden Nachmittag um fünf kam, trällerte sein nerviges Liedchen, aber ich wollte kein Eis. Ich wollte mich einfach nur betrinken.

Mit einem Blick über die Schulter vergewisserte ich mich, dass mich keiner beobachtete, dann schlich ich hinter das Klubhaus. Der Betonboden war noch glühend heiß, aber das Brennen unterm Hintern legte sich rasch. Ich schraubte die Flasche auf und nahm einen großen Schluck.

»Igitt!« Ich hatte mich verschluckt und spuckte die bittere Flüssigkeit, die in meiner Kehle brannte, gleich wieder aus. Dann dachte ich an Mum und Dave und unsere Nachbarn Tony und Sue, die sich im Klub amüsierten. Ich hob die Flasche, wie um ihnen zuzuprosten, und nahm noch einmal einen riesigen Schluck.

Eine halbe Stunde später lag ich wie gelähmt auf dem Boden und spürte nichts mehr.

»Tina?«, hörte ich jemanden rufen.

»Tina, bist du betrunken?« Die Stimme des Mannes hallte in meinen Ohren nach. Ich weiß noch, wie ich mich umdrehte und zu Tony hochsah, der ein buntes Hawaiihemd trug. Er hob mich hoch, und ich sagte ihm, dass mir schlecht sei. In meiner nächsten Erinnerung liege ich auf einem Bett in einem Caravan, aber es war nicht unserer. Die Vorhänge hatten eine andere Farbe, und die Bettlaken waren grellbunt gemustert.

»Du kannst deinen Rausch hier ausschlafen, damit du keinen Ärger mit deiner Mum und Dave bekommst«, sagte Tony.

Obwohl ich so betrunken war, prägte sich das Mitleid in seinem Blick tief in mir ein. Er starrte mich noch ein Weilchen an, dann ging er und zog die Tür hinter sich zu.

Ich weiß nicht, ob es der Familienurlaub in Highfields war oder die darauf folgenden verregneten Tage, die das Fass zum Überlaufen brachten. Ich war mit meiner Freundin Sam zusammen, die ebenfalls gern die Schule schwänzte. Wir hatten uns den Vormittag freigenommen, aber unser Plan, auf dem See im Barking Park Boot zu fahren, war sprichwörtlich ins Wasser gefallen. Stattdessen waren wir unterwegs zur Bücherei in Romford, um dort den Regen auszusitzen.

Ich nahm immer zwei Stufen auf einmal auf der Treppe in den ersten Stock, wo wir der adleräugigen Bibliothekarin zu entkommen hofften. Das feuchte Wetter hatte den Geruch alter Bücher verstärkt, der sich nicht gut mit dem Gestank des Reinigungsmittels, mit dem auch die Tische in der Schule abgewischt wurden, vertrug. Ich zog das dickste Buch heraus, das ich finden konnte, und warf es auf den Plastiktisch. Sam tat es mir nach, und wir kicherten darüber, wie böse wir waren.

»Stehst du jetzt etwa auf Dickens?«, verspottete Sam meine Buchwahl.

»Pst«, sagte ich und legte den Finger vor den Mund. »Du schaffst es noch, dass sie uns hier rauswerfen.«

Sam zog eine Schnute und wischte sich die blonden Ponysträhnen ihres Kurzhaarschnitts aus den Augen.

»Am nächsten Wochenende mache ich mit meiner Familie einen Ausflug nach Brighton. Dad hat gemeint, er will mit mir auf den Pier gehen, und wir werden auch die neue Achterbahn ausprobieren«, strahlte sie.

Ihre Worte fühlten sich an wie ein Dolch in meinem Herzen. Warum tat ich nie so etwas? Ich wollte doch auch nur ein ganz normales Familienleben. Ich hatte die Nase gestrichen voll.

»Mein Leben ist völlig anders als deines«, sagte ich mit versteinerter Miene.

»Was soll das heißen?«, kicherte sie.

»Mein Stiefvater fasst mich an.«

»Was meinst du damit, er fasst dich an?«, lachte sie. Sie dachte wohl, das wäre ein blöder Witz.

»Er fasst mich an«, flüsterte ich und starrte auf das Buch. »Er fasst mich an, er kommt in mein Zimmer und hat Sex mit mir.« Endlich sah ich ihr in die Augen. Meine Stimme zitterte.

Sam riss den Mund auf. »Hast du gerade das gesagt, was ich denke?«, keuchte sie erschrocken auf.

Der immense Druck, der in den letzten acht Jahren auf meiner Brust gelastet hatte, war endlich weg. Ich konnte wieder frei atmen.

»Was wirst du jetzt tun?«, fragte sie immer noch völlig entgeistert.

»Nichts«, erwiderte ich. Ich hatte ja gar nicht vorgehabt, es Sam zu sagen; es war einfach aus mir herausgesprudelt.

»Aber du musst es jemandem sagen!«, zischte sie und beugte sich über den Tisch.

Ich rückte entsetzt von ihr ab. »Das kann ich nicht, das kann ich nicht«, erwiderte ich kopfschüttelnd. Aber Sam gab nicht so schnell auf.

»Wir gehen jetzt in die Schule, und du redest mit der Lehrerin«, beharrte sie. Nach all den Jahren des Missbrauchs, glaube ich, war mir immer noch nicht klar, wie schlimm das war, was Dave mir antat.

»Auf gar keinen Fall«, sagte ich und stand auf. Sam versuchte, mir gut zuzureden, aber ich war noch nicht bereit, mein Elend der ganzen Welt zu offenbaren. Ich schämte mich und ekelte mich vor mir selbst.

Am Nachmittag mussten wir in die Schule, um uns zu registrieren, damit wir nicht beim Schuleschwänzen ertappt wurden. Wir hatten das Pech, auf der Zufahrt erwischt zu werden.

»Miss Moore, Miss Aitken, wo haben Sie gesteckt?«, knurrte die strenge Stimme von Mrs Walsh, unserer Klassenleiterin. Ich konnte sie nicht ausstehen, weil ich immer zu ihr geschickt wurde, wenn ich wieder mal etwas ausgefressen hatte.

»O mein Gott, jetzt sind wir dran«, murmelte ich, als Mrs Walsh sich uns mit verschränkten Armen, den Fuß ungeduldig auf den Boden klopfend, in den Weg stellte. Sie war groß und hatte einen breiten Hintern. Ihr schulterlanges Haar teilte sich wie ein Vorhang, unten wellte es sich leicht. Ihre Miene wirkte so ernst, dass Sam und ich es mit der Angst zu tun bekamen. Sie starrte uns unter ihren langen Wimpern an, die wie Spinnenbeine aussahen, weil sie von dicker schwarzer Wimperntusche verklebt waren.

»Tina muss Ihnen etwas sagen, Miss«, fing Sam an.

»Halt den Mund!«, zischte ich und stieß sie in die Rippen.

»Nein, du musst es ihr sagen. Wenn du es nicht tust, tu ich es«, beharrte sie und gab mir einen Schubs, sodass ich nach vorne stolperte.

Ich hatte eine Lawine ausgelöst, die ich nicht mehr aufhalten konnte. Durch mein Geständnis in der Bücherei hatte die Sache eine Größe angenommen, die ich niemals beabsichtigt hatte. Ich hatte es nicht geschafft, durchzuatmen und darüber nachzudenken, wohin das alles führen würde.

»Mein Stiefvater berührt mich«, murmelte ich. Meine Wangen brannten vor Scham.

Mrs Walsh verstand das gleich beim ersten Mal. Sie plusterte sich auf wie eine verärgerte Henne und deutete mit dem Finger auf mich.

»Du«, sagte sie, »und du auch«, – sie deutete auf Sam – »ihr kommt jetzt sofort mit. Sagt hier nichts mehr.« Sie drehte sich um und hastete über die Zufahrt. Wir hatten Mühe, mit ihr Schritt zu halten. Sam musste im Sekretariat sitzen bleiben, mich führte Mrs Walsh in ihr Büro. Sie schloss resolut die Tür. Die Rollos klirrten gegen die Scheibe.

Sie deutete auf den Stuhl vor ihrem Schreibtisch und setzte sich auf den Thron dahinter. Endlich schmolz ihr harter Blick, offenbar tat ich ihr leid. In ihren Augen stand ein mitfühlendes Lächeln, als sie mich fragte, ob ich nun bereit sei, mit ihr zu reden. Ich nickte und spielte nervös mit den Falten meines Rockes. Das Ticken der Uhr über dem Schreibtisch klang wie Hämmern, während wir uns eine Weile lang schweigend gegenübersaßen.

»Also, was soll das heißen, er fasst dich an?«, fragte sie schließlich. Es kam mir seltsam vor, dass sie auf einmal so freundlich klang.

»Er kommt nachts in mein Schlafzimmer.« Ich krümmte mich und spielte an meinen Fingernägeln herum.

»Wo fasst er dich an?«, fragte sie behutsam.

Mir stockte der Atem, und ich brachte kein Wort mehr heraus.

»Es ist schon in Ordnung«, versuchte sie mich zu beruhigen.

Ich musste erst einmal tief durchatmen, dann sagte ich ihr, was er immer mit seinen Fingern machte. Wie oft er mich vergewaltigte. Dass es angefangen hatte, als ich sechs war. Ich weinte nicht, weil es mir immer noch nicht real vorkam. Es war, als steckte ich gar nicht in meinem Körper, als ich nüchtern die Fakten darlegte. Wir waren ziemlich lange in ihrem Büro. Seltsamerweise spürte ich mich von Mrs Walsh in dieser Zeit mehr geliebt, als ich mich je von meiner Mutter geliebt gefühlt hatte.

»Wie spät ist es?«, fragte sie schließlich eher sich selbst und warf einen Blick auf die Uhr. »Die Schule ist schon fast zu

Ende. Ich möchte, dass du jetzt heimgehst und deiner Mutter sagst, was in all dieser Zeit passiert ist«, sagte sie und wirkte auf einmal wieder sehr streng.

Ich keuchte entsetzt auf. Es meiner Mutter sagen? Das war ja wohl ein schlechter Witz. »Das – das kann ich nicht«, stammelte ich und schüttelte heftig den Kopf.

»Das musst du aber, Tina. Nur so kannst du dafür sorgen, dass es aufhört«, beharrte sie und beugte sich zu mir vor. Ich nickte, aber ob ich ihrem Rat folgen konnte, wusste ich noch nicht.

»Morgen früh kommst du gleich zu mir und berichtest mir, wie es gelaufen ist«, befahl mir Mrs Walsh, als ich mich zu gehen anschickte. Ich nickte abermals, und abermals wusste ich nicht, ob ich den Mut aufbringen würde, zu tun, was sie von mir verlangte. Ich fuhr mit all den anderen im Bus nach Hause, redete aber mit keiner meiner Freundinnen. Ich war zu beschäftigt damit, in Gedanken zu üben, was ich Mum sagen würde. »*Mum, Dave hat Sex mit mir.*« Nein, so konnte ich es nicht sagen. »Mum, dein Mann steckt gern alle möglichen Sachen in mich hinein.« Nein, das ging auf gar keinen Fall. Wut stieg in mir auf, während mir all die Schmerzen einfielen, die er mir angetan hatte.

»*Na komm schon, du schaffst es, Tina*«, fauchte die Kämpferin in mir, als ich zu unserem Haus trottete. Ich wusste, dass Mum schon von der Arbeit heimgekommen war, denn durch das Küchenfenster drang der Geruch des Frittierfetts. Mein Herz stolperte, als ich den Türknauf drehte, und dann fing es an zu rasen, als ich Mum in der Küche stehen sah. Sie hatte mir den Rücken zugekehrt.

Ich wandte mich ab und wollte in mein Zimmer eilen. »*Nein, Tina, sag es ihr jetzt!*« Die Stimme in meinem Kopf hinderte mich an der Flucht. Ich wirbelte herum und baute mich vor ihr auf.

»Mum«, sagte ich.

Sie fuhr ungerührt damit fort, das Abendessen vorzubereiten.

»Mum, ich muss mit dir reden«, sagte ich etwas lauter. Sie knallte die Teller auf die Arbeitsplatte und drehte sich zu ihrer nervigen Tochter um. Ich atmete tief durch …

… und Dave kam zur Tür herein.

»Also, worüber willst du mit mir reden?«, knurrte sie.

Ich sah Dave an und schüttelte den Kopf. »Es war nichts Wichtiges«, sagte ich und ging in mein Zimmer. Doch so schnell durfte ich mich nicht geschlagen geben, schließlich hatte ich Mrs Walsh etwas versprochen. Ich wartete, bis Mum in ihrem Schlafzimmer den Fernseher angestellt hatte, dann nahm ich einen zweiten Anlauf. Ich drückte mich erst ein Weilchen auf ihrer Schwelle herum, dann fasste ich mir ein Herz.

»Mum, kann ich mit dir reden?«

In dem Moment kam Jonathan angerannt, ein Spielzeug in der Hand. »Mummy, Mummy, schau mal!«

»Weißt du was, es ist wirklich nicht weiter wichtig«, seufzte ich und trat den Rückzug an. In jener Nacht lag ich stundenlang wach im Bett. Ich war beinahe erleichtert, dass ich nichts gesagt hatte. Ich kann es nicht, ich weiß nicht, wie ich es ihr sagen soll. Wie kann ich ihr sagen, was er mit mir macht? Ich hatte ein verdammt schlechtes Gewissen; irgendwie dachte ich immer wieder, dass ich selbst daran schuld war. Ich nahm Daves Geschenke an, ich nahm sein Geld an, ich wehrte mich nicht. Aber vor allen Dingen wollte ich meine Mum nicht aufregen, weil ich trotz alledem wollte, dass sie glücklich war. Wie kann ich sie mit einer solchen Wahrheit belasten?

Am nächsten Morgen trat ich mit einem großen D wie Durchgefallen vor Mrs Walsh. »Ich konnte es nicht tun. Ich konnte es ihr nicht sagen«, wimmerte ich und schlang die Arme um mich. Mrs Walsh streifte die Haare hinter die Schulter und starrte mich eindringlich an.

»Es wird nur aufhören, wenn du es deiner Mum sagst, Tina«, sagte sie streng und rieb die Hände aneinander. Ihre Wimpern wirkten an diesem Morgen noch länger als sonst. Komisch, worauf man achtet, wenn man sich selbst so sehr preisgibt. Schließlich lockerte sie ihre Finger und sagte mir, dass ich den Tag bei ihr verbringen solle, bis es Zeit wäre, heimzugehen und mich meiner Mum zu stellen.

Dieser Freitag gehörte zu den schönsten Tagen, die ich je in der Schule verbracht habe. Mrs Walsh nahm mich unter ihre Fittiche und ließ mich nicht aus den Augen. Ich fühlte mich beschützt, gemocht und gebraucht – Gefühle, nach denen ich mich meine ganze Kindheit lang gesehnt hatte. Während des Unterrichts war ich stets an ihrer Seite und half ihr. Endlich drang es in mein Bewusstsein, dass sich etwas Wichtiges in meinem Leben verändert hatte, und ich war unglaublich erleichtert, dass ich mich ihr gegenüber geöffnet hatte.

Als die letzte Glocke durch Flure und Klassenzimmer schrillte, nahm sie mir das Versprechen ab, am Montag gleich zu ihr zu kommen. Ich sah, dass es ihr schwerfiel, mich zu entlassen, denn ihr Lächeln wich einem besorgten Gesichtsausdruck.

»Du wirst es schon schaffen«, sagte sie, und ich nickte, auch wenn ich ihr gar nicht mehr von der Seite weichen wollte. Bei ihr fühlte ich mich sicher. Auf dem Heimweg sank meine Körpertemperatur, als wäre ich von einem warmen, gemütlichen Feuer in einen Schneesturm geraten. Fröstelnd öffnete ich die Tür. Zum Glück war Mum noch nicht da. Ich hatte noch ein paar Minuten, um mich vorzubereiten. Ich war noch nervöser als am Vortag, während sich mein Geständnis in meinen Gedanken zu einem massiven Drama auswuchs.

Ich lag auf meinem Bett und wartete auf Mum. Blake war unten vor dem Fernseher, die Musik von *Dr. Who* schallte zu mir hoch. Ich lag zwar da, konnte mich aber nicht entspannen. Das grässliche Gefühl, nicht zu wissen, was auf mich zukam, lähmte mich völlig.

Die Tür fiel ins Schloss.

Tief durchatmen.

Mum zog an der Garerobe ihre Sandalen aus, dann knarzten die Stufen.

Noch mal tief durchatmen.

Ich hörte sie in ihr Schlafzimmer gehen und den Schrank öffnen. *Jetzt oder nie.* Mum saß auf der Bettkante, als ich noch in meiner grünen Schuluniform in ihr Schlafzimmer kam. Ich war völlig verängstigt, meine Hände zitterten, meine Beine waren schwach. Ein Schubs, und ich wäre einfach zusammengeklappt.

»Ich – ich möchte mit dir reden«, verkündete ich stockend. Mir blieb nichts anderes übrig, Mrs Walsh hatte gedroht, dass sie meine Mum am Montag anrufen würde, wenn ich nicht mit ihr redete.

»Worüber?«, fragte sie. Ich setzte mich ein Stück entfernt von ihr auf die Bettkante. *Das Bett, in das er kriecht, nachdem er mich vergewaltigt hat.*

»Dave fasst mich an«, sprudelte es aus mir heraus.

Stille.

Schließlich runzelte Mum die Stirn, als hätte sie mich nicht richtig verstanden. »Wie bitte?«, sagte sie.

»Er fasst mich an«, wiederholte ich.

»Was soll das heißen?«, fragte sie, und kniff die Augen zusammen.

»Er kommt nachts in mein Zimmer«, murmelte ich und senkte beschämt den Kopf.

Sie lief rot an und sah aus, als würde sie gleich zu weinen

anfangen. »Was stellt er mit dir an?«, fragte sie zögernd. Offenbar hatte sie Angst vor dem, was sie gleich zu hören bekommen würde.

Ich holte tief Luft. Mum und ich hatten uns nie über sexuelle Dinge unterhalten, weshalb es mir höchst peinlich war, so etwas detailliert zu beschreiben.

»Er – er berührt mich dort unten«, stammelte ich.

Mums Gesicht verzog sich entsetzt. »Jetzt musst du mir aber schon ein bisschen mehr erzählen. Was genau meinst du damit?«

Offenbar kam ich nicht darum herum, ihr all die schmutzigen Details zu offenbaren. Jetzt stand ich kurz davor, in Tränen auszubrechen. Der Damm würde gleich bersten. »Er hat Sex mit mir«, gestand ich schließlich.

Mum fing an zu weinen. Sie weinte so heftig, dass ihr ganzer Körper bebte. Ich konnte es nicht ertragen, sie so aufgewühlt zu sehen. Auch ich begann zu weinen, weil ich mich schrecklich schuldig fühlte. *Du bist an dem Unglück deiner Mutter schuld, Tina. Was hast du ihr da bloß angetan?*

»Komm her«, schluchzte Mum und umarmte mich. In meinen vierzehn Jahren hatte sie mich noch nie umarmt. Die Wärme legte sich auf mich wie eine Decke, und ich schmiegte den Kopf an ihre Brust.

»Es tut mir leid«, sagte sie. »Schrecklich leid.« Sie schaukelte mich wie ein Baby.

»Du glaubst mir doch, oder?«, weinte ich.

»Ja«, beruhigte sie mich.

»Mum, ich lüge nicht«, wimmerte ich.

»Ich weiß, ich weiß«, beschwichtigt sie mich.

Wir saßen eine schiere Ewigkeit so da. Unsere Tränen sickerten in ihre Bluse. Ich weiß nicht, worüber sie nachdachte. Ich weiß nur, dass ich mich unglaublich schuldig fühlte. Ich war davon überzeugt, dass es meine Schuld war, und ich hatte schreckliche Angst davor, welche Probleme mir meine große Klappe bescheren würde. *Wird das Jugendamt mich meiner Familie wegnehmen? Wird Dave mich windelweich prügeln?* Ich zitterte und bebte und wünschte mir, meine Mum würde mich nie mehr loslassen.

12

Was würde nun passieren?

Es war zermürbend, meine Mum so aufgewühlt zu sehen, und das mir vertraute Leben stellte sich auf den Kopf. Es gibt nichts Schlimmeres als das Gefühl, keinerlei Kontrolle mehr zu haben. Meine Mum konnte mir nicht den nötigen Trost spenden, weil sie zu bestürzt war. Ich wurde wieder in die Dunkelheit geschickt.

»Geh in dein Zimmer, er kommt gleich heim«, wies sie mich an und wischte sich die Tränen ab.

Ich nickte. Die Rüstung, die ich mir im Lauf der Jahre zugelegt hatte, war verschwunden. Ich schloss die Tür und schaffte es nur mit knapper Not in mein Bett. Dort zog ich die Knie an und schaukelte hin und her wie ein Embryo im Mutterleib.

Die Haustür fiel ins Schloss. Er war da.

Ich erstarrte und spitzte die Ohren.

»Komm mal her!«, schrie Mum aus dem Schlafzimmer.

»Gleich«, grunzte er.

»Nein, sofort!«, brüllte sie.

Ich lag da wie tot. Er trottete die Stufen hoch und vorbei an meinem Zimmer. Mum sagte ihm, er solle die Tür zumachen. Ich konnte nicht hören, was gesagt wurde, aber es wurde viel gebrüllt, geflucht und geweint. Meine Mutter schluchzte hemmungslos wie noch nie.

Ich lag da und hasste mich. Wieder einmal überkam mich der Drang, auf meine Beine einzuschlagen, weil ich mich so schuldig fühlte. *Es ist einzig und allein meine Schuld. Mum regt sich schrecklich auf wegen mir. O mein Gott, was wird passieren?* Mir wurde schlecht vor Sorge.

Das Schreien und Weinen wollte gar kein Ende nehmen, und ich konnte nichts dagegen tun. Endlich ging die Tür zu ihrem Schlafzimmer wieder auf.

Ich hielt die Luft an, und mein Herz setzte kurz aus. *Was passiert als Nächstes?* Ich zitterte vor Angst. *Werden sie in mein Zimmer kommen? Bitte nicht!*

Die Haustür ging auf und wieder zu, und dann fing Mum wieder an zu weinen. Ich ging davon aus, dass Dave weg war.

Ich wusste nicht, ob ich in meinem Zimmer bleiben oder herauskommen sollte. Sollte ich etwas sagen, oder sollte ich mich einfach verdrücken? Lange Zeit hörte ich keinen Ton.

Dann rief Mum endlich: »Tina, kannst du bitte mal zu mir kommen?«

Mühsam richtete ich mich auf und ging zögernd in ihr Zimmer. Mum hatte sich nicht bewegt, sie lag noch immer auf ihrem Bett. Ihre Augen waren rot und geschwollen, man sah kaum noch, dass sie eigentlich blau waren.

Ich stand da, wankend wie in einem Sturm.

»Er ist weg«, verkündete sie leise. »Ich habe ihm gesagt, dass er verschwinden soll.« Sie sah mich an.

»Okay«, sagte ich langsam. Meine Angst war noch nicht verschwunden.

Sie seufzte tief auf, dann erläuterte sie mir ihren Plan. »Ich werde Blake sagen, dass er eine Affäre hatte, und dann sehen wir weiter ...« Ihre Stimme wurde wieder brüchig.

»Okay«, nickte ich und hielt nur mit Mühe die Tränen zurück.

Das war alles. Mehr wurde nicht gesagt, nichts in der Art von »Wir melden das bei der Polizei« oder so. Ich war entlassen wie nach einem Nachsitzen in der Schule.

Ich kehrte in mein Zimmer zurück und rollte mich wieder auf meinem Bett zusammen. Ich hatte schrecklich Angst, weil ich nicht wusste, was als Nächstes passieren würde.

Sachte schaukelte ich hin und her, wie Mum es vorhin mit mir getan hatte. Endlich tanzte ein kleines Lächeln über mein Gesicht, als die Erleichterung darüber, dass Dave mich in dieser Nacht nicht vergewaltigen würde, in mir aufkeimte.

Moment mal – Mum hat gesagt, dass Dave weg ist, aber sie hat nicht gesagt, dass er nicht mehr kommt. Wohin ist er gegangen? In die Arbeit? In den Pub? Zahllose Fragen schwirrten mir durch den Kopf, aber ich hatte Angst, sie Mum zu stellen. Sie war bereits schrecklich aufgewühlt, und ich wollte es nicht noch schlimmer für sie machen.

Ich weinte in meinem Zimmer, sie weinte in ihrem. Obwohl nur Blakes Zimmer dazwischen lag, kam es mir vor, als würden wir uns an den entgegengesetzten Polen der Erde befinden. Ich wünschte mir sehnlichst, dass sie in mein Zimmer kommen und mich umarmen würde. Dass sie mir sagen würde, dass sie mich liebte und dass alles gut werden würde. Wahrscheinlich hatte ich zu schnell erwachsen werden müssen, aber im Grunde war ich immer noch ein Kind. Eine Vierzehnjährige, die sich nach ihrer Mutter sehnte.

Ich weiß nicht mehr, wie die Zeit an jenem Samstag verstrich. Ich erinnere mich nicht daran, wann ich aufgewacht bin oder ob ich die üblichen Putzarbeiten erledigt habe. Ich weiß nur noch, dass mich im Lauf des Tages ein sanftes Gefühl der Erleichterung durchströmte. Am Abend fing ich an, mich daran zu erinnern, wie es sich anfühlt, froh zu sein. Auch Blake ließ mich an jenem Abend in Ruhe, und einen Moment lang glaubte ich, dass wir fortan wie eine ganz normale Familie leben würden, so als hätte Dave nie existiert.

Auch der Sonntag verstrich ohne Dave. Ich hörte gerade Musik in meinem Zimmer, als Mum nach mir rief.

»Tina, kannst du mal runterkommen?«

Es war der Tonfall, den sie immer hatte, wenn Ärger bevorstand.

»Gleich«, rief ich.

»Nein, es ist wichtig, komm bitte sofort«, rief sie zurück. Ich stellte meine *Wet-Wet-Wet*-Musik aus und ging zögernd nach unten. Ich trug meine übliche weite Jeans und ein weites T-Shirt, um meinen Körper zu verstecken. Mum stand im Wohnzimmer, in der einen Hand hielt sie eine Zigarette, den anderen Arm hatte sie nervös vor die Brust gelegt.

»Setz dich«, sagte sie und deutete auf den Sessel, der zu der dreiteiligen Kunstledergarnitur in unserem Wohnzimmer gehörte. Sie wirkte sehr unruhig, und ich bekam sofort wieder ein schlechtes Gewissen.

Sie reichte mir ein Glas mit einer dunklen Flüssigkeit und Eiswürfeln. Schon beim ersten Schnüffeln merkte ich, dass es Bacardi-Cola war, Mums Lieblingsgetränk.

»Danke«, sagte ich zögernd und nahm einen Schluck. Der Drink war so stark, dass mir schwummrig wurde.

»Möchtest du eine Zigarette? Nimm dir eine«, sagte sie und deutete auf die Schachtel auf der Sessellehne.

Es war alles sehr seltsam. In mir schrillten die Alarmglocken. Ich war erst vierzehn, und Mum bot mir Alkohol und Zigaretten an. Sie wirkte hibbelig. Ich wusste nicht, wie ich mit ihrer Stimmung umgehen sollte.

»Ich muss mit dir über Dave reden und darüber, wie wir jetzt weitermachen«, sagte sie. Sie starrte kurz auf den Boden, dann sah sie wieder mich an. Mittlerweile saß sie am Rand des Sofas.

»Trink doch noch was«, ermunterte sie mich. Ich zwang mich dazu, noch einen Schluck zu nehmen. Er brannte in meinem Hals.

»Ohne Dave haben wir ziemliche finanzielle Schwierigkeiten«, sprudelte es endlich aus ihr heraus. »Ich weiß echt nicht, wie ich es schaffen soll, für unseren Lebensunterhalt aufzukommen. Wir haben erst vor Kurzem dieses Haus gekauft, das wir abbezahlen müssen.«

Ich starrte sie verständnislos an.

»Das Problem ist, dass wir auf der Straße landen werden, wenn ich die Raten fürs Haus und unsere Rechnungen nicht bezahlen kann«, erklärte sie seelenruhig.

Ich wusste nicht, worauf sie hinauswollte. Ich saß da in aller Unschuld und zwang mich, weiter an meiner Bacardi-Cola zu nippen.

»Du willst doch nicht, dass dein kleiner Bruder Jonathan auf der Straße landet, oder?«, fragte sie, und ihr Blick wurde wieder eiskalt.

Die Worte durchbohrten mein Herz. Ich liebte Jonathan, als wäre er mein Kind. Ich hatte ihm versprochen, dass ich ihn immer beschützen würde. Ich konnte einfach nicht die Schuld auf mich laden, verantwortlich dafür zu sein, dass wir unser Heim verloren. Natürlich hatte ich keine Ahnung, dass die Behörden das nie zugelassen hätten; wahrscheinlich hätten sie Dave dazu gezwungen, die Raten zu bezahlen. Doch weil mir das nicht klar war, blieb mir nichts anderes übrig, als Mums Worten Glauben zu schenken.

Entsetzt sah ich zu, wie Mum einen tiefen Zug von ihrer Zigarette nahm und ihn mit einem Schluck Bacardi-Cola nachspülte. Das Klirren der Eiswürfel füllte die peinliche Stille.

»Aber wir haben noch eine Option«, verkündete sie.

»Okay«, sagte ich und legte skeptisch den Kopf schief.

»Wenn er wieder bei uns einzieht …«, fing sie an.

Sobald sie das gesagt hatte, warf ich den Kopf angewidert zurück.

»Nein, nein, lass mich ausreden«, versuchte sie, die Lage zu entschärfen.

»Okay …«, sagte ich zögernd.

»Was wäre, wenn er wieder einziehen würde, aber einzig und allein wegen des Geldes?«

Mir klappte die Kinnlade nach unten.

»Dir wird nichts passieren, wir besorgen einfach ein gutes Schloss für deine Zimmertür. Ich werde den Schlüssel zu unserem Zimmer immer bei mir tragen, und wenn er nachts aufs Klos muss, lass ich ihn raus und sperre ihn danach wieder ein.« Sie gab sich die größte Mühe, mir diese Idee schmackhaft zu machen.

Ich wusste einfach nicht, was ich dazu sagen sollte.

»Hör mal, es liegt ganz bei dir. Er muss ja nicht wieder bei uns einziehen, und ich würde es verstehen, wenn du das nicht willst; denn das, was er getan hat, ist wirklich grundfalsch«, fügte sie hinzu.

Ich wollte etwas sagen, aber sie fiel mir ins Wort.

»Aber wenn er nicht zurückkommt, dann landen wir alle auf der Straße.« Wieder spielte sie die Schuld-Karte.

»Es liegt ganz bei dir. Es ist deine Entscheidung.« Sie tat wieder so, als hätte ich eine Wahl.

Aber welche Wahl hatte ich denn? Ich dachte nicht an mich, sondern nur daran, dass ich keinesfalls wollte, dass mein kleiner Bruder auf der Straße landete. Wie konnte ich ihm sein Zuhause rauben? Das konnte ich ja nicht einmal bei Blake. Oder bei meiner Mum, trotz allem, was sie mir angetan hatte. *Schließlich ist alles meine Schuld.*

Ich atmete tief durch, dann gab ich ihr, was sie wollte – ihn, nicht mich.

»Okay, lass ihn wieder rein«, sagte ich tonlos.

13

Welche Hoffnung gibt es noch, wenn deine eigene Mutter nicht für dich einsteht?

Mit wenigen Sätzen hatte sie es geschafft, das Scheinwerferlicht von David abzuwenden und auf mich zu richten, denn nun lastete die Sicherheit meiner Familie auf meinen Schultern. Das Traurigste daran war, dass ich so verzweifelt war, dass die Tatsache, dass sie ihn über mich gestellt hatte, mich dazu brachte, mich umso heftiger nach ihrer Liebe zu verzehren. Ich war so hin- und hergerissen zwischen dem Hass auf meine Mutter und dem Hass auf mich selbst, dass ich es mir nur damit erklären konnte, dass auch sie mich verachtete.

Mein Leben änderte sich an jenem Tag, als mir völlig klar wurde, dass es für mich keine Rettung gab. Ich ließ die Hoffnung fallen, dass meine Mum mich retten würde. Ich musste einfach so gut es ging alleine überleben.

Am Montagmorgen stand ich auf wie jeden Tag. Ich frühstückte schweigend zusammen mit Blake, während Mum sich hastig für die Arbeit fertigmachte. Es war, als wäre nichts geschehen. Mrs Walsh fragte mich, wie es gelaufen sei, und ich sagte ihr, dass Mum mir ein Schloss für meine Tür besorgen wollte. Sie gab mir ihre Adresse und sagte mir, ich könne mich jederzeit an sie wenden, wenn ich Hilfe brauchte, und außerdem drückte sie mir eine Trillerpfeife in die Hand, in die ich blasen sollte, falls Dave noch einmal versuchen sollte, sich an mich heranzumachen.

Und das war`s. Keiner benachrichtigte die Polizei, keiner sprach mit einem Sozialdienst oder dem Jugendamt, keiner nahm mich aus dem Haus, in dem ich jahrelang missbraucht worden war. Es lag an mir, mich zu verteidigen. Ich war immer noch so schockiert, dass *er* wieder bei uns aufgenommen worden war, dass ich mich kaum noch an das Gespräch mit Mrs Walsh erinnere. Aber die Erinnerung daran, wieder einmal im Stich gelassen worden zu sein, wird mich mein Leben lang begleiten.

Der Tag zog wie in einen Grauschleier verhüllt an mir vorbei. Ich suchte Sams Nähe, die es nicht fassen konnte, dass Mum Dave wieder ins Haus gelassen hatte.

»Was wirst du jetzt machen?«, fragte sie.

Was mich anging, war das Ganze eine beschlossene Sache.

»Nichts«, sagte ich schulterzuckend.

»Wie bitte?«, fragte Sam ungläubig.

Ich zuckte abermals die Schultern.

»Tina?«, versuchte Sam laut zu mir durchzudringen.

»Es ist mir egal. Vergiss es«, wimmelte ich sie ab. »Willst du eine rauchen?«, schlug ich vor, um sie von mir abzulenken.

Als ich aus der Schule kam, war Dave nicht zu Hause, aber an meiner Zimmertür hing ein nagelneues Schloss. Es war ein rundes Schloss, die Schlüsselspitze sah aus wie ein Schraubenzieher. Meine Mum war keine gute Heimwerkerin, also konnte es nur einer installiert haben - der Mann, den dieses Schloss von meinem Zimmer fernhalten sollte.

Ich suchte in meiner Schublade nach einem passenden Schlüsselring. Ich versuchte es mit mehreren und entschied mich für einen sehr schweren, damit ich den Schlüssel herunterfallen hören würde, wenn Dave versuchte, ihn von der anderen Seite her durch das Schloss zu stoßen. Ich musste tun, was ich konnte, um ihn daran zu hindern, mir noch einmal zu nahe zu rücken; denn ich wusste, sobald ich seine Hände auf mir spüren würde, würde ich zu viel Angst haben, ihn abzuwehren.

Obgleich ich mich nun in meinem Zimmer einsperren konnte, fühlte ich mich keineswegs sicherer. Ich konnte diesem Schloss nicht vertrauen, so wie ich nichts und niemandem mehr vertrauen konnte. Als ich später am Abend nach unten ging, saß er neben Mum auf dem Sofa und sah fern. Er hatte die Beine gespreizt, und sein dicker Bauch quoll über den Bund seiner Jogginghose. Einen Moment lang trafen sich unsere Blicke, dann sah er durch mich hindurch, als bestünde ich aus Luft. Es gab keinen durchbohrenden Blick, weil ich ihn verraten hatte, und es war ihm offenbar auch nicht peinlich. Es war so, als wäre er nie rausgeworfen worden, als hätte er mich all die Jahre nicht vergewaltigt. Mum hatte die Füße hochgelegt und verfolgte gebannt das Geschehen auf dem Bildschirm.

Ich hasse dich! Ich hasse dich!, schrie ich sie durch meine Augen an. Dave war erst seit ein paar Stunden zurück, aber das, was er mir angetan hatte, war bereits in Vergessenheit geraten. War ich so wenig wert? Blake durchsuchte die Küche nach einem kleinen Imbiss, Jonathan spielte zu Mums Füßen, beide hatten keine Ahnung von dem Drama, das sich am Wochenende abgespielt hatte. Ich fühlte mich diese Familie nicht mehr zugehörig.

Von da an sperrte ich mich in meinem Zimmer ein und wurde eine richtige Einsiedlerin. Ich ging nur nach unten, wenn ich etwas essen oder trinken wollte. Entspannen konnte ich mich nie, und es graute mir davor, in die Badewanne zu steigen. Irgendwie tauchte Dave ständig auf, sobald ich in mein Zimmer gehen oder es verlassen wollte. Ich hatte das Gefühl, dass seine Augen ein Loch durch meine Tür brannten. Ich fühlte mich ausgeliefert und verletzlich, wenn ich nackt in der Wanne saß, und immer wieder tauchte die Erinnerung auf, wie Dave mich als Sechsjährige zwischen den Beinen gewaschen hatte.

Ich duschte mich ausgiebig in der Hoffnung, das Wasser würde die Vergangenheit wegwaschen. Aber immer wieder schlugen Erinnerungen ein wie Bomben. Unser Bad war so klein, dass man sich darin nicht richtig anziehen konnte, ich musste also nur in ein Handtuch gehüllt den Flur überqueren. Obwohl ich immer das größte Handtuch nahm, das ich finden konnte, blieb noch genug von mir übrig, was *er* angaffen konnte.

Auf die Plätze, fertig, los! Ich riss die Tür auf, um in mein Zimmer zu rennen, und stieß mit Dave zusammen, der vor dem Bad herumlungerte.

»Tut mir leid«, murmelte er. Ich rannte weiter, bis ich die Tür hinter mir zusperren konnte. Dass er wieder mal einen Blick auf meinen Körper erhascht hatte, widerte mich an. Am liebsten hätte ich mich noch einmal gewaschen. Ich war eine Gefangene geworden.

Ich weiß nicht, ob es meiner Mutter auffiel, dass ich noch niedergeschlagener war als sonst, oder ob sie bloß ihr schlechtes Gewissen erleichtern wollte, doch ein paar Wochen später kam sie auf die Vergangenheit zu sprechen. Wir saßen im Wohnzimmer, und wie üblich gab es keine einleitenden Worte. Sie kam sofort auf ihr Anliegen zu sprechen.

»Dave macht eine Therapie«, fing sie an. Ich war erst vierzehn, ich hatte keine Ahnung, was das bedeutete. Fragend sah ich sie an.

»Willst du auch eine machen?«, fragte sie und rang sich ein Lächeln ab.

»Was macht man da?«, fragte ich schulterzuckend.

Mum erklärte, dass ich mit einer Fachkraft reden könne über das, was Dave getan hatte, und dass mir das helfen würde, darüber hinwegzukommen.

»Na, was meinst du?«, fragte sie abschließend.

»Hmm«, erwiderte ich ausweichend. Ich wollte nicht mit einem Fremden über etwas reden, was ich so lange als Geheimnis in mir vergraben hatte. Wie konnte ich jemandem Dinge erzählen, die ich bislang keinem erzählt hatte? Der Gedanke war mir so unangenehm, dass mich ein Frösteln überlief.

»Na gut, ich versuch`s«, murmelte ich trotzdem; mir war klar, dass sie es gern gesehen hätte, und ich wollte ihr den Gefallen tun. Ich wollte immer noch alles tun, um ihre Liebe zu erringen.

»Gut. Ich glaube, das wird dir helfen«, sagte sie lächelnd.

Die Praxis lag in einem Haus in Romford. Mum fuhr mich nach der Schule dorthin. Ich hatte keine Ahnung, was mich erwarten würde. Ich stellte mir eine Frau mit einer dicken Brille in einem weißen Mantel vor. Würde ich in eine Zwangsjacke gesteckt, wie in einem Film? Was wird sie mich fragen? Wird sie mich untersuchen? Fragen über Fragen, doch ich machte auf der Fahrt nicht den Mund auf. Ich hatte zu viel Angst, Mum diese Fragen zu stellen. Ich hatte ihr zwar offenbart, was Dave mir angetan hatte, und wir hatten uns umarmt und gemeinsam geweint, aber jetzt waren wir wieder an dem Punkt angelangt, dass wir uns nur mit Mühe einigermaßen höflich begegnen konnten.

»Die Therapie wird dir helfen«, sagte sie, als wir bei der Praxis angelangt waren. Ich glaube, damit wollte sie eher sich selbst beruhigen.

Eine kleine Frau mit zarten Zügen schüttelte meine vor Aufregung schwitzende Hand und führte mich in ihren Behandlungsraum. Die Jalousien waren heruntergezogen, eine Lampe in einer Ecke spendete warmes, gedämpftes Licht. Ihr Stuhl stand neben einem Möbelstück, das mir wie eine Mischung aus einem Krankenhausbett und einem Sofa vorkam. Sie meinte, ich solle mich darauf setzen.

»Und jetzt legst du dich einfach hin und versuchst, dich zu entspannen.« Ihre Stimme klang widerlich süß.

Ich wollte mich nicht in einem halbdunklen Raum hinlegen, denn in einer solchen Lage hätte ich mich ausgesetzt und angreifbar gefühlt. Ich kam mir vor wie in meinem Schlafzimmer, kurz bevor Dave sich anschickte, mich zu vergewaltigen. Ich wartete, dass sie sich auf den Stuhl setzte, in dem sich ihr Abdruck abzeichnete von den vielen Jahren, in denen sie dort sitzend mit ihren Klienten gesprochen hatte.

»Es ist schon okay, leg dich einfach hin«, beruhigte sie mich. Zögernd streckte ich mich aus. Mein Körper war starr wie in den Momenten, wenn Dave mich in meinem Bett angefasst hatte.

»Also, Tina ...« Sie legte die Fingerspitzen aneinander. »Ich möchte ein wenig mehr über dich erfahren«, sagte sie lächelnd.

Ich mag dich nicht. Ich hatte das Gefühl, nicht in diesen Raum zu gehören, obwohl ich keine Ahnung hatte, wo ich überhaupt noch hingehörte. Ich wollte mir ihre Fragen Mum zuliebe anhören, damit ich ihr sagen konnte, dass ich es immerhin versucht hätte. Sie versuchte, das Eis zu brechen, indem sie mich über meine Kindheit ausfragte und um den eigentlichen Anlass, warum ich sie aufgesucht hatte, herumredete. Ich verschränkte die Arme vor der Brust. Mir war klar, dass sie eine Beziehung zu mir aufbauen wollte, aber ich wollte mich nicht mit ihr anfreunden.

»Tina?«, sagte sie fragend. Ich war in eine andere Welt abgedriftet.

»Es ist sehr wichtig, dass wir einander vertrauen«, fuhr sie fort. »Du kannst mir vertrauen.« Sie lächelte.

Das hätte ich gern geglaubt, aber alle, denen ich bislang vertraut hatte, hatten mich im Stich gelassen. Ich mahnte mich, zu entspannen und ihr eine Chance zu geben.

»Keine Sorge, nichts, was du mir erzählst, werde ich David weitererzählen«, verkündete sie.

Wie bitte? Sie therapiert auch meinen Stiefvater? Ich konnte es kaum glauben, dass Mum uns zu derselben Therapeutin schicken wollte. Wieder ein Schlag ins Gesicht. Wieder ein Verrat.

»Woher soll ich wissen, dass Sie ihm nichts von den Dingen sagen, die ich Ihnen erzähle?«, fauchte ich wütend.

»Das werde ich nicht tun. Was du mir erzählst, ist streng vertraulich«, versuchte sie, mich zu beruhigen.

Ich verschränkte die Arme noch fester vor der Brust. Sie versuchte weiter, mich zu beruhigen, doch nun stand eine hohe Mauer zwischen uns. Ich konnte dieser Frau nichts erzählen, weil es vielleicht doch zu Dave gelangen würde. Die Dinge in meinem Kopf waren der einzige Teil meines Körpers, den mein Stiefvater nicht missbraucht hatte, das Einzige, was mir gehörte und er mir nicht wegnehmen konnte. Ich hatte das Gefühl, ihm immer noch einen Zugang zu mir zu gewähren, wenn ich mich dieser Fremden offenbarte.

»Na gut, Tina, unsere Zeit ist um, nächste Woche werden wir dann etwas eingehender darüber reden, was passiert ist«, sagte sie lächelnd und schob mich zur Tür hinaus. Gott sei Dank ist unsere Zeit um, dachte ich und schenkte ihr ein sarkastisches Lächeln. Mum wartete im Auto vor der Tür.

»Wie ist es gelaufen?«, fragte sie.

»Na ja, ganz gut, nehme ich an«, log ich, als wir uns durch den Stoßverkehr kämpften.

Der Elefant saß wieder auf meiner Brust, und ich bekam kaum noch Luft. Gab es denn niemandem, dem ich vertrauen konnte? In der Praxis war ich wütend gewesen, jetzt war ich unglaublich traurig und fühlte mich schrecklich einsam. Es war dunkel, Mum konnte also nicht die Tränen sehen, die mir über die Wagen liefen.

»Ich will dort nicht mehr hin«, sagte ich schließlich.

»Wie bitte? Bist du dir sicher?«

»Jawohl«, beharrte ich.

»Na gut«, meinte sie schulterzuckend.

Und das war`s dann auch. Solange ich daheim wohnte, redeten wir nie mehr über den Missbrauch. Das Thema wurde wie zu einem sperrigen Objekt im Raum, bei dem jeder so tat, als sähe er es nicht. Niemand konnte mich beschützen, meine Mum nicht, meine Lehrerinnen nicht und meine Brüder auch nicht. Ich sperrte mich in mein Zimmer ein, weinte und hörte Musik. Nur wenn ich mich selbst schlug, fühlte ich mich danach etwas ruhiger. Manchmal war ich so unglücklich und einsam, dass ich sterben wollte.

In meinem letzten Schuljahr brachte ich nicht mehr das geringste Interesse für den Unterricht auf. Die meisten Tage schwänzte ich und hing im Park oder in der Stadt mit meinen Freundinnen herum. Wenn ich in der Schule war, führte ich mich auf wie die Chefin im Ring und ließ nichts aus, um die Regeln zu brechen. Ich stopfte meine Bluse nicht in den Rock und legte viel zu viel Make-up auf. Normalerweise kleisterte ich mir eine dicke orangefarbene Schminke ins Gesicht und dazu einen grellblauen Lidschatten, um mein wahres Ich zu verbergen.

Die Lehrerinnen beschwerten sich bei meiner Mum über mich, aber der schien alles egal zu sein. Nachdem sie Dave wieder ins Haus gelassen hatte, hatte ich bei ihr Narrenfreiheit. Ich musste abends nicht mehr um halb neun zu Hause sein, ich war nicht mehr an die Küche gefesselt. Ich konnte tun und lassen, was ich wollte.

Aber die Freiheit, nach der ich mich früher so gesehnt hatte, war gar nicht mehr so verlockend, als sie mir auf dem Silbertablett serviert wurde. Denn Mum tat das alles ja nur, weil sie ein schlechtes Gewissen hatte. So kam es mir jedenfalls vor. Von ihr angebrüllt zu werden wäre mir lieber gewesen, als ignoriert zu werden; denn immerhin nahm sie mich

wahr, wenn sie mich schlug. Ich fühlte mich einsamer, unge-
liebter und wertloser als je zuvor. Ich tat alles, um mich nicht
zu Hause aufhalten zu müssen. Ich trieb mich bis spät abends
im Park herum und übernachtete oft bei Freundinnen. In
der Zeit der Abschlussprüfungen war ich selten mehr als
zwei Nächte die Woche zu Hause. Ich bemühte mich sogar,
mir einen Freund zu angeln, um bei ihm übernachten zu
können und jemanden zu haben, der mir Aufmerksamkeit
schenkte.

Jason war drei Jahre älter als ich und hing gern mit seinen
Kumpeln im Park ab. Wir hatten uns bei meinem letzten Familienurlaub in Highfields bei den Spielautomaten kennengelernt und waren seitdem befreundet. Er arbeitete als
Schweißer in einer Fabrik und lebte auf der anderen Seite
des Flusses in Gravesend. Jason war groß und schlaksig, sein
schwarzes Haar trug er in der Mitte gescheitelt. Die Mädchen fanden ihn ziemlich attraktiv. Ich spielte ihm die harte
Tina vor, um sein Herz zu gewinnen. Mein Körper, meine
Haare und meine Kurven waren mir verhasst, deshalb spielte
ich die abgebrühte Göre, die mit den Jungs herumalberte.
Ich versuchte, ihnen beim Trinken und Rauchen in nichts
nachzustehen. Wir saßen auf einer Parkbank und kippten
Cider in uns, als er sich zu mir herüberbeugte und mich zum
ersten Mal küsste.

Mein Herz sagte das eine, mein Körper etwas völlig anderes. Ich erstarrte wie bei Dave, wenn der mir mit seinem
Mund den Atem geraubt hatte. Jason zog sich etwas zurück,
war mir aber immer noch so nah, dass ich seinen Atem auf
dem Gesicht spürte.

»Entspann dich«, meinte er und schüttelte seinen Haar-
vorhang zurück.

Wie sollte ich mich entspannen? Ich wollte unbedingt von
ihm gemocht werden, aber als er mich berührte, war es mir

schrecklich unangenehm. Ich kehrte wieder die Abgebrühte heraus.

»Gib mir noch was davon!«, rief ich und schnappte mir die Zwei-Liter-Flasche Cider, die er in der Hand hielt. Nach einem tiefen Schluck beugte ich mich vor, sodass wir uns auf halbem Weg begegnen konnten. Er presste den Mund abermals auf meine Lippen. Seine feuchte Zunge fand ich widerlich. Wie sollte ich dabei atmen? Was sollte ich mit meinen Händen machen? Ich klammerte mich an die Bank und ließ ihm freien Lauf. Offenbar war das notwendig, um jemanden dazu zu bringen, mich zu mögen. Ich war zu allem bereit. Als es ihm reichte, legte er den Arm um mich. Das fühlte sich gut an. Seine warme Umarmung holte mich aus meiner Erstarrung. Ich schmiegte mich an ihn, schloss die Augen und wünschte mir, nie mehr nach Hause gehen zu müssen.

Ich wollte ihn unbedingt an mich binden und war deshalb bereit, ihm alles zu geben, was er wollte. Durch Dave hatte ich gelernt, dass man mit Sex Aufmerksamkeit erringen und jemanden dazu bringen konnte, nett zu einem zu sein. Als Jason darauf drang, ließ ich es zu. Wir waren erst seit ein paar Wochen zusammen und saßen bei ihm zu Hause auf dem Sofa im Wohnzimmer vor dem Fernseher. Seine Eltern waren schon ins Bett gegangen. Das Wohnzimmer hatte eine L-Form, die vom Treppenabsatz aus ihren Anfang nahm. Seine Eltern hätten uns also sofort gesehen, wenn sie heruntergekommen wären. Aber das war mir egal. Wovor sollte ich noch Angst haben, nachdem ich jahrelang von meinem Stiefvater vergewaltigt worden war?

Als er mich küsste, umfasste Jason mein Gesicht mit seinen großen Arbeiterhänden, genau wie im Film.

»Du bist echt hübsch«, flüstere er mir ins Ohr und knutschte meinen Hals. Bei diesen magischen Worten explodierte etwas in meinem Herzen.

»Nein, bin ich nicht«, erwiderte ich und schmachtete ihn durch meine Wimpern hindurch an. Ich wollte ihm noch ein paar Komplimente entlocken. Er drückte mich nach unten, bis ich auf dem Rücken lag, und legte sich auf mich, genau wie Dave es immer getan hatte. Ich sah die Gier in seinem Blick, und sein Atem wurde schwer, wie es bei Dave immer der Fall gewesen war. Meine Augen gingen automatisch zu, aber ich zwang mich, sie wieder zu öffnen. Ich wollte nicht, dass es so wurde wie all die anderen Male. Jason fummelte an seinem Gürtel herum und zog den Reißverschluss auf, ich tat es ihm nach. Der Rest war hastig und chaotisch, und ich spürte gar nicht recht, was passierte. Die meisten Mädchen wünschen sich wohl, dass ihr erstes Mal in einem Schlafzimmer oder an irgendeinem romantischen Ort stattfindet, aber mir war das egal. Die meisten Mädchen haben bestimmt ein bisschen Angst vor ihrem ersten Mal, vor allem, wenn sie erst vierzehn waren, aber ich hatte keine Angst. Ich hatte ja schon hundert Mal Sex gehabt.

Ich zog meine Hose an die Knöchel, er streifte die Boxershorts über den Hintern und drängte sich in mich, genauso, wie Dave es immer getan hatte. Ich zwang mich dazu, die Augen offen zu halten, weil ich ihn sehen wollte. Mehr als alles in der Welt wünschte ich mir, Jason wäre derjenige, der mich entjungferte. Doch in wenigen Sekunden war es vorbei, und ich hatte rein gar nichts gespürt. Wo blieb das Feuerwerk, von dem alle redeten? Mein Körper war ein leeres Gefäß, das vor vielen Jahren taub geworden war.

Rasch zogen wir uns wieder an, und Jason gab mir einen langen Kuss. Dann legte er wieder den Arm um mich, und wir sahen weiter fern, zwei unartige Teenager. Die Welle der Erregung verebbte rasch, und ich spürte nur noch ein hohles Ziehen in meinem Bauch. Ich wollte geliebt und gebraucht werden, aber der Schmutz der Vergangenheit hatte sich tief in meine Haut gegraben. Ich würde nie eine normale Beziehung mit Jason führen können, weil mein Stiefvater der Erste gewesen war, der mit mir Sex gehabt hatte.

»Hey, schauen wir uns doch das mal an«, lachte Jason und schaltete zu einem Comedy-Sketch um. Von meinen Tränen bekam er nichts mit.

»Ja, das sieht gut aus«, pflichtete ich ihm bei. Mir war egal, was wir uns anschauten, solange sein Arm fest auf meiner Schulter lag wie ein Anker, der mich davon abhielt, in meine dunkle Vergangenheit zurückzugleiten.

»Ich liebe dich«, murmelte ich.

»Äh …« Er wand sich ein wenig. »Ich liebe dich auch«, meinte er schließlich verlegen.

Wir waren noch sehr jung, aber diese Worte bedeuteten mir mehr, als er ahnte. Vielleicht war ich ja doch nicht so wertlos?

Ich konnte es kam erwarten, Mum und Dave mitzuteilen, dass ich einen Freund hatte, weil ich mir sicher war, dass ihnen das zu schaffen machen würde. Ich hätte es besser wissen sollen. Mum war dankbar, dass jemand mich ihr abgenommen hatte. Sie musste nicht einmal über die Verhütung mit mir reden, weil ich wegen meiner schmerzhaften Periode die Pille verordnet bekommen hatte. Dave sagte nichts, er starrte nur böse auf Jason, wenn der mich abholte. Was hätte er schon sagen sollen? Er musste dankbar sein, dass er ungeschoren davon gekommen war dafür, dass er mich all die Jahre vergewaltigt hatte.

Meistens übernachtete ich in dem Gästezimmer von Jasons Eltern und malte mir aus, wie ich meiner Familie entkommen könnte. Ich stellte mir vor, wie es wäre, eine Waise zu sein, weil Mum bei einem Autounfall ums Leben käme. Alle würden mich anflehen, zu ihrer Beerdigung zu kommen, was ich jedoch kühl ablehnen würde. Manchmal hasste ich sie so sehr dafür, dass sie Dave mir vorgezogen hatte, dass ich ihr den Tod wünschte. Solange sie am Leben war, würde ich nie das Gefühl haben, ein wertvoller Mensch zu sein, dachte ich.

Ich verließ die Schule mit einer Menge schlechter Noten und beschloss, in einem Friseursalon in Romford eine Lehre zu machen. Ich wollte so schnell wie möglich Geld verdienen, um selbstständig zu werden; abgesehen davon hatte ich nicht den geringsten Ehrgeiz. Hauptsache war, ich würde dem Mann entkommen, der mich jahrelang missbraucht hatte. Mit siebzehn hatte ich genügend Erfahrung, um mich als mobile Friseurin selbstständig zu machen. Endlich konnte ich es mir leisten, mein Zuhause zu verlassen. Ich zog mit Jason zusammen. Unsere kleine Wohnung in Gravesend sollte der Neubeginn sein, von dem ich immer geträumt hatte. Ein neues Zuhause, wo wir neue Erinnerungen schaffen konnten und ich die Vergangenheit hinter mir lassen würde.

14

Mein Schädel fühlte sich an, als hätte ihn jemand mit einer Axt gespalten.

Ich lehnte mich ans Busfenster. Es war Sonntag früh, und ich hatte am Abend zuvor wieder einmal ausgiebig im Crystal Palace gefeiert. Die alte Frau mir gegenüber starrte mich missbilligend an. Ich wirkte wie ein Fremdkörper in meinem glitzernden, mit Pailletten bestickten Top, den goldenen High-Heels und meinem mit Wimperntusche verschmierten Gesicht.

Ich roch auch noch nach der hinter mir liegenden Nacht. Ich roch nach ihm – wer auch immer er war. Ich hatte mir seinen Namen nicht gemerkt, als ich um acht Uhr morgens auch seinem Schlafzimmer schlich. Es war mein elfter Gelegenheitssex in drei Monaten gewesen. Ich schloss die Augen, weil mein Kopf so schmerzte, und wankte, als ich einen Flashback hatte.

Ich lag halb nackt auf dem Fußboden eines Wohnzimmers und hatte Sex mit einem Kerl, den ich vor drei Stunden in einer Bar kennengelernt hatte. Die Erinnerung war mir so peinlich, dass ich verlegen auf meinem Sitz herumrutschte. Ich machte wieder die Augen zu, und wieder hatte ich einen Flashback. Diesmal war es der Geruch von Old Spice. Meine Eroberung benutzte dasselbe Aftershave wie mein Stiefvater. Ich würgte und befürchtete, mich gleich übergeben zu müssen.

Ich presste die Hand auf den Mund. Die alte Dame sah mich entsetzt an. Ich gab ihr mit einem bösen Blick zu verstehen, dass sie ihre Nase nicht in fremde Angelegenheiten stecken sollte. Mir war nicht nur speiübel, ich fühlte mich schmutzig und billig und konnte es kaum erwarten, mich zu waschen, um diesen Geruch loszuwerden. *Warum hast du mit ihm geschlafen? Du weißt doch, dass es dir nach so etwas immer mies geht!*, schimpfte ich mich selbst. Aber ich wusste genau, warum ich es getan hatte. Ich brauchte diese Aufmerksamkeit, weil ich einsam war und dachte, wenn ich mit diesen Männern schliefe, würden sie mich lieben.

Seit Jason in Wolverhampton arbeitete, war mein Leben außer Kontrolle geraten. Wir hatten versucht, zusammen zu bleiben, aber er kam mir so fern vor, dass ich mich unglaublich einsam fühlte, und dieses Gefühl ertrug ich einfach nicht. Im Sommer 1992 besorgte ich mir einen Job als Karaokesängerin in einer Bar im Crystal Palace und zog in ein möbliertes Appartement in Romford, um Geld zu sparen, solange Jason weg war. Die Aufmerksamkeit, die ich auf der Bühne bekam, war genau das, was ich mir in meiner Kindheit erträumt hatte, und wenn Männer mich fragten, ob ich sie begleiten wollte, konnte ich nicht Nein sagen. Doch am Morgen danach bedrückte mich meine Einsamkeit noch heftiger. Auf der endlosen Busfahrt zu meinem Zimmer wäre wäre ich am liebsten vom Erdboden verschluckt worden. Meine Tränen verschmierten das Busfenster, als der Bus über die Bodenschwellen holperte. Ich biss mir auf die Lippen, um nicht laut aufzuschluchzen. Das wäre die größte Erniedrigung gewesen.

Auf wackligen Beinen humpelte ich in meinen Highheels in meine Wohnung und dann gleich ins Bad. Die Tür ließ ich offen. Geschlossene Türen konnte ich nicht ertragen, weil sie mich immer daran erinnerten, dass ich zu Hause dank Dave eine Gefangene in meinem Zimmer gewesen war. Ich stellte mich unter die Dusche und hoffte, unter dem voll aufgedrehten Strahl wieder sauber zu werden. Ich blieb so lange unter der Dusche, bis meine Haut ganz schrumpelig war, dann wickelte ich mich in ein großes flauschiges Handtuch und legte mich ins Bett. Doch obwohl ich völlig erschöpft war, konnte ich nicht einschlafen. Ich musste noch etwas tun – etwas, was ich ziemlich lange nicht mehr getan hatte. Ich setzte mich hin und schlug mir mit aller Kraft auf die Beine.

Es war eine sehr düstere Zeit in meinem Leben. Die meisten jungen Frauen hätten sich unter solchen Umständen an ihre Mütter gewandt, aber an meine konnte ich mich nicht wenden, wenn es mir schlecht ging. Ab und zu telefonierten wir, und manchmal besuchte ich sie, wenn meine Waschmaschine kaputt war, aber meine Sorgen und Nöte behielt ich für mich, wie ich es all die Jahre zuvor getan hatte.

Ich sagte ihr nicht einmal, dass ich schwanger war von einem Burschen, mit dem ich nur ein paar Monate zusammengewesen war. Die Schwangerschaft war nicht geplant, und kurz, nachdem ich davon erfahren hatte, trennten wir uns. Aber ich hätte noch eher mit einer Fremden darüber geredet als mit meiner Mutter.

»Mein Freund bringt heute Abend einen Kumpel mit, wir wollen einen Film anschauen«, verkündete Debbie, die sich von mir die Haare schneiden ließ. Abgesehen davon hatten wir nicht viel miteinander zu tun.

Nach einem munteren Abend in Gesellschaft stand mir momentan gar nicht der Sinn. Ich war achtzehn, ich war in der zehnten Woche schwanger von einem Burschen, den ich kaum kannte, ich lebte allein in einem mickrigen Appartement und hatte niemanden, den ich um Hilfe bitten konnte.

»Komm doch auch, es wird bestimmt lustig«, meinte Debbie.

Der Freund ihres Freundes erwies sich als die Stütze, nach der ich mich so gesehnt hatte. Ich saß neben Tony Castle auf der Couch, und wir plauderten bis acht Uhr früh – bis er sich von mir losriss, weil er in die Arbeit musste. Er war sechsundzwanzig und gab sich gern als Rabauke. Seine Arme waren von oben bis unten tätowiert, sein lockiges Haar reichte ihm bis zu den Schultern, er war etwa einsachtzig groß und prahlte mit seinen zahllosen Schlägereien. Ich fühlte mich zu ihm hingezogen, weil ich mich dank seiner prallen Muskeln und breiten Schultern bei ihm geborgen fühlte.

Tony besuchte mich noch am selben Abend nach der Arbeit – er war Installateur - und zog kurz darauf bei mir ein. Er sagte mir, dass er sich um mich und das Baby kümmern wolle, und schon nach einem Monat stellte er mich seinen Eltern vor. Ich war fest davon überzeugt, dass er mir dabei helfen würde, meine Vergangenheit zu vergessen. Ich erzählte ihm allerdings kaum etwas von mir, weil ich mir vor langer Zeit geschworen hatte, niemandem zu verraten, was mein Stiefvater mir angetan hatte. Wenn ich nicht darüber redete, konnte ich so tun, als wäre es nie passiert. Ich war mir sicher, dass ich Tony verlieren würde, wenn er erführe, wie schmutzig ich war.

Dezember 1993 saßen wir bei seiner Mutter und tranken Tee. Plötzlich durchzuckte mich ein stechender Schmerz. Ich war im vierten Schwangerschaftsmonat und hatte bislang keine Probleme gehabt. Doch nun krümmte ich mich und presste die Hände auf den Bauch, als eine weitere Welle von Schmerzen mich überrollte.

Ich stöhnte. Übelkeit stieg in mir hoch.

»Geh lieber ins Krankenhaus«, meinte Tonys Mutter, die Krankenschwester war. Ich sagte ihnen, dass sie sich keine Sorgen machen sollten. Meine Schmerzgrenze war wirklich sehr hoch. Aber Tony zerrte mich trotzdem ins Auto und fuhr mich zur Notaufnahme des Rush Green.

Der Arzt, der mich untersuchte, tippte auf eine Eileiterschwangerschaft, und ich wurde sofort in den OP gerollt. Als ich aus der Narkose aufwachte, hatte ich schreckliche Kreuzschmerzen und entdecke einen riesigen Schnitt quer über dem Bauch. Mir wurde mitgeteilt, dass ich das Baby und einen Eileiter verloren hatte.

Wie so oft im Leben weiß man erst, wie sehr man etwas haben wollte, wenn man es verloren hat. Mir war gar nicht klar gewesen, wie sehr ich ein Kind wollte, bis es mir entrissen wurde. Ich sehnte mich nach bedingungsloser Liebe und dachte, dass mir so eine Liebe nur ein Kind schenken konnte. Natürlich wollte ich ein Baby auch, um es zu lieben und zu umsorgen und bei ihm immer an erster Stelle zu sehen. Ich wollte die Mutter sein, die ich nie gehabt hatte.

»Hi, Süße.« Endlich wurde Tony in mein Zimmer gelassen. Meine Augen waren verquollen vom vielen Weinen.

Er holte sich einen Stuhl und nahm meine Hand.

»Ich hab dir was mitgebracht«, erklärte er und zog eine Schachtel Pralinen hervor, die er hinter seinem Rücken versteckt hatte.

Ich lächelte unter Tränen.

»Ich finde, wir sollten heiraten. Ich liebe dich«, fuhr er fort.

Diese Worte brachten das Fass zum Überlaufen. Ich brach schluchzend zusammen.

»Hey, damit wollte ich dich eigentlich glücklich machen«, witzelte er und wischte mir mit seiner rauen Hand die Tränen vom Gesicht.

»Ich *bin* glücklich«, blubberte ich. »Ja, ich werde dich heiraten«, sagte ich und küsste ihn. Ich kannte ihn erst seit ein paar Wochen, doch ich bildete mir ein, dass ich ihn liebte. Ich brauchte jemanden, der mich beschützte, und fand es wundervoll, von ihm geliebt zu werden. Ich zog ihn zu mir herunter und küsste ihn. Er streichelte mir lange die Hand, dann sagte er mir, er müsse jetzt weg – zu einem Konzert von *Wet Wet Wet*, zu dem ich hätte gehen wollen.

»Ich hasse dich«, meinte ich und schlug mit der Faust aufs Bett. *Wet Wet Wet* war meine Lieblingsband, schon als Kind hatte ich davon gar nicht genug bekommen können.

»Ich bring dir ein T-Shirt mit«, scherzte er.

»Jetzt mach schon, verschwinde«, erwiderte ich schniefend.

Ich war allein in einem Vierbettzimmer. Nachdem Tony weg war, beschlich mich wieder die schreckliche Einsamkeit. Ich versuchte, gegen die nächste Tränenflut anzukämpfen, aber als am Abend das Licht gelöscht wurde und ich in der Dunkelheit festsaß, umgeben von den fremden Geräuschen eines Krankenhauses, brach ich zusammen.

Am liebsten hätte ich mich zusammengerollt, wie ich es früher immer getan hatte, aber ich konnte mich vor Schmerzen kaum rühren. Plötzlich vermisste ich nicht mehr Tony, sondern meine Mum. Ich war wieder das kleine Mädchen, das sich nach einer Umarmung ihrer Mum sehnte. Wie sehr ich sie in diesem Moment gebraucht hätte – und wie sehr ich sie hasste, weil sie jetzt nicht für mich da war.

Mit dem Verlust meines Babys ging ich um wie mit allem anderen, was mir Qualen bereitete – ich blendete den Schmerz aus.

»Hast du Lust auf einen LSD-Trip?«, fragte mich Tony. Er hatte das Zeug von einem Nachbarn gekauft.

Einen Moment lang starrte ich zögernd auf das Ding in seiner Hand. Eigentlich war mir nicht danach, denn ich hatte ja gerade eine schwere Operation hinter mir. Ich hätte Nein sagen sollen, doch stattdessen streckte ich lächelnd die Hand aus. Angst hatte ich keine, ich hatte ja nichts zu verlieren. Ich steckte mir das Papierstückchen in den Mund und ließ es auf der Zunge zergehen.

»Ich spüre nichts«, beklagte ich mich ein Weilchen später bei Tony, der mit ein paar Freunden plauderte, die er zu uns eingeladen hatte.

»Wart`s ab«, erwiderte er grinsend.

Nach einer halben Stunde alberten wir alle völlig hysterisch herum. Ich weiß nicht, wann ich zum letzten Mal so viel gelacht hatte. Diese Nacht war die erste von vielen, in denen wir Drogen nahmen. Drogen unterdrückten den Schmerz, der mich von innen her auffraß. Sie halfen mir über den Verlust meines Babys hinweg, und die grässlichen Flashbacks und die Erinnerung an meine Mutter, die mich hätte beschützen sollen, verblassten. Aber bald merkte ich, dass nach so einem Drogenrausch der Absturz folgte. Dann tauchten wieder all meine Probleme auf, und ich konnte meine Wut nicht mehr zügeln, die ich ausgerechnet an dem Menschen ausließ, der mir am nächsten stand – an Tony.

Wieder einmal hatte ich wie so oft kaum geschlafen. Zitternd saß ich auf dem Bett und kratzte mich an Armen und Beinen blutig in dem Versuch, etwas ruhiger zu werden.

»Du liebst mich nicht!«, brüllte ich Tony an, der sich zur Arbeit fertigmachte. »Warum bist du überhaupt mit mir zusammen?«, provozierte ich ihn, weil ich seine Aufmerksamkeit brauchte.

»Ich hab jetzt keine Zeit für solchen Mist«, grummelte er und ging ins Wohnzimmer. In meiner Magengrube entzündete sich ein Feuer. Die Wut, die ich so lange unterdrückt hatte, brach aus mir heraus, gespeist von dem Frust, dass ich nicht den Mut hatte, Tony von meinem dunklen Geheimnis zu erzählen.

»Bleib hier!«, brüllte ich, als er an der Haustür stand. Das Monster in mir riss sich los. Ich packte den schweren Glasaschenbecher, der auf dem Couchtisch stand, und warf ihn nach ihm.

Er landete an der Wand, nur wenige Zentimeter von Tony entfernt, und zerschellte in tausend Stücke.

»Was zum Teufel ist los mit dir?«, schrie er.

Ich zitterte, als mir bewusst wurde, was ich gerade getan hatte. Auch Tony geriet schnell in Rage und starrte mich jetzt wütend an.

»Du bist ja völlig durchgeknallt.« Er fuchtelte mit den Armen herum, und ich dachte schon, gleich würde er auf mich losgehen. Doch er schaffte es, seine Wut zu zügeln, und polterte hinaus. Ich brach weinend zusammen. *Warum hast du das getan, Tina? Kein Wunder, dass dich kein Mensch liebt.* Wieder einmal schlug ich mit aller Kraft auf mich ein.

Wir übertünchten unsere Meinungsverschiedenheiten mit Drogen. An einem Wochenende gab unsere Waschmaschine wieder mal ihren Geist auf. Die Wäsche war der einzige Grund, weshalb ich Mum gelegentlich kontaktierte.

Am Montag – es war Ende Februar – rief ich sie an. Sie wollte gerade aus dem Haus.

»Komm ruhig vorbei und benutz unsere Waschmaschine«, sagte Mum und legte auf, bevor ich sie fragen konnte, ob Dave zu Hause war. Trotzdem stopfte ich meine weiße Wäsche in eine Plastiktüte und bat Tony, mich auf dem Weg zur Arbeit bei meinem früheren Zuhause in Rush Green abzusetzen.

Auf dem Weg zur Haustür zitterte ich jedes Mal. Dieses Haus war voller böser Geister. Doch wenn ich die Wäsche waschen wollte, blieb mir nichts anderes übrig, als die Zähne zusammenzubeißen und diese Geister zu ertragen. Ich klopfte an die Tür.

Bitte sei nicht da, bitte nicht!, flehte ich. Ich konnte nur hoffen, dass Dave in der Arbeit war.

Nichts rührte sich. Die Luft war also rein. Ich sperrte die Tür auf und ging ins Wohnzimmer. Der Geruch von altem

Frittierfett hing in der Luft, und vor meinem inneren Auge sah ich Blake und mich, wie wir uns wieder mal um die Fernbedienung stritten. Nachdem ich die Wäsche in die Maschine gestopft hatte, legte ich mich aufs Sofa in der Hoffnung, ein bisschen schlafen zu können, bis die Wäsche fertig war.

Rasch schlief ich tief und fest. Ich weiß nicht, wie lange ich so dalag. Irgendwann wachte ich auf, weil ich spürte, dass jemand an meiner Jeans herummachte. Mühsam kämpfte ich mich aus dem Tiefschlaf.

Wieder zerrte etwas an meiner Jeans.

Was zum Teufel geht hier ab? Endlich war ich wach genug, und mein Blick fiel auf meinen Stiefvater, der mit entblößtem Unterkörper neben mir stand.

Er hatte die Hosen heruntergezogen und mir seinen Penis in die Hand gedrückt, die schlaff vom Sofa baumelte. Nun grinste er breit.

Ich erstarrte, wie ich es all die Jahre getan hatte, in denen er mich missbraucht hatte. Das Herz schlug mir bis zum Hals, doch der Adrenalinschub führte nicht dazu, dass ich weglaufen wollte.

Diesmal schloss ich nicht die Augen und stellte mich tot. Ich war achtzehn und keine hilflose Zehnjährige mehr. Die Kämpferin in mir erwachte zum Leben.

»Verpiss dich!«, schrie ich und schob ihn weg. Ich ertrug sein lüsternes Gesicht keine Sekunde länger. Hastig stopfte ich die Wäsche in die Plastiktüte. Zum Glück war er verschwunden, als ich zur Tür raste. Ich rannte weiter, die Zufahrt entlang zur Straße, die Straße entlang. Erst als ich keine Luft mehr bekam, blieb ich stehen.

Ich weiß nicht mehr, wie ich nach Romford kam. Ich versuchte, die Tür zu unserer Wohnung aufzusperren, und schrie unter Tränen den Schlüssel an, als es nicht gleich klappte.

»Nein!«, schluchzte ich laut, als der Schlüssel mir aus der zitternden Hand fiel.

Endlich ging die Tür auf, und ich schlug sie mit dem Fuß hinter mir zu. Der Raum drehte sich um mich. Ich schwankte und versuchte, mich an etwas festzuhalten. Schließlich fand ich an der Arbeitsfläche in der Küche einen Halt und riss die Schränke auf auf der Suche nach etwas, was meinen Qualen ein Ende bereiten würde. Alle möglichen Pillen fielen mir in die Hände, dazu noch eine Flasche Wodka.

In Tränen aufgelöst stolperte ich ins Bad und leerte den Inhalt der Pillendosen auf der Waschmaschine aus. Meine Knie wurden weich, ich sank zu Boden, die Wodkaflasche fest an mich gedrückt. Vor lauter Qual heulte ich laut auf. Ich konnte nicht mehr; ich hatte das Gefühl, dass es mir nie gelingen würde, meinem Stiefvater zu entkommen.

Ich schaufelte mir eine Handvoll Pillen in den Mund.

15

»Tina?«

»Tina?«, erklang es noch einmal, diesmal lauter. Sarah, eine ehemalige Schulfreundin, hatte mich besuchen wollen. Ich hatte die Haustür nicht abgeschlossen, und sie war hereingekommen in der Hoffnung, dass ich zu Hause sei und sie zu einer Tasse Tee einladen würde. Damit, dass sie mich zu einer Kugel zusammengerollt auf dem Boden in Bad vorfinden würde, hatte sie wahrhaftig nicht gerechnet.

Ich schluchzte und bebte, mein Gesicht war von Tränen und Rotz verschmiert, die Haare klebten mir auf den Wangen.

»Was ist denn passiert?«, fragte sie entsetzt und schüttelte mich.

»Lass mich allein«, heulte ich.

»Was ist mit dir los?«, schrie sie, und starrte entsetzt auf die vielen Pillen.

Ich konnte es ihr nicht sagen. Ich konnte es keinem sagen, weil ich mich so schämte.

»Lass mich einfach in Ruhe!«, kreischte ich und schob sie weg.

»Ich kann dich in diesem Zustand nicht allein lassen«, erwiderte sie. »Was zum Teufel ist mit dir los?«

Es klopfte an der Tür. Ich sah die Chance, Sarah loszuwerden. Solange sie im Bad war, konnte ich mich nicht umbringen.

»Schau nach, wer das ist«, sagte ich. Sie rannte zur Haustür, und ich sperrte die Tür hinter ihr zu. Jetzt konnte mich niemand mehr aufhalten. Ich stopfte mir mehrere Hände Pillen in den Mund und spülte sie mit dem bitteren Wodka hinunter.

»Igitt«, brüllte ich und hustete, nahm jedoch gleich noch einen Schluck. Der billige Fusel brannte in meinem Hals. Ich beschloss, dass es keinen Grund mehr für mich gab, zu leben. Seit vier Jahren hatte mein Stiefvater die Finger von mir gelassen, aber sein Überfall hatte wieder all die schrecklichen Erinnerungen geweckt.

»Mach die Tür auf, und zwar sofort!«, schrie Sarah.

»Lass mich in Ruhe«, flehte ich.

Ich hörte Tonys Stimme. Warum musste er ausgerechnet heute früher von der Arbeit heimkommen? Mir war klar, dass er meine Pläne vereiteln würde.

»Ich weiß nicht, was mit ihr los ist. Sie hat sich im Bad eingesperrt«, kreischte Sarah.

»Mach sofort die verdammte Tür auf«, brüllte Tony und hämmerte mit den Fäusten darauf.

Dann trat er mit den Füßen dagegen.

Ich rollte mich wieder zu einer Kugel zusammen.

»Lasst mich doch einfach sterben«, wimmerte ich.

Rumms!

Tony hatte die Tür eingeschlagen. Er stürmte herein und hob mich auf.

»Was zum Teufel ist passiert?«, schrie er.

Ich schüttelte nur heftig den Kopf.

»Du sagst es mir jetzt auf der Stelle!«, brüllte er. »Wer hat dir was getan?«

Er hatte nicht die geringste Ahnung. Seit vier Jahren hatte ich eisern geschwiegen, und nun steckten die Worte in meiner Kehle fest. Doch Tony gab nicht auf. Er nahm mein Gesicht in seine großen starken Hände und zwang mich, ihm in die Augen zu schauen.

»Wer hat dir wehgetan?«, fragte er abermals.

Meine Unterlippe zitterte. Ich atmete tief durch, dann erzählte ich Tony unter Tränen, was passiert war.

»Heute Morgen hast du mich doch bei meiner Mum abgesetzt. Mein Stiefvater hat sich an mich rangemacht.« Ich holte tief Luft. »Er – er hat versucht, mich auszuziehen«, stammelte ich schluchzend. »Das macht mich völlig fertig. Ich will sterben«, heulte ich und drückte mein Gesicht an seine breite Brust.

Ich spürte, wie Tony sich vor Wut verspannte. Zornesröte breitete sich von seinem Hals über sein ganzes Gesicht aus.

»Der verdammte Mistkerl!«, schrie er und donnerte mit der Faust auf die Tür. »Den bring ich um«, brüllte er. So wütend hatte ich ihn noch nie erlebt. Er klaubte die Pillen auf und stopfte sie in seine Tasche.

»Nein, Tony! Vergiss es!«, jammerte ich. Ich wollte am liebsten alles vergessen. Doch Tony hörte nicht auf mich. Er war nicht mehr zu stoppen.

»Pass auf, dass sie keine Pillen mehr schluckt«, befahl er Sarah, dann stürmte er hinaus. Ich hörte Reifen quietschen und geriet in Panik. Was würde Tony jetzt tun? Ich wollte nicht, dass er wegen mir Ärger mit der Polizei bekam. Sarah schaffte es, mich ins Wohnzimmer zu bugsieren. Ich brach auf der Couch zusammen und schaukelte hin und her, um mich zu beruhigen. Endlich kehrte Tony zurück. Mir war, als wäre er stundenlang weg gewesen. Ich richtete mich mühsam auf.

»Was hast du getan?«, ächzte ich besorgt.

Tony wirkte immer noch sehr erregt. Wutschnaubend lief er auf und ab.

»Wir haben uns an der Haustür gestritten«, sagte er, die Sache offenkundig herunterspielend.

»Na, komm schon, was hast du getan?«, fragte ich abermals.

»Ich habe deiner Mum gesagt, dass er versucht hat, dich zu vergewaltigen«, schrie er. »Dave stand die ganze Zeit hinter ihr, feige, wie dieser elende Mistkerl nun mal ist.«

»Was hast du ihm gesagt?« Ich schüttelte ungläubig den Kopf.«

»Ich habe ihm gesagt, dass er ein elender Scheißer ist und dass er lieber die Straßenseite wechseln soll, wenn wir uns das nächste Mal begegnen, sonst bringe ich ihn um.« Tony schlug mit der Faust in die Luft.

Eigentlich hätte es mir nun besser gehen sollen, aber ich fühlte mich schrecklich schwach, und mir war alles egal.

»Wir gehen jetzt zur Polizei«, beharrte er.

Ich schüttelte stur den Kopf. »Das kann ich nicht.« Ich war mir sicher, dass man mir nicht glauben würde. Im Grunde glaubte ich immer noch, dass ich selber an meinem Elend schuld wäre. Schließlich hatte ich *seine* Geschenke und sein Geld angenommen.

»Was soll das heißen? Er hat dich angegriffen!« Tony starrte mich entgeistert an.

Er kannte ja nur die Spitze des Eisbergs. Ich brachte einfach nicht die Kraft auf, es der Polizei zu erzählen; denn ich befürchtete, sie würden meine Geschichte zerpflücken und mir bestätigen, was ich insgeheim immer befürchtet hatte - dass ich selber daran schuld sei. Ich fing wieder an hin und her zu schaukeln. Tony saß auf der Lehne. Er sah schrecklich bekümmert an. Tränen stiegen ihm in die Augen. Er legte den Arm um mich, und wir weinten gemeinsam.

Mit meiner Mum redete ich ein halbes Jahr lang kein Wort mehr. Ich meldete mich nicht einmal zu ihrem vierzigsten Geburtstag im April, weil ich so wütend auf sie war. Wieder einmal hatte sie ihn gedeckt. Es wollte mir einfach nicht in den Kopf, dass eine Mutter ihrer Tochter so etwas antun konnte.

Ich besorgte mir einen Job in einem Pub in der Nähe, bei dem ich nur abends arbeiten musste. Tagsüber lag ich weinend im Bett und ließ meine Kindheitserinnerungen an mir vorbeiziehen. Ich schwankte ständig zwischen einer tiefen Verachtung meiner Mutter gegenüber und einem noch tieferen Selbsthass. Nur Drogen ermöglichten es mir, mein Leid zu vergessen.

Ich war allein zu Hause, als der Brief kam. Sofort war mir klar, von wem er stammte; die geschwungene Handschrift war unverkennbar. Meine Mutter hatte mir geschrieben. Was wollte sie von mir? Was hatte sie mir zu sagen? Ich legte den Brief auf den Couchtisch und starrte ihn unschlüssig an. Sollte ich ihn öffnen oder ungelesen wegwerfen? Immer wieder streckte ich die Hand danach aus, dann zuckte ich davor zurück, als hätte mich etwas gebissen. Ich faltete die Hände im Schoß, dann griff ich wieder nach dem Brief. Es blieb mir wohl nichts anderes übrig, als ihn zu lesen.

Ich riss den Umschlag auf und starrte überrascht auf mehrere Bögen eng beschriebenen Papiers. Offenbar hatte mir Mum eine ganze Menge zu sagen. Als ich zu lesen begann, konnte ich es kaum fassen.

Es war eine ewig lange Entschuldigung.

Mir kamen die Tränen, als ich las, wie leid es ihr tat, dass sie Dave wieder ins Haus gelassen hatte, nachdem ich ihr gestanden hatte, dass er mich vergewaltigt hatte. Meine Unterlippe zitterte, meine Hände bebten, als ich die Worte las, auf die ich fünf Jahre lang gewartet hatte.

»Ich hoffe, du kannst mir verzeihen«, schrieb sie.

Ihre Worte zerflossen unter meinen Tränen. Ich war traurig und gleichzeitig froh.

Doch beim Weiterlesen stieg wieder die Wut in mir auf. Mum erklärte, dass sie Dave wieder aufgenommen hatte, weil sie nicht allein sein wollte; weil sie ohne ihn einsam war.

»Du weißt doch gar nicht, was Einsamkeit bedeutet!«, schrie ich.

Ich konnte es nicht fassen, dass sie mit einem Pädophilen,

der ihre Tochter vergewaltigt hatte, zusammenleben wollte, weil sie nicht einsam sein wollte. Ich war mein Leben lang einsam gewesen und war es noch immer.

»Du egoistische Schlampe!«, schrie ich und zerknüllte die Seite. Ich legte den Kopf in die Hände und schluchzte.

So fand mich Tony viele Stunden später, als er aus der Arbeit kam. Ich starrte leer vor mich hin.

»Was ist passiert?«, fragte er besorgt. Mein Versuch, mich mit Pillen umzubringen, war ihm noch deutlich in Erinnerung.

»Hast du dir wehgetan? Was ist los?« Er setzte sich neben mich.

Ich warf ihm den Brief in den Schoß. Mittlerweile hatte ich ihm bruchstückhaft erzählt, was Dave mir als Kind angetan hatte, aber er wusste nach wie vor nicht alles. Seine Augen weiteten sich ungläubig, als er las, wie meine Mutter mich bat, ihr zu verzeihen. Angewidert schüttelte er den Kopf und gab mir den Brief zurück.

»Was wirst du jetzt tun?«, knurrte er. Er war wütend, weil er sah, wie aufgebracht ich war.

»Ich weiß es nicht«, flüsterte ich und starrte immer noch ins Leere.

»Du wirst ihr doch nicht verzeihen?« Er sah mich an, als hielte er mich für verrückt. »Oder etwa doch? Ich finde, du solltest nichts mehr mit ihr zu tun haben«, fuhr er fort und warf frustriert die Arme hoch. »Sieh doch nur, was sie dir angetan hat. Sie hat einen Perversen dir vorgezogen.«

»Ich weiß, aber ich muss ihr verzeihen, weil sie meine Mum ist«, jammerte ich. »Man hat nur eine Mutter.«

Tony schüttelte entgeistert den Kopf. »Nun, die Entscheidung liegt bei dir«, meinte er schließlich.

»Ich rufe sie an«, sagte ich.

Tony zuckte die Schultern. »Du machst einen Fehler«, murrte er und reichte mir das Telefon.

Mit zitternden Fingern wählte ich Mums Nummer. Tony nahm meine andere Hand und drückte sie, um mir zu zeigen, dass er mich liebte und unterstützte. Mir rutschte das Herz in die Hose, während ich darauf wartete, dass sie abhob.

»Hallo«, erklang endlich ihr vertrautes Knurren.

»Mum, ich bin`s, Tina.«

Stille.

»Na, sag schon was«, bedrängte ich sie.

Sie begann zu weinen.

»Es tut mir leid«, schluchzte sie.

»Ich kann nicht ohne ihn leben«, stöhnte sie unter Tränen.

Ich biss mir wütend auf die Lippe. Ich wollte ihr unbedingt klar machen, was sie mir angetan hatte; denn dass sie mein verzweifeltes Flehen um Hilfe, als ich vierzehn war, ignoriert hatte, schmerzte fast mehr als das, was Dave mir angetan hatte.

»Hast du eine Ahnung, wie einsam ich gewesen bin?«, fing ich an. »Kannst du dir das überhaupt vorstellen?«, fragte ich mit bebender Stimme. »Meine Kindheit ist mir geraubt worden, und auch meine Unschuld.« Nun bebte mein ganzer Körper. »Das Einzige, was ich immer behalten werde« – die Worte kamen mir nur mit größter Mühe über die Lippen – »ist die Erinnerung an das, was er mir angetan hat.«

Ich brach schluchzend zusammen.

Auch Mum weinte heftig. Obwohl viele Meilen zwischen uns lagen, hatte ich endlich das Gefühl, dass sie mir nahe war – so nah wie damals, als ich ihr alles gestanden und sie mich umarmt hatte.

Mum sagte mir, sie wolle die Sache in Ordnung bringen, und ich gab ihr eine weitere Chance. Ich legte auf und presste mich völlig ausgelaugt an Tonys Brust. Er küsste mir die Stirn und gab mir das Gefühl, für mich da zu sein, egal, wie ich mich entschied.

Mum und ich telefonierten von da an mehrmals die Woche, und Tony unterstützte mich nach Kräften. In mir keimte wieder einmal so etwas wie ein Hoffnungsschimmer. Vielleicht war es nötig, dass ich all dieses Leid noch einmal durchlebte, um danach endlich mein Glück zu finden? Im Juli stellte ich fest, dass ich schwanger war, und schwebte sofort im siebten Himmel.

»Wir werden eine richtige Familie!«, quietschte ich aufgeregt und zeigte Tony den Schwangerschaftstest.

»Wie bitte?« Er schüttelte fassungslos den Kopf. »Ich dachte, du nimmst die Pille!«

»Das tue ich, aber offenbar gehöre ich zu dem einen Prozent, das trotzdem schwanger wird.« Auch ich konnte es kaum fassen.

»Das sind ja wundervolle Neuigkeiten!« Tony schloss mich in die Arme und küsste mich innig. Er hatte schon oft darüber gesprochen, dass er gern Vater werden würde, und obwohl ich erst neunzehn war, wusste ich, dass ich zur Mutterschaft bereit war. Ich fuhr mir über den Bauch, als ob der sich bereits wölbte.

»Ich werde eine Mum!«, strahlte ich. »Ich werde die beste Mum der Welt werden. Ich werde es nicht zulassen, dass dir jemand wehtut«, erklärte ich dem Baby in meinem Bauch.

Ich konnte es kaum erwarten, die Liebe zu spüren, die eine Mutter mit ihrem Kind vereint; die Liebe, die ich nie erfahren hatte.

16

»Pressen, Tina!«, feuerte mich die Hebamme an.

»Aua!«, schrie ich. Eine weitere Wehe riss mich entzwei. Sie war so schmerzhaft, dass ich mich übergeben musste.

»Lass dir endlich eine Narkose geben!«, schrie Tony.

»Nein«, erwiderte ich standhaft. Ich wollte so lange wie möglich tapfer sein. Schmerzen zu ertragen hatte ich wahrhaftig gelernt.

»Lass dir endlich diese Epiduralanästhesie geben«, beharrte er. »Autsch!« Ich drückte Tonys Hand so fest, dass ich befürchtete, sie zu brechen.

»Na gut«, gab ich endlich nach, als die Schmerzen immer größer wurden.

Die Hebamme gab mir eine Spritze ins Rückenmark, und der Schmerz hörte sofort auf. »Jetzt müssen Sie aber tüchtig pressen«, befahl sie mir. »Ich kann das Köpfchen schon sehen. Pressen Sie«, feuerte sie mich an.

»Aua!« Mein Schrei ließ die Wände des Kreißsaals erbeben.

Nach drei weiteren Presswehen kam Mitchell zur Welt, um Viertel vor drei am Samstag den vierzehnten Januar 1995. Tony zuckte zusammen, als er die Nabelschnur durchtrennte, und das Baby wurde mir in die Arme gelegt.

Er wog nur zweieinhalb Kilo, doch als ich ihn vorsichtig an mich drückte, ging seine Wärme sofort auf mich über. Er hatte blonde Härchen und blaue Augen, und ich fand ihn wunderschön.

Ich küsste seine kleine Knopfnase und schmolz dahin, als er mit seiner winzigen Hand meinen kleinen Finger umfasste. Ich konnte gar nicht glauben, dass dieses wundervolle

Kind in mir herangewachsen war. Keine meiner Drogenerfahrungen reichte an das Glücksgefühl heran, das mich nach dieser Geburt durchströmte. Noch nie war ich so glücklich gewesen.

»Du hast gekriegt, was du dir gewünscht hast.« Ich strahlte Tony an, der sich immer einen Sohn gewünscht hatte.

»Er sieht aus wie du.« In Tonys Augen standen Tränen der Rührung.

»Du Weichei«, zog ich ihn auf.

Tony gurrte das Baby an, und ich fühlte mich zum ersten Mal in meinem Leben wie in einer richtigen Familie. Ich war unendlich glücklich und sah der Zukunft voller Hoffnung entgegen. Noch einmal drückte ich ein Küsschen auf Mitchells winzige Nase.

»Ich werde alles in meiner Macht Stehende tun, um dich zu beschützen. Niemand darf dir wehtun«, flüsterte ich. Er war mein Baby, und ich wollte ihm die Welt zu Füßen legen.

Mum besuchte mich im Krankenhaus zusammen mit meinem kleinen Bruder Jonathan. Sie nahm Mitchell in die Arme und meinte, er sei wunderschön. *Sie ist stolz auf mich, endlich habe ich es geschafft, sie zu beeindrucken.*

»Ich glaube, die Augen hat er von dir«, log ich aus Dankbarkeit, dass sie so nett zu mir war. So nah waren wir uns noch nie gewesen, und ich war fest entschlossen, dieses Gefühl noch möglichst lange auszukosten.

»Wir können zusammen im Park spazieren gehen«, schlug ich vor. Der Gedanke, meine Mum an meinem Mutterglück teilhaben zu lassen, stimmte mich überglücklich.

»Ja.« Sie nickte zustimmend, aber ihre Augen wurden schon wieder kalt.

»Und du kannst mir beim Einkaufen von Babyklamotten helfen«, versuchte ich es weiter.

»Ja«, meinte sie halbherzig.

Aber so ist sie eben, gab ich mir schulterzuckend zu bedenken. Wichtig war, dass sie jetzt da war und versuchte, den von ihr verursachten Schaden wiedergutzumachen. Ich konnte es kaum erwarten, nach Hause zu kommen und Mitchell ganz für mich zu haben. Eine Weile ging es mir richtig gut, und ich schwelgte in meinem Mutterglück. Am schönsten fand ich es, von meinem Baby gebraucht und geliebt zu werden.

Tony half mir zwar nachts, den Kleinen zu füttern, aber nach ein paar Monaten setzte trotzdem die Erschöpfung ein. Sie überfiel mich ganz plötzlich, und ich kämpfte darum, wieder auf die Beine zu kommen. Mitchell litt unter schrecklichen Koliken, manchmal dauerte es eineinhalb Stunden, bis die Blähungen verschwanden. Doch kurz, nachdem ich mich hingelegt hatte, musste ich wieder aufstehen, um ihn zu füttern. Der Schlafmangel machte mir schwer zu schaffen. Über Kleinigkeiten wie einen zerbrochenen Teller oder einen angebrannten Topf Reis brach ich in Tränen aus. Das Problem war wohl, dass alles in einem relativ kurzen Zeitraum passiert war. Erst war ich jahrelang vergewaltigt worden, dann hatte ich mein Leben einigermaßen in Griff bekommen, bis mich mein Stiefvater ein weiteres Mal angegriffen hatte. Daraufhin hatte ich versucht, mich umzubringen, und eine Menge Drogen genommen, und dann hatte ich ein Kind bekommen. Wieder einmal wurde mir alles zu viel.

Leider war Tony, der Mensch, der mir am nächsten stand, der Hauptleidtragende. Meine Tränen endeten in einem Jähzornsanfall, und im Streit bewarf ich ihn mit allen möglichen Gegenständen - Teller, Aschenbecher, was immer mir in die Hände fiel. Ich hätte als Speerwerferin in die englische Nationalmannschaft eintreten sollen, so schnell wie ich es schaffte, unser Geschirr durchs Wohnzimmer zu schleudern.

Er bemühte sich, ruhig zu bleiben, aber das konnte auf die Dauer nicht gutgehen.

Es war eine der vielen schlaflosen Nächte, in denen Mitchell unter seinen Koliken litt und ich ihn herumtrug.

Bitte mach endlich dein Bäuerchen, bitte! Tränen liefen mir übers Gesicht, während ich ihm sanft über den Rücken fuhr.

»Ich liebe dich, mein Schätzchen, aber tu es doch einfach für Mummy. Schenk ihr ein Bäuerchen!«, flehte ich ihn an.

Ich hörte Tony im Nebenraum schnarchen und wurde sauer auf ihn, weil er so tief und fest schlief.

Ich hasse dich. Ich hasse dich. Ich hasse dich.

Als ich Mitchell ein Küsschen gab, nässten meine Tränen seine Wangen. Ich fühlte mich völlig hilflos. Irgendwann schlief ich auf dem Sofa vor dem Fernseher ein.

Kurz darauf weckte mich Mitchells Brüllen.

»Ich komm ja schon. Mummy ist schon unterwegs«, ächzte ich und rappelte mich mühsam vom Sofa hoch. Als ich an unserem Schlafzimmer vorbeiging, stellte ich fest, dass Tony immer noch schlief.

»Tony, wach auf, du hast verschlafen«, knurrte ich.

Als er sich grummelnd umdrehte, hob das wütende Monster in mir sein hässliches Haupt.

»Steh auf, Tony!«, brüllte ich, ergrimmt darüber, dass er noch immer im Bett herumlag, während ich mich um Mitchell kümmern musste.

Er legte sich das Kissen auf den Kopf, um den Lärm auszublenden. In dem Moment rastete ich aus.

»Steh auf!«, brüllte ich ihm ins Ohr und kippte ein Glas kaltes Wasser über ihm aus.

»Du elende Schlampe!«, brüllte er, sprang aus dem Bett und stürzte sich auf mich. Ich rannte schreiend zur Haustür.

»Hilfe«, kreischte ich laut.

Doch ich war Tony nicht gewachsen. Er drückte mich an die Wand im Gang und legte mir den Unterarm an die Kehle.

»Hilfe«, krächzte ich und rang nach Luft.

Tony legte mir die Hände um den Hals und begann mich zu würgen. Der Raum drehte sich vor meinen Augen, und ich stand kurz davor, ohnmächtig zu werden. Ich trat um mich und zerbrach dabei ein paar Milchflaschen, die neben dem Eingang aufgetürmt waren.

Ich war bestimmt schon blau angelaufen, als Tony endlich von mir abließ. Ich kippte um wie ein Sack Kartoffel, und er ließ mich einfach liegen.

Mitchell brüllte mittlerweile aus voller Kehle.

»Mummy kommt gleich«, flüsterte ich, wischte mir die Tränen ab wie schon so oft und machte weiter.

Danach hielt Tony sich eine ganze Weile von mir fern, und ich verbrachte viele Nächte ohne ihn, während er im Pub mit Freunden herumhockte. Ich beneidete ihn um die Freiheit, aufzustehen und zu gehen. Ab und zu besuchte mich zwar meine Mum, doch mich beschlich wieder das grässliche Gefühl der Einsamkeit. Mit Mitchell ins Gesundheitszentrum zu gehen wurde zum Höhepunkt meiner Woche, denn da bekam ich andere Leute zu Gesicht. Ich hatte mit der Krankenschwester zwar nicht viel zu tun, doch sie wurde zu meiner einzigen Freundin.

Die Einsamkeit wurde immer lähmender. An manchen Tagen schaffte ich es kaum, aufzustehen. Die grässlichen Erinnerungen aus meiner Kindheit tauchten wieder auf, und manchmal keimte wieder der Wunsch in mir auf, tot zu sein. Mitchell war etwa fünf Monate alt, als Tony sagte, jetzt reiche es ihm.

»Du brauchst Hilfe, Tina«, sagte er und wiegte mich in seinen Armen wie ein Kleinkind. Tony war zwar jähzornig, aber ich hegte keinen Zweifel, dass er mich liebte.

»Ich finde, du solltest mit einem Arzt sprechen«, beharrte er.

»Ich dachte, es würde besser werden«, schluchzte ich.

»Wovon redest du da?« Tony streifte mir die Haare aus den Augen.

»Ich dachte, wenn ich ein Kind habe, könnte ich mein altes Leben vergessen.« Ich weinte so heftig, dass ich kaum noch Luft bekam. »Ich wollte die beste Mum der Welt sein.« Ich vergrub mein Gesicht an Tonys Brust. »Ich wollte ihm alles geben, was ich nie hatte.«

Ich war so hart zu mir gewesen, dass ich tatsächlich am Rand eines Nervenzusammenbruchs stand. Tony hatte recht, ich brauchte Hilfe. Am nächsten Tag ging ich zu meiner Hausärztin. Sie meinte, ich hätte wohl eine Wochenbettdepression, und verordnete mir Antidepressiva. Diese Pillen zu nehmen widersprach zwar allem, was ich mir seit meiner frühesten Kindheit beigebracht hatte, nämlich mein Leid, meine Angst und meine Einsamkeit auszublenden. Aber ich hatte Angst, dass Mitchell womöglich irgendwann ohne Mutter dastehen würde, wenn ich die Pillen nicht nahm.

Es dauerte eine Weile, bis sie wirkten, aber nach einigen Wochen sah die Welt tatsächlich wieder deutlich rosiger aus. Der Nebel, in dem ich jeden Morgen aufgewacht war, löste sich auf, und ich konnte wieder die Sonne sehen. Eine weitere Schwangerschaft hätte nicht zu einem ungünstigeren Zeitpunkt kommen können.

»Wie bitte? Du bist schwanger?«, fragte Tony ungläubig.

Ich hatte mir eine Spirale legen lassen. Es war das zweite Mal, dass ein Verhütungsmittel bei mir versagte.

»Ich weiß auch nicht, wie das passieren konnte«, erwiderte ich.

»Na ja, du weißt ja, dass ich dich unterstützen werde. Ich werde dich immer unterstützen«, versprach er mir.

Ich freute mich darauf, Mitchell ein Brüderchen oder ein Schwesterchen zu schenken, aber dafür musste ich mit den Antidepressiva aufhören.

Du schaffst es, Tina. Du bist eine Kämpferin.

17

»Mum, ich brauche deine Hilfe«, flüsterte ich ins Telefon.

Es war halb drei Uhr nachts. Ich musste mich vor Tony verstecken, und ich wusste nicht, wen ich sonst hätte anrufen sollen.

»Mum, Tony hat mir einen Kopfstoß verpasst.« Ich kämpfte gegen meine Tränen an.

»Wie bitte?«, fragte sie. Bei diesen Worten war sie wach geworden.

»Wo bist du?«

»Zu Hause.«

»Du musst weg, und zwar sofort«, drängte sie.

»Ich weiß nicht, ob ich das kann. Ich weiß nicht, ob ich die Kraft habe.« Ich schüttelte den Kopf. Ich war wieder das hilflose Kind, das zu viel Angst hat, um sich gegen den Menschen zu wehren, der ihm Gewalt antut.

Zehn Stunden davor.

»Lass es gut sein, Tony!« Ich bewachte die Eingangstür mit meinem Neugeborenen, Daniel, im Arm.

»Vergiss Steve, er ist es nicht wert«, versuchte ich, Tony zu beruhigen.

Tony hatte sich mit seinem Kumpel Steve gestritten und wollte jetzt raus, um ihm noch einmal gehörig die Meinung zu sagen. Die beiden hatten den ganzen Tag getrunken, und nun musste ich den Friedensrichter spielen.

»Geh mir aus dem Weg«, nuschelte er.

»Nein«, fauchte ich und drückte Daniel an meine Brust.

»Geh mir sofort aus dem Weg!«, fauchte er.

»Nein.« Ich stemmte stur die freie Hand auf meine Hüfte.

»Warum willst du es jetzt unbedingt ausfechten? Morgen seid ihr wieder die besten Freunde. Ihr seid beide einfach nur betrunken«, versuchte ich, ihn zur Vernunft zu bringen.

»Aus dem Weg!« Die Adern an seinen Schläfen schwollen an.

Als ich den Kopf schüttelte, stürzte er sich auf mich.

Er stieß mir mit dem Kopf ins Gesicht. Meine Nase explodierte. Blut spritzte auf die Wand und auf Daniel.

»Rühr mich nicht an!«, brüllte ich.

Ich stolperte Richtung Bad, ohne Daniel abzulegen. Ich musste mein Baby beschützen. Endlich legte ich ihn doch aufs Sofa und umfasste meine Nase, während ich die Treppen hochkroch. Mein Gesicht brannte. Ich lehnte mich über die Badewanne, um den Blutstrom zu stoppen, und erhaschte dabei einen Blick auf mein zerschlagenes Gesicht im Spiegel.

Tony hatte mich so heftig erwischt, dass mein Nasenrücken aufgeplatzt war. Meine Augen waren zugeschwollen und färbten sich bereits blau. Ich heulte laut auf vor Schmerzen, während ich versuchte, die Blutung zum Stillstand zu bringen. Tony tauchte auf der Schwelle auf.

»Ich muss ins Krankenhaus«, schrie ich.

Tony starrte mich gefühllos an. Die Liebe zwischen uns war abgestorben.

»Na gut«, meinte er schulterzuckend.

Ich musste selbst in die Notaufnahme fahren und saß stundenlang allein im Warteraum. Um ein Uhr nachts kehrte ich endlich wieder heim, mit drei Stichen auf der Nase und einem gebrochenen Herzen. Tony schnarchte auf dem Sofa. Ich schlich ins Bad und weinte leise.

Bitte, steh mir bei, lieber Gott!, flehte ich stumm. *Bitte erbarme dich meiner.* Ich flehte um Hilfe wie damals als kleines Mädchen.

»Dieses verdammte Monster!«, schrie Mum erbost, als ich ihr erzählte, was passiert war.

»Er ist nicht mal aufgeblieben und hat auf mich gewartet«, schluchzte ich.

»Vergiss es. Schlimmer ist, dass er dir Gewalt angetan hat. Wie konnte er meiner Tochter das antun?«, wütete sie.

Es war merkwürdig, sie so aufgebracht zu erleben, während der Mann, mit dem sie ihr Bett teilte, ihrer Tochter weitaus Schlimmeres angetan hatte.

»Pack deine Sachen und verschwinde«, beharrte sie.

»Wohin soll ich denn gehen?«, wimmerte ich.

»Du kannst bei mir bleiben, bis du überlegt hast, was du jetzt machen sollst.«

Ist das ihr Ernst? Ich soll mit meinen Kindern in das Haus ziehen, in dem mein Stiefvater lebt?

»Mir wird schon was einfallen«, wich ich aus.

»Wie du meinst«, sagte sie und legte auf.

Ich drückte das Telefon einen Moment lang an meine Brust. Ich war immer noch nicht bereit, mich von meiner Mutter zu lösen. Endlich war sie für mich da, endlich bemerkte sie mich und wollte mich beschützen. Wenn das Leid mit Tony dazu führte, dass ich eine Mutter hatte, war es das vielleicht wert.

Am nächsten Tag rief ich bei der Polizei an und bat, mich mit der Abteilung Häusliche Gewalt zu verbinden. Ich hatte im Krankenhaus sagen müssen, wer mich so zugerichtet hatte, aber ich wollte Tony nicht anzeigen. Dazu hatte ich viel zu viel Angst. Allerdings war ich bereit, mich von den Behörden beschützen zu lassen, und man arrangierte für mich und meine Jungs einen Platz in einem Frauenhaus.

Die nächsten Tage packte ich drei große Taschen, eine für mich, zwei für die Kinder. Ich versteckte mein Geheimnis unter der Treppe, damit Tony mir nicht auf die Schliche kam. Aber er ließ sich nicht so leicht an der Nase herumführen.

»Was treibst du da?«, überraschte er mich, als ich die Fotos auf dem Kaminsims einsammelte.

»Du hast mich erschreckt!«, stammelte ich und legte die Hand auf die Brust, als müsse ich mein Herz daran hindern, herauszuspringen.

»Ich mache einen Frühjahrsputz«, schwindelte ich.

»Es ist November«, stellte er fest und sah mich fragend an.

Es war November 1997. Daniel war sechzehn Monate alt, Mitchell fast drei Jahre. Ich weiß noch, dass es damals recht kalt war für die Jahreszeit und ich viele warme Sachen für die Kinder einpackte. Ich hatte keine Ahnung, wie lange wir in dem Frauenhaus bleiben würden. Ich wusste nur, dass ich zwei blaue Augen und ein geschwollenes Gesicht hatte und dass es mir reichte. Tony hatte sich nie an den Jungs vergriffen, aber ich hatte ihnen versprochen, sie vor allem Leid zu beschützen. Und zu sehen, dass ihre Mum verprügelt wurde, war ihrem Wohlbefinden nicht dienlich. Ich war in einem Haus aufgewachsen, in dem ich immer wieder dabei zuschen musste, wie Dave Blake grün und blau prügelte, und Mum hatte mich grün und blau geprügelt. Ich hatte genug Gewalt erlebt, mehr brauchte ich nicht.

Wir wurden in ein Frauenhaus in Basildon gebracht, während Tony in der Arbeit war. Als ich in einem Polizeiauto durch die Stadt fuhr, stellte ich mir sein Gesicht vor, wenn er merkte, dass wir weg waren. Nach Basildon kamen wir deshalb, weil Mum mit Dave und Jonathan inzwischen dort wohnte. Sie hatte mir versprochen, dass sie mir und den Kids helfen würde, diese Sache zu überstehen, und ich glaubte ihr.

Zum Glück mussten wir unser Zimmer nicht mit Fremden teilen. Ich hatte ein Stockbett, Mitchell und Daniel schliefen in zwei Kinderbettchen. Die Wände waren fleckig, und mir kam es vor, als wäre die Luft feucht von all den Tränen der Frauen, die sich in diesem Zimmer die Augen aus dem Kopf geweint hatten. Ich packte unsere Taschen aus und versuchte, den Raum für die Kinder wohnlich zu machen. Wir hatten unser Zuhause verloren.

»Ich glaube nicht, dass ich je einen Ort hatte, den ich als mein Zuhause bezeichnen konnte«, sagte ich mir mit Tränen in den Augen im Stillen, als ich an das Gefängnis dachte, in dem ich aufgewachsen war.

Die Gemeinschaftsräume waren sehr sauber, und ich hatte in der Küche einen Schrank, in dem ich Lebensmittel aufbewahren konnte, aber der Ort an sich war ziemlich trostlos. Er roch nach Leid und Elend, und ich nahm den Kummer der anderen Frauen in mir auf, wenn ich zusammen mit ihnen bis in die frühen Morgenstunden vor dem Fernseher saß.

Meine Mum besuchte ich täglich und wurde tatsächlich zu meiner Retterin. Lächelnd erklärte sie mir, dass sie stolz auf mich sei, weil ich Tony verlassen hatte. Ich konzentrierte mich auf die kleinen Dinge, die sie für mich tat, als wären sie die großartigsten Liebesbeweise.

Nach zehn Tagen in dem Frauenhaus wurde es mir zu viel. Die Kinder lagen schon im Bett, und ich saß mit ein paar anderen Frauen im Gemeinschaftsraum vor dem Fernseher, dem ich allerdings nur meine halbe Aufmerksamkeit schenkte. Die andere Hälfte schenkte ich einem Gespräch, das in meiner Nähe stattfand. Eine Frau mit mausbraunen Haaren – sie trug eine Jogginghose und einen Pulli, in dem ihr zerbrechlicher Körper völlig unterging – erzählte einer anderen unter Tränen, warum sie in diesem Frauenhaus war. Ihr Gesicht war so verquollen, dass man ihre Züge kaum noch erkennen konnte, und ich spürte ihren Schmerz am eigenen Leib. Sie erzählte, dass sie schon um die halbe Welt gezogen war, um ihrem Mann zu entkommen, der versucht hatte, sie zu töten. Das, was diese arme Frau durchgemacht hatte, übertraf mein Leid um ein Vielfaches. Ich beschloss, dass ich nicht mehr hierher gehörte, und rief am nächsten Tag Tony an.

Wir trafen uns in einem Pub in Basildon. Er kam an mit einer Umarmung und einem Haufen Entschuldigungen.

»Es tut mir so leid, Babe.« Er umklammerte meine Hände, als ob ich mich jeden Moment in Luft auflösen könnte. »Ich verspreche dir, dass ich nie mehr die Hand gegen dich erheben werde«, stammelte er weinend.

Ich wollte ihm unbedingt glauben. Ich hatte Angst vor dem Alleinsein. Ich wollte unbedingt eine Familie.

»Ich habe dich und die Jungs wahnsinnig vermisst«, sagte er mit bebender Stimme.

Ich presste die Lippen zusammen und dachte nach. »Okay«, murmelte ich schließlich.

Die nächsten zwei Wochen zeigte sich mir das Leben wieder von der sonnigen Seite. Wir bereiteten uns gemeinsam auf Weihnachten vor. Doch schon an Weihnachten bescherte Tony mir ein blaues Auge. An Neujahr fand ich den Mut, ihn zu verlassen, und am zehnten März 1998 wurde Tony gerichtlich untersagt, sich mir oder den Jungs zu nähern.

Mir blieben vierundzwanzig Stunden, um unsere Sachen zu packen und in unsere vorübergehende Unterkunft in Basildon umzuziehen. Es war ein hübsches Häuschen mit einem großen Wohnzimmer, einer Einbauküche, einem gefliesten Bad und einem großen Elternschlafzimmer. Normale Dinge für die meisten Menschen, aber ich sollte nun zum ersten Mal an einem Ort leben, den ich als Zuhause bezeichnen konnte.

Tränen stiegen mir in die Augen, aber diesmal waren es Freudentränen. Ich hatte meine Jungs, meine Mutter und ein Zuhause. Endlich war ich in Sicherheit.

Nachdem wir uns eingelebt hatten, beschloss ich, Tony anzurufen, um ihm ein wenig Seelenfrieden zu schenken. Ich wollte, dass meine Kinder ihren Vater regelmäßig zu sehen bekamen, schließlich hatte er ihnen nie ein Haar gekrümmt. Ich bot ihm an, dass ich ihm die Jungs zwei Mal die Woche bringen würde. Allerdings wollte ich, dass wir uns in der Stadtmitte trafen. Unser Zuhause sollte unsere Zuflucht bleiben, zu der ich ihm keinen Zugang gewähren wollte.

»Wo zum Teufel steckst du?« Er schrie so laut, dass ich den Hörer vom Ohr nehmen musste. Ich hatte mit seinem Zorn gerechnet, aber er war völlig außer sich.

»Du sagst mir jetzt sofort, wo ihr seid«, verlangte er.

»Nein, das werde ich nicht tun.« Ich zitterte vor Furcht, und mein Körper war so erstarrt wie damals, als Dave mir zugesetzt hatte.

»Du kannst die Jungs sehen, aber du bist in unserem Haus nicht mehr willkommen«, erklärte ich ihm ich mit bebender Stimme.

»Wenn du mir nicht sofort sagst, wo ihr wohnt …« - er hielt inne, offenbar überlegte er sich, womit er mir drohen konnte – »… dann werde ich deinen Brüdern sagen, was Dave dir angetan hat«, erpresste er mich.

Es war, als hätte er mir ein Messer in den Bauch gerammt. Ich krümmte mich bei dem Gedanken, dass meine Brüder mein schmutziges Geheimnis erfahren würden. All die Jahre hatte ich sie vor der Wahrheit bewahrt, ich hatte mich geopfert, um sie zu beschützen.

»Na gut, nur zu«, zischte ich und legte auf.

Endlich hatte ich mich behauptet. Ich würde mich von

nun an gegen jeden behaupten, der mich in eine Ecke drängte und mir befahl, den Mund zu halten. Doch schon nach wenigen Sekunden packte mich die nackte Angst.

O Gott, Mum wird stinksauer sein. Das wird sie mir nie verzeihen.

Ich wählte ihre Nummer, gequält von der Angst, sie wieder zu verlieren.

»Ja, was gibt`s?«, fauchte sie. Ich hörte den Fernseher im Hintergrund und stellte mir vor, dass sie auf der Couch lag.

»Ich habe gerade mit Tony gesprochen«, stammelte ich.

»Warum hast du ihn angerufen?«, schrie sie. »Du kannst doch ganz von vorn anfangen, du brauchst ihn nicht.«

»Ich …« Die Worte blieben mir in der Kehle stecken. Ich war wieder die verängstigte Vierzehnjährige, die ihrer Mutter jetzt gleich etwas Schreckliches mitteilen musste.

»Tony sagte, er wird Blake und Jonathan erzählen, was Dave mir angetan hat, wenn ich ihm nicht sage, wo wir wohnen«, gestand ich schließlich mit bebender Stimme.

Es kehrte ein langes, eisiges Schweigen ein.

»Na, dann musst du ihm wohl sagen, wo du wohnst«, erklang schließlich die kühle Stimme meiner Mutter.

Wie bitte? War sie tatsächlich bereit, meine Sicherheit aufs Spiel zu setzen, um meinen Stiefvater zu schützen? Ein weiteres Mal? Ich war abgrundtief enttäuscht.

»Das werde ich nicht tun«, erwiderte ich. »Hier geht es auch um meine Jungs. Ich will ihm nicht sagen, wo wir wohnen.«

Wieder eine lange, eisige Pause. Ich stellte mir vor, wie ihre Augen sich verengten.

»Nun, in dem Fall werde ich Blake und Jonathan warnen, dass Tony böse Lügen über ihren Dad verbreitet.«

Das sagte sie völlig ruhig und klang dabei, wie man sich einen eiskalten Killer, der einen Mord plant, vorstellt. »Du willst es also wieder mal unter den Teppich kehren?«, wollte ich brüllen, aber ich brachte kein Wort mehr heraus. Ihr Entschuldigungsbrief war eine Lüge gewesen, in Wahrheit bereute sie nichts. Es war alles gelogen gewesen.

Ich legte auf und brach in Tränen aus.

Schließlich sagte ich Tony, wo wir wohnten. Obgleich ich Mum dafür hasste, dass sie mich wieder einmal verraten hatte, war der Drang, von ihr geliebt zu werden, stärker als der Instinkt, mich und meine Kinder zu schützen. Sie war mir für mein Opfer allerdings nicht dankbar, und in den darauffolgenden Monaten wechselten wir kaum ein Wort.

Ich war wieder allein.

Ich unterdrückte meinen Kummer, indem ich versuchte, meinen Kindern alles zu geben, was ich nie hatte. Ich behütete sie über alle Maßen und beobachtete jeden ihrer Schritte mit Adleraugen. Meine Vergangenheit konnte ich nicht auslöschen, aber ich konnte dafür sorgen, dass sie sich nicht wiederholte.

Eines Abends war ich beim Putzen und wollte die Waschmaschine anstellen. Plötzlich erhielt ich einen elektrischen Schlag, der so stark war, dass ich quer durch die Küche segelte und mir meine Hand an den Fliesen anschlug, als ich zu Boden ging.

»Was zum Teufel war das?«, fragte ich mich laut und schüttelte verwirrt den Kopf. Als ich mich aufrappelte, schoss ein grässlicher Schmerz durch meinen ganzen Arm.

»Autsch«, brüllte ich und umfasste meine Hand.

Alles um mich herum verschwamm, und ich konnte nur noch meinen Herzschlag hören.

In diesen Momenten des Schocks fiel mir meine Mum wieder ein. *Damit kann ich ihre Aufmerksamkeit erringen. Ich kann sie anrufen und um Hilfe bitten.*

Sobald mir dieser Gedanke durch den Kopf gegangen war, schlug ich mit der Hand auf die Ecke der Küchenwand ein.

Wenn ich es schlimmer mache, wird sie mir helfen müssen.

Ich drosch abermals auf die Ecke ein.

Sie wird mich lieben und beschützen müssen.

Meine Hand lief blau an. Ich spürte keine Schmerzen, weil ich so wütend war.

Das ist dafür, dass du mich nicht beschützt, Mum.

Krach. Ich hatte mir das Handgelenk gebrochen.

Ich brach auf dem kalten Küchenfußboden zusammen und schluchzte haltlos. Ich rollte mich zusammen und schaukelte hin und her. Zum Glück waren die Jungs bei ihrem Dad und konnten mich in diesem Zustand nicht sehen.

Ich weiß nicht, wie lange ich so dalag und wimmerte, aber irgendwann rappelte ich mich auf und schleppte mich ins Schlafzimmer. Dort versteckte ich mich wie ein Kind, das sich vor der Welt versteckt, unter der Decke und umklammerte meinen heftig pochenden Arm. Ich spürte, wie er anschwoll, und war wie gelähmt vor Elend. So lag ich die ganze Nacht lang im Bett. Der Schmerz trieb mir den Schweiß auf die Stirn.

Als es hell wurde, griff ich zum Telefon neben meinem Bett.

»Mum, ich brauche deine Hilfe«, sagte ich.

»Was ist denn jetzt schon wieder los?«, fragte sie und hustete bei ihrer Morgenzigarette.

»Ich habe mir die Hand verletzt«, sagte ich. »Ich hab mir einen elektrischen Schlag geholt und bin durch die ganze Küche geflogen, und dann habe ich mir die Hand angehauen.«

»Das wird schon wieder.« Mum heuchelte kein Mitleid.

»Vielleicht ist die Hand gebrochen«, fuhr ich fort.

»Und was erwartest du jetzt von mir?«

»Ich kann nicht allein ins Krankenhaus fahren.«

Nach einer langen, gereizten Pause seufzte sie tief auf. »Na gut, ich bin gleich bei dir.«

In den drei Stunden, die sie neben mir in der Notaufnahme saß, fiel kaum ein Wort zwischen uns, aber ich freute mich schon allein darüber, dass sie neben mir saß. In diesen drei Stunden ging es nicht um Dave oder Blake oder Jonathan, sondern um mich. Sie schenkte mir ihre ungeteilte Aufmerksamkeit.

Mein Blut wurde untersucht, weil der Stromschlag so heftig gewesen war, und mein Arm wurde eingegipst. Mum setzte mich zu Hause ab und sagte mir, dass sie versuchen würde, mir mit den Jungs zu helfen, solange ich den Gips tragen musste.

Ich lächelte. Mir das Handgelenk zu brechen hatte sich gelohnt.

18

Mir graute vor Weihnachten. Die Aussicht, die Feiertage allein zu verbringen, lähmte mich. Die Einsamkeit fürchtete ich mehr als den Tod, nächtelang lag ich schlaflos im Bett und stellte mir vor, dass ich keine Geschenke bekäme und mir keiner Frohe Weihnachten wünschen würde. In Basildon hatte ich noch keine Freunde gefunden. Abgesehen von meinen Nachbarn und Tony, wenn er die Kinder am Sonntag abholte, war Mum war die Einzige, mit der ich gelegentlich ein paar Worte wechselte.

»Komm doch mit den Kindern an Weihnachten zu uns«, forderte Mum mich auf. Ein halbes Jahr war vergangen, seit ich mir das Handgelenk gebrochen hatte. »Ihr könnt bei uns übernachten«, schlug sie vor, als ich nichts sagte, weil ich so entgeistert war.

Seit Jahren hatte ich nicht mehr unter demselben Dach wie mein Stiefvater übernachtet, und nachdem er vor fünf Jahren erneut versucht hatte, mich zu vergewaltigen, hatte ich kein Wort mehr mit ihm gewechselt.

»Auf keinen Fall«, stotterte ich schließlich. »Dave wird ja wohl auch da sein, und mit diesem Teil meines Lebens will ich nichts mehr zu tun haben«, erklärte ich bestimmt.

»Na komm schon, die Kinder lässt er garantiert in Ruhe«, wiegelte Mum ab.

Ich war sprachlos.

»Sie werden doch immer bei dir sein«, fuhr sie fort, sichtlich gereizt angesichts meiner Sorgen.

»Auf gar keinen Fall«, wiederholte ich.

»Na, dann wirst du eben Weihnachten allein verbringen«, stellte sie fest, als würde sie meine größte Angst kennen.

Das grässliche Gefühl, allein zu sein, lag wie Blei auf meinen Schultern.

»Du wirst bestimmt einsam sein«, fuhr sie fort und drückte genau die richtigen Knöpfe.

»Wo würden wir denn schlafen?«, frage ich.

»Im Gästezimmer.«

Wenn ich jetzt daran denke, weiß ich, dass es eine meiner dümmsten Entscheidungen war, aber zu jener Zeit wünschte ich mir sehnlichst, Weihnachten als eine Familie zu verbringen. Ich wünschte mir meine Mum.

»Na gut«, willigte ich ein. Sie hatte es geschafft, mir ihren Vorschlag schmackhaft zu machen.

Ich wusste, dass meinen Jungs nichts passieren würde, denn ich war da, um sie zu beschützen; aber ich selbst setzte mich einer Gefahr aus.

Sobald wir vor ihrem Haus in Basildon parkten, ahnte ich, dass es ein Fehler war, herzukommen. Mum öffnete die Tür, Dave lungerte hinter ihr herum. Er war noch fetter und kahler und noch stämmiger als früher. Nach einem kurzen Blick auf mich starrte er auf den Boden, ohne mich zu begrüßen.

Du elender Wicht, du tust mir leid.

Jonathan saß vor dem Fernseher und naschte Schokolade, Mum wollte die Tür nicht länger für uns aufhalten. Der vertraute Geruch von Frittierfett waberte auf die Straße.

»Kommt ihr jetzt rein oder nicht?«, knurrte Mum.

Das fühlt sich nicht gut an, ich will da nicht sein.

»Ja«, murmelte ich zögernd. Jetzt war es zu spät, meine Meinung zu ändern. Ich war eine Kämpferin, ich würde die nächsten vierundzwanzig Stunden schon irgendwie durchstehen.

Den Weihnachtsabend verbrachten wir mit Hackfleischpasteten und Schokolade vor dem Fernseher. Dave ignorierte ich. Die Atmosphäre war bedrückend, doch meinen Kindern und Jonathan zuliebe taten wir so, als würden wir das nicht bemerken. Mir graute vor der Nacht, aber ich hatte einen Plan entwickelt.

»Gute Nacht«, sagte ich zu Mum und hob Daniel hoch. Mitchell war fast vier und trottete neben mir her. Ohne einen Blick auf Dave marschierte ich ins Gästezimmer. An der Tür gab es kein Extraschloss, aber das machte mir nichts aus. Ich hatte vor, mich selbst als Barriere zu benutzen.

Ich schleifte die Matratze zur Tür. Die Jungs trugen beide noch Windeln, mussten also nachts nicht raus aufs Klo – eine Sorge weniger. Ich wickelte sie fest in Decken ein, dann legte ich mich vor die Tür.

Schon beim leisesten Geräusch spitzte ich die Ohren – der Fernseher, der abgeschaltet wurde, das letzte Klirren eines Whiskyglases auf dem Couchtisch, all die vertrauten Geräusche, die verkündeten, dass Dave sich anschickte, zu Bett zu gehen. Ich hielt den Atem an, als ich seine Schritte auf dem Flur hörte. Er ließ den Wasserhahn beim Zähneputzen laufen, ich stellte mir vor, wie er sein lüsternes Gesicht im Spiegel betrachtete. Mein Körper erstarrte. *Wird jetzt gleich die Klinke an meiner Tür gedrückt?*

Das Herz schlug mir bis zum Hals.

Dann wurde es gespenstisch still im Haus, und ich brach in Panik aus. Wo steckt er? Etwa vor meiner Tür? Kann ich seinen Atem hören?

Endlich ging die Tür zum Elternschlafzimmer zu. Er war ins Bett gegangen. Einstweilen war ich sicher. Ich schlummerte kurz ein, wachte aber immer wieder auf. Ich hätte mir gleich denken können, dass mich in diesem Haus die Erinnerungen mit der Wucht eines Tornados überfallen würden. Ich erinnerte mich an das Geräusch meiner Tür, wenn Dave sie hinter sich zuzog, nachdem er mich heimgesucht hatte. Ich erinnerte mich an das Geräusch, wenn er die elende Cremedose aufgeschraubt hatte. Ich roch Old Spice in meinem Zimmer. Ich roch ihn.

»Fröhliche Weihnachten«, schallte es laut aus dem Radio im Elternschlafzimmer.

»Fröhliche Weihnachten«, wünschte ich meinen Jungs leise und küsste sie sachte. Ich hatte es bei ihren Geschenken dieses Jahr maßlos übertrieben, weil ich ihnen alles geben wollte, was ich nie hatte. Tagelang hatte ich die Geschenke eingewickelt, und jetzt konnte ich es kaum erwarten, den Jungs beim Auspacken zuzuschauen und zu sehen, wie sie sich freuten.

Im Wohnzimmer roch es nach Rosenkohl und Schweineschmalz. Mum stand in ihrem Morgenrock in der Küche und kochte wie immer halbherzig, mit einem Auge auf den Töpfen und dem anderen auf dem Fernseher.

»Frohe Weihnachten«, sagte ich und küsste sie auf die Wange.

»Frohe Weihnachten, Jonathan«, rief ich meinem Bruder auf dem Sofa zu. Blake war mit seiner Frau Sue zu Besuch gekommen. Dave behandelte ich, als wäre er Luft, und er machte keine Anstalten, mit mir ins Gespräch zu kommen. Wahrscheinlich hatte er Angst vor dem, was er von mir zu hören bekommen würde. Er war ein elender Feigling.

»Kann ich dir helfen, Mum?«, fragte ich. Die Anspannung war grässlich. Man hätte die Luft im Wohnzimmer mit einem Messer zerschneiden können.

»Ja«, grunzte sie und überließ mir den Großteil des Kochens.

Ich ließ meine Kinder kaum aus den Augen, damit Dave ihnen nicht zu nahe rücken konnte. Wenn Dave sich in einer

Hälfte des Zimmers aufhielt, ging ich in die andere. Ich sorgte dafür, dass die Kinder ständig etwas zu tun hatten, damit sie nicht auf die Idee kamen, sich an Dave zu wenden. Als wir endlich wieder im Auto saßen und ich nach Hause fuhr, kam ich mir vor wie nach einem schweren Sturm. Ich war zutiefst erschöpft, weil ich vierundzwanzig Stunden lang in höchster Wachsamkeit verbracht hatte. Nachdem ich die Jungs ins Bett gebracht hatte, sank ich ermattet aufs Sofa, vollgestopft mit Truthahn und Bratkartoffeln.

Obwohl jeder müde Knochen in meinem Körper lautstark nach Schlaf verlangte, sagte mir mein Kopf, dass ich erst noch unter die Dusche musste. Ich fühlte mich schmutzig und wollte die grauenhaften Erinnerungen abwaschen.

Los, Tina, mach schon. Ich schrubbte mich, bis ich von oben bis unten rot angelaufen war.

Silvester verbrachte ich in aller Stille, doch dann kam der Brief. Die Adresse war diesmal nicht in einer geschwungenen Handschrift verfasst, sondern ordentlich getippt, und der Absender war ein unheilverkündender Stempel des Basildon County Councils.

Das Jugendamt fordert Miss Tina Renton auf, am 21.01.1999 zu einem Treffen zu kommen, bei dem es um das Wohl ihrer Söhne Mitchell und Daniel geht.

Beinahe wären mir die Augen aus dem Kopf gefallen. Tony musste herausgefunden haben, dass ich an Weihnachten mit den Jungs bei meiner Mum gewesen war, und mich beim Jugendamt angeschwärzt haben. Offenbar hatte er dort erklärt, dass ich als Kind missbraucht worden war und dass ich die Sicherheit unserer Kinder gefährdete, indem ich sie in das Haus brachte, in dem der Täter lebte. Ich schüttelte ungläubig den Kopf. Wie konnte er mir das antun?

Aber noch wütender war ich auf mich selbst. Der Brief hatte mich in die Wirklichkeit zurückgeholt. *Warum um alles in der Welt hatte ich das getan? Nur wegen eines einzigen Tages? Ich hätte meine Kinder niemals dorthin mitnehmen dürfen. Das war idiotisch von dir, Tina. Du bist so blöd!* Ich schlug mit den Fäusten auf meine Beine ein.

Meine Jungs waren mein Ein und Alles. Ich griff zum Telefon und rief Mum an.

»Sie wollen mir meine Kinder wegnehmen«, winselte ich, sobald sie sich meldete.

»Wie bitte? Wer denn?«

»Das Jugendamt. Tony hat ihnen von Dave erzählt.« Ich zitterte vor Angst.

»Verflucht noch mal«, schimpfte sie.

»Was soll ich denn jetzt tun?« jammerte ich.

»Du wirst die Ruhe bewahren. Er wird dir deine Kinder schon nicht wegnehmen«, versprach sie.

Ihre Worte stießen bei mir auf taube Ohren. Ich dachte nur noch daran, mich zu bestrafen, weil ich so töricht gewesen war. In den Nächten vor meiner Anhörung hatte ich schreckliche Albträume.

Mir träumte, ich müsse mich zwischen meinen Jungs entscheiden. Ich hastete durch einen dunklen Tunnel, Schmutzwasser spritzte an mir hoch. Ich presste Daniel und Mitchell so fest an mich, dass sich meine Arme anfühlten, als würden sie gleich abfallen.

Ich hörte, wie er mir immer näher kam.

Es war zu dunkel, um sein Gesicht zu sehen, aber ich sah ein glitzerndes Messer.

Wasser rann an den glitschigen Wänden herunter. Es klang so laut wie mein Herzschlag.

»Hilfe!«, schrie ich. Aber niemand hörte mich, ich war irgendwo tief im Untergrund.

»So helfe mir doch jemand!« Meine Stimme fühlte sich an wie Splitter in meiner Kehle.

Ich konnte die beiden Jungs nicht mehr tragen, sie wurden mir zu schwer. Ich drehte mich um und spürte das Messer an meiner Kehle.

»Entscheide dich, wer lebt und wer stirbt«, forderte er höhnisch.

»Nein!«, schrie ich und presste die Jungs wieder fest an mich.

Schweißüberströmt wachte ich auf, mein Kissen fest umklammernd. Ich warf die Decke auf den Boden und stürzte ins Kinderzimmer. Beide Jungs schliefen tief und fest.

»Gott sei Dank«, stöhnte ich und drückte mir die Hand auf die Brust. Mein Herz pochte laut unter meinen zitternden Fingern. Ich hatte in meinem Leben schon viele schreckliche Albträume gehabt, aber meine Kinder waren darin noch nie vorgekommen. *Gott sei Dank wird Mum zu diesem Treffen kommen und mich beschützen.*

Als ich sie am nächsten Morgen abholte, trug sie wie immer ein T-Shirt und einen wadenlangen Rock, und an ihrer Schulter baumelte eine schwarze Handtasche. Sie trug nie etwas anderes, egal ob es regnete oder die Sonne schien. Ich hatte mich bemüht, adrett auszuschauen. Meine langen Haare hatte ich zu einem Pferdeschwanz gebunden und mich in eine enge Hose gezwängt. Normalerweise trug ich keine enge Kleidung, weil ich meinen Körper immer noch hasste.

Wir wurden durch die öden Korridore von Ely House zum Besprechungsraum des Jugendamtes geführt, wo die Sitzung stattfinden sollte. Tony saß bereits an einem riesigen, ovalen Tisch, der für den Raum viel zu groß wirkte. Ich starrte ihn böse an, er starrte böse zurück. Sechs Beamte hatten sich versammelt und beobachteten mich, als ich mich an ihnen vorbei zu dem mir zugewiesenen Platz zwängte. Die Heizung lief auf Hochtouren. Ich bekam kaum noch Luft. »Könnten wir bitte ein Fenster öffnen?«, fragte ich forsch. Ich wollte nicht, dass sie merkten, wie verängstigt ich war.

»Miss Renton, wir haben Sie heute einbestellt, weil gegen Sie eine Beschwerde vorliegt«, erklärte eine Frau in einem schlecht sitzenden grauen Hosenanzug. Ich warf Tony einen angewiderten Blick zu, trank einen Schluck Wasser und wartete darauf, dass die Bombe platzte. »Unserer Kenntnis nach sind Sie als Kind missbraucht worden«, stellte die Frau nüchtern fest. »Und zwar von Ihrem Stiefvater.«

Ich wand mich auf meinem Stuhl. Diese Worte hatte ich nie laut geäußert gehört, vor allem nicht von einer Fremden. Mir wurde übel. Ich wandte mich hilfesuchend an Mum, aber sie war zu sehr damit beschäftigt, Tony böse anzustarren. *Schau mich an, verflucht noch mal!*

»Und unserer Kenntnis nach haben Sie Ihre Kinder ...« Die Frau hielt kurz inne, um ihre Aufzeichnungen zu überprüfen. »... Ihre Kinder Mitchell und Daniel an Weihnachten in das Haus Ihres Stiefvaters mitgenommen.«

Ich saß da wie ein Häufchen Elend.

»Miss Renton, stimmt es, dass Sie missbraucht worden sind?«, fragte sie.

O mein Gott, ich muss mich übergeben.

»Von wem wurden Sie missbraucht, Miss Renton?«, bedrängte sie mich.

»Von ihrem Stiefvater, David Moore«, rief Tony dazwischen.

Ich brach in Tränen aus.

»Wie konntest du diesen Perversen in die Nähe unserer Kinder lassen?« Tony war aufgestanden.

»Hör bitte auf«, schluchzte ich.

»Er ist ein Pädophiler«, knurrte Tony.

»Bitte!«, wimmerte ich. Ich fühlte mich schrecklich ausgeliefert.

»Machen wir eine kleine Pause«, schlug die Frau vor und zog Tony auf seinen Stuhl zurück.

Ich rannte aus dem Raum, Mum kam mir nach. Ich drehte mich zu ihr um wie ein kleines Mädchen, das tröstlich umarmt werden möchte. *Umarme mich, bitte!* Aber Mum zeigte kein Mitgefühl. Sie stand da und starrte mich mit ihren kalten Augen an.

»Ich schaffe das nicht«, wimmerte ich und trocknete mir die Tränen am Ärmel ab.

»Leugne es einfach«, schlug Mum kühl vor.

»Wie bitte?« Ich starrte sie ungläubig an.

»Leugne es.« Sie sah mich an, als hielte sie mich für schwer von Begriff.

Ich konnte es nicht fassen, dass sie den Missbrauch wieder unter den Teppich kehren wollte. Nach all diesen Jahren begriff sie immer noch nicht, wie sehr sie mich verraten hatte. Sie begriff einfach nicht, dass Dave mein Leben zerstört hatte.

»Nein, ich werde es nicht leugnen«, sagte ich und stemmte die Hände auf die Hüften, täuschte Tapferkeit und Mut vor.

»Meine Güte! Sag ihnen doch einfach, dass du dir das nur ausgedacht hast«, rief sie laut. »Dann müssen sie dich in Ruhe lassen.«

Tränen strömten mir übers Gesicht, doch es war mir völlig egal, ob mich jemand in diesem Zustand sah. »Ich werde es nicht leugnen, weil es die Wahrheit ist«, wimmerte ich.

Mum warf frustriert die Arme hoch. »Aber damit stichst du doch nur in ein Wespennest. Selbst wenn du die Jungs nicht mehr mitbringen möchtest, solltest du es abstreiten, denn sonst handelst du dir nur eine Menge Ärger ein.«

»Du meinst, *du* handelst dir eine Menge Ärger ein«, entgegnete ich und deutete wütend mit dem Finger auf sie. »Dabei geht es aber nicht um dich, und auch nicht um mich, sondern um meine Kinder. Und die stehen bei mir an allererster Stelle.« Ich fing an, heftig zu schluchzen, und wandte mich von ihr ab. Ich konnte ihren Anblick nicht mehr ertragen. Nach drei tiefen Atemzügen stürmte ich in den Besprechungsraum zurück.

»Geht es jetzt wieder, Miss Renton?«, fragte die Beamtin, während ich mir die verquollenen Augen abtupfte.

»Ja«, sagte ich und setzte mich auf meinen Platz. Meine Mutter war mir gefolgt und zog nun die Tür hinter sich zu.

»Tonys Aussagen sind korrekt. Ich war das Opfer eines Kindesmissbrauchs, mein Stiefvater war der Täter«, verkündete ich mit fester Stimme.

Ich hörte meine Mum neben mir erschrocken aufkeuchen.

»Ich unterschreibe sehr gern eine Erklärung, dass ich meine Kinder nie mehr in Kontakt mit David Moore treten lasse«, sagte ich und griff nach einem Kugelschreiber.

Ich spürte, wie Mums Blicke mich durchbohrten, aber das war mir egal. Sie hatte mich wieder einmal im Stich gelassen. Sie hatte mir wieder einmal bewiesen, dass sie lieber sich und Dave schützen wollte als mich.

Was soll ich denn noch alles tun, damit sie mich liebt?

Die Sitzung war damit beendet, und ich eilte hinaus, um eine Begegnung mit Tony zu vermeiden. Mum trottete beleidigt hinter mir her und schimpfte halblaut vor sich hin. Ich legte meine Rüstung nicht ab, auch wenn sie sich immer schwerer anfühlte.

Im Auto trennte uns nur der Schaltknüppel, aber Mum fühlte sich so fern an, dass es auch Welten hätten sein können. Warum war sie sauer? Erwartete sie etwa, dass ich mich bei ihr entschuldigte? Ich setzte sie wortlos vor ihrer Haustür ab, doch dann brach mein Damm der Stärke. Auf der Heimfahrt sah ich durch den dichten Tränenschleier kaum noch die Straße.

»Fahr doch zur Hölle, Mum«, schrie ich. Sie hatte es wieder getan: Indem sie mich ignorierte und ekelhaft zu mir war, hatte sie mir das Gefühl vermittelt, im Unrecht zu sein. Doch je mehr sie mich ignorierte, desto mehr sehnte ich mich nach ihrer Liebe. .

Ich ruf sie morgen an und sag ihr, dass es mir leidtut.

19

»Mummy, es tut mir leid«, wimmerte Mitchell.

»Dafür ist es jetzt zu spät. Du kannst nicht mehr auf deine Schule zurück. Und jetzt geh mir aus den Augen, bevor ich mich vergesse«, schrie ich.

Ich war völlig außer mir vor Wut. Ich hatte mich immer für meine Kinder eingesetzt, und jetzt war Mitchell von der Schule geflogen. Am Morgen war ich zur Rektorin zitiert worden und hatte dort erfahren, dass mein zehnjähriger Sohn sich ein Handgemenge mit der stellvertretenden Rektorin geliefert hatte.

»Er hätte in der Mittagspause im Klassenzimmer nachsitzen sollen, weil er sich im Unterricht wieder mal daneben benommen hatte«, erklärte Mrs McCutcheon und presste die Hände zusammen.

Mitchell habe sich der Anweisung widersetzt und wollte hinausstürmen, fuhr sie fort, doch die Lehrerin habe ihn erwischt, und dann seien beide rückwärts auf den Boden gefallen und die Lehrerin habe sich in dem darauf folgenden Handgemenge den Kopf angeschlagen.

Nun saß ich verzweifelt zu Hause und legte die Hände vors Gesicht. Wie oft ich im vergangenen Jahr schon in das Büro der Rektorin zitiert worden war, konnte ich nicht mehr sagen. Mitchell hatte die Schule geschwänzt, er hatte beim Unterricht nicht mitgemacht, er war auf einen Baum im Pausenhof geklettert und hatte sich geweigert, herunterzukommen; kurzum, er hatte alle terrorisiert.

Was hatte ich bloß falsch gemacht? Seit Tony aus meinem Leben verschwunden war, war ich deutlich ruhiger geworden. Wegen Dave hatte ich selber in der Schule mehr oder weniger versagt, aber meine Jungs sollten studieren und etwas aus sich machen.

Aufgebracht griff ich zum Telefon und rief in der Schule an. »Ich möchte Einspruch erheben gegen die Entscheidung, Mitchell Castle nicht mehr am Unterricht teilhaben zu lassen«, verkündete ich förmlich. »Außerdem würde ich gerne Mitchells Akte einsehen.«

»Dafür müssen Sie aber etwas bezahlen, Miss Renton«, erwiderte die Sekretärin.

»Na gut«, sagte ich. Mitchell war wahrhaftig kein Engel, aber ich hatte mir geschworen, meine Jungs zu beschützen, und wollte jetzt nicht kampflos aufgeben.

In den vergangenen Jahren war mein Selbstbewusstsein ein wenig gewachsen. Ich hatte in meiner freien Zeit eine Ausbildung zur Beraterin für psychische Gesundheit gemacht. Dort hatte ich gelernt, für meine Überzeugungen einzustehen und Menschen zu helfen, die keine Stimme hatten. Jetzt musste ich Mitchell verteidigen.

Die Kopie seiner Beurteilungen kam ein paar Tage später mit der Post – ein dicker, mit einem Gummiband zusammengehaltener Ordner. Ich seufzte tief auf. Ich wusste ja gar nicht, wonach ich suchte. Was trieb ich da eigentlich?

Ich wartete, bis die Kinder im Bett waren, dann machte ich mir einen starken Kaffee und setzte mich an den Küchentisch. Ich schlug den Ordner auf und wühlte mich durch den Papierkram. Immer wieder tauchten die Bemerkungen »Störendes Verhalten« und »Schwierigkeiten, sich zu konzentrieren« auf. Ich las immer weiter, auch wenn ich todmüde war.

Ich stützte den Kopf in eine Hand, während ich mit der anderen umblätterte und auf der nächsten Seite wieder auf die Bemerkung: »Schwierigkeiten, sich im Unterricht zu konzentrieren« stieß. Warum fällt es meinem Jungen so

schwer, sich zu konzentrieren? Meine Lider wurden bleischwer, sie fielen immer wieder zu, und die Wörter auf der
Seite verschwammen zu einzelnen Buchstaben.

»Mummy, wach auf.« Ich wurde von Mitchell aus einem
Traum gerissen.

Mein Nacken schmerzte höllisch. Ich war am Tisch einge-
schlafen, den Kopf in die Armbeuge gelegt.

»Warum bist du denn auf, mein Schätzchen?«, fragte ich
und rieb mir den Nacken. Es war ein Uhr zweiunddreißig,
wie die Uhr am Herd verkündete.

»Ich hab mir Sorgen gemacht, weil ich nicht gehört habe,
wie du ins Bett gegangen bist«, erklärte er und zitterte in seinem Schlafanzug. Es war ein eiskalter Januar. Mir war klar,
dass er sich Sorgen gemacht hatte, ob ich wohl noch sauer
war. Aber ich konnte meinen Jungs nie länger böse sein.

»Leg dich wieder hin, sonst erkältest du dich noch«, sagte
ich und schob ihn Richtung Kinderzimmer. »Mummy muss
noch ein bisschen arbeiten.«

Mitchell gab mir noch einen Gutenachtkuss und schlurfte
in sein Zimmer zurück. Ich schlang mir einen Schal um den
Hals und blätterte die Seite um. Drei Schuljahre lagen noch
vor mir. Weitere Bemerkungen, verfasst in einer Handschrift, die man kaum entziffern konnte. Bald fielen mir
wieder die Augen zu.

»Moment mal, was hat denn das zu bedeuten?«, murmelte
ich. Es war nur eine kleine Bemerkung, die ich überlesen
hätte, wenn ich gerade geblinzelt hätte.

»Schreibt B und D spiegelverkehrt. Legasthenie?«

In der Schule hatte man schon vor drei Jahren vermutet,
dass Mitchell ein Legastheniker war, und hatte nichts dagegen unternommen? Zorn loderte in mir hoch. Schlagartig
war ich hellwach. Ich machte mir noch eine Tasse Kaffee
und nahm mir die restlichen Jahre vor, wobei ich mir immer

wieder Notizen machte und verschiedene Bemerkungen unterstrich oder mit einem Marker kennzeichnete. So entschlossen war ich mein Leben lang nicht gewesen.

Als die Vögel aufwachten, legte ich mich hin. Mir blieben noch wenige Stunden Schlaf, bevor ich aufstehen und Daniel für die Schule fertig machen musste. Mein Adrenalinspiegel war hoch – und das kam mir sehr gelegen.

»Mitchell, Mummy ist nicht mehr böse auf dich. Ich möchte nur, dass du mir jetzt die Wahrheit sagst«, meinte ich und gab Müsli in Dans Schüssel.

»Fällt es dir schwer zu lesen?«, fragte ich behutsam.

Er starrte mich verständnislos an.

»Fällt es dir schwer, Wörter zu buchstabieren?«, fuhr ich fort.

Beschämt senkte er den Kopf. »Wahrscheinlich«, murmelte er.

»Mummy, ist Mitchell dumm?«, wollte Dan wissen, den Mund voll Cornflakes.

»Nein, Dan, das ist er nicht, und du sollst nicht mit vollem Mund reden«, sagte ich.

»Es ist schon in Ordnung, Mitchell. Es ist nicht deine Schuld.« Ich zog meinen Ältesten an mich.

Von dem wenigen Geld, das wir hatten, bezahlte ich einen Legasthenietest für Mitchell. Das Ergebnis war eindeutig: Er litt unter einer schweren Legasthenie.

»Hab ich's doch gesagt«, grummelte ich. »Und die verdammte Schule hat das schon vor drei Jahren gewusst, aber nichts dagegen unternommen. Sie werden sich noch wünschen, dass sie dich nicht rausgeworfen hätten«, sagte ich triumphierend. Ich fühlte mich plötzlich sehr selbstbewusst, denn ich hatte zum ersten Mal eine Stärke in mir festgestellt, die ich bislang noch nie unter Beweis hatte stellen müssen.

In der zweiten Februarwoche, ein paar Wochen nach Mitchells Rauswurf, legte ich in der Schulbehörde Einspruch ein, bewaffnet mit einem Bericht, den ich auf der Grundlage von Mitchells Akte vorbereitet hatte. Ich trug einen Hosenanzug, der zu meiner kämpferischen Stimmung passte.

Ich hatte Mum gebeten, mich zu begleiten, denn sie war gut in Steno und sollte sich Notizen machen. Weil ich so stark auf die vor mir liegende Anhörung konzentriert war, ignorierte ich ihr Murren und die Bemerkung, dass das doch die reine Zeitverschwendung wäre. Als wir in den Besprechungsraum gerufen wurden, schlug mir das Herz bis zum Hals.

Ich hatte noch nie in einem Raum voller Leute meine Stimme erhoben. Mein Leben lang hatte ich mich im Schatten versteckt und mich und mein Äußeres gehasst, oder ich hatte revoltiert, aber ich war noch nie ernsthaft für meine Interessen eingetreten. Nun saß ich an einem Ende eines ovalen Tisches neben meiner Mutter, und am anderen Ende saß die Rektorin, drei Vertreterinnen des Schulbeirats und ein Vertreter der örtlichen Schulbehörde. Ich warf einen Blick auf meine Mum. Sie wirkte gelangweilt, und ihre blauen Augen wirkten starr.

Eine Vertreterin des Schulbeirats räusperte sich, um das Treffen einzuleiten. »Wir haben uns heute hier versammelt, weil Ms Renton gegen den Beschluss der Schule, ihren Sohn Mitchell vom weiteren Besuch der Schule auszuschließen, Einspruch erhoben hat. Mrs McCutcheon, wären Sie bitte so freundlich, uns Ihre Entscheidung zu erklären.«

Mrs McCutcheon presste die Hände zusammen und begann, die Geschichte aus ihrer Sicht zu erläutern. Sie hatte eine freundliche, leise Stimme, keine, die man aus dem Mund einer strengen Rektorin erwartet hätte. Mum stenografierte ihre Äußerungen; die Linien und Punkte kamen mir wie eine Fremdsprache vor.

»Sind Sie bereit, Ms Renton, uns Ihre Sicht zu erläutern?«, fragte die Beirätin und forderte mich auf, mich zu erheben. *Nein. Ich kann mich kaum rühren vor Angst.*

»Ja«, schwindelte ich. Der Schweiß perlte mir über den Nacken. Doch dann fiel mir ein, dass ich meinen Jungen beschützen musste, und ein Adrenalinstoß durchfuhr mich.

»Ich habe das Gefühl, dass diese Schule meinen Sohn im Stich gelassen hat«, verkündete ich. »Sie hat ihn im Stich gelassen, weil keiner auf seine Lernstörung eingegangen ist«, fuhr ich fort und erhob mich. Ich zitterte am ganzen Leib.

»Sehen Sie selbst – hier sind das Testergebnis und mein Bericht.« Ich schob die Unterlagen über den Tisch.

»Wie Sie sehen, ist seine Legasthenie schon vor etlichen Jahren festgestellt worden, aber die Schule hat nichts dagegen unternommen«, sagte ich, die Hände in die Hüften gestemmt. »Man hat ihm keinerlei Unterstützung im Unterricht angeboten.« Ich zählte noch eine ganze Menge Dinge auf, die die Schule hätte tun können, um meinem Sohn zu helfen.

»Wenn Sie meinem Sohn geholfen hätten, hätte die Sache ganz anders ausgesehen. Mitchell hat sich so verhalten, weil er die nötige Unterstützung nicht bekam, und deshalb habe ich das Gefühl, dass die Schule ihn im Stich gelassen hat.« Ich atmete tief durch.

Ein verblüfftes Schweigen breitete sich aus.

»Na gut, machen wir eine kleine Pause«, schlug die Schulbeirätin vor.

Stühle wurden nach hinten geschoben, und Mum und ich wurden in einen anderen Raum geführt, während die Beiräte bei einer Tasse Tee und ein paar Keksen ihre Entscheidung trafen. Mum setzte sich sofort hin, sie wollte nicht stehen, wenn es nicht unbedingt nötig war. Bald klopfte es leise, und der Vertreter der lokalen Schulbehörde trat ein. Er grinste belustigt.

»Das war die beste elterliche Vertretung, die ich jemals erlebt habe«, sagte er. Er sah aus, als wollte er mir Beifall klatschen.

»Danke«, murmelte ich verlegen.

»Haben Sie je daran gedacht, Anwältin zu werden?«, fragte er nun ziemlich ernst.

»O nein.« Ich lachte. Als Kind hatte ich zwar davon geträumt, aber ich glaubte nicht, dass ich dafür klug genug war.

Aber genau so eine flapsige Bemerkung kann das Leben eines Menschen in völlig andere Bahnen lenken.

Den Weg zurück in den Besprechungsraum trat ich recht beschwingt an. Die Beiratsvorsitzende räusperte sich wieder und verkündete, dass sie beschlossen hatten, Mrs McCutcheons Entscheidung, meinen Sohn aus der Schule zu werfen, zu unterstützen.

Verflucht! Zornig ballte ich die Faust unter dem Tisch.

»Danke«, sagte ich leise und stand auf. »Ich werde mich mit meinem Einspruch an die nächste Instanz wenden«, fuhr ich fort, verabschiedete mich und verließ mit mit Mum im Schlepptau den Saal.

»Hab ich doch gleich gesagt, das war reine Zeitverschwendung«, brummte Mum.

»Nein, war es nicht. Ich werde weiterkämpfen. Ich habe einen stichhaltig begründeten Fall«, knurrte ich.

Haben Sie je daran gedacht, Anwältin zu werden? Diese Worte gingen mir nicht mehr aus dem Kopf.

Nein, das würde ich nie schaffen. Ich schob den Gedanken beiseite und setzte den Weg zum Auto fort.

20

Ich presste die Hand auf den Mund, um ein Kichern zu unterdrücken. Warum muss man immer in den unpassendsten Momenten lachen? Im Vorlesungssaal war es ruhig wie in einer Bibliothek. Nur meine neuen Freundinnen Amanda und Louise sowie ich, die wir in der zweiten Reihe von vorn saßen, kämpften gegen unsere Belustigung an.

Louise machte die komischsten Geräusche, wenn sie versuchte, nicht zu lachen. Es klang wie ein Dampftopf, der kurz davor stand zu explodieren. Ich schaute aus den Augenwinkeln auf Amanda. Sie hatte sich hinter dem Lehrbuch versteckt und bebte. Ich konnte nicht mehr – es war wie ein Vulkanausbruch, ich kicherte haltlos, Tränen traten mir in die Augen, meine Nase begann zu laufen.

»Könnten Sie uns bitte erklären, was Sie so lustig finden?«, bat mich der Dozent und hielt mir das Mikrofon hin.

»Nichts«, murmelte ich und lief vor Verlegenheit tiefrot an. Ich wusste wirklich nicht, warum wir so erheitert waren, wir hatten uns einfach gegenseitig damit angesteckt.

Die Bemerkung des Burschen von der Schulbehörde war mir nicht mehr aus dem Kopf gegangen. Im Oktober 2006 nahm ich ein Jurastudium an der Universität von Essex auf. Den Weg dorthin musste ich mir natürlich erst durch etliche Zugangskurse erkämpfen, und in der Zeit wurde auch meinem Einspruch gegen den Rauswurf meines Sohnes stattgegeben. Ich hatte bemerkt, dass ich gar nicht so dumm war, und ein Selbstvertrauen und auch eine Beharrlichkeit in mir entdeckt, die ich mir früher nie zugetraut hätte. Ich hatte meine Stimme gefunden.

Und ich hatte Freundinnen gefunden. Amanda hatte

ihren gut bezahlten Job aufgegeben, um Jura zu studieren. Sie war genauso alt wie ich – einunddreißig – und half mir über meine Verlegenheit hinweg, zu den wenigen älteren Studenten zu gehören. Louise war einundzwanzig. Mit ihr hatte man immer eine Menge Spaß. Sie hatte dunkelblonde Haare, die sie mit ein paar hellblonden Strähnen aufgepeppt hatte, was zu ihrer flippigen Persönlichkeit passte. Wir gründeten eine Arbeitsgruppe, die sich regelmäßig im Blues Café traf, um die Vorlesungen nachzuarbeiten.

»Ich kapier dieses Diagramm einfach nicht«, stöhnte ich zähneknirschend. Wie bei Mitchell war auch bei mir eine Legasthenie festgestellt worden, während ich die Zulassungskurse besuchte. Es fiel mir schwer, Texte zu lesen, und ich musste die einzelnen Absätze immer mehrmals durchgehen, um mir den Inhalt einzuprägen.

»Noch eine Tasse Kaffee hilft dir bestimmt«, grinste Amanda und schob sich die Brille zurecht. Im ersten Semester haben wir bestimmt die Hälfte unserer Studiendarlehen für Kaffee und Kuchen ausgegeben.

»Na, dann zieh mal los«, stupste ich Louise an. Sie war an der Reihe, den Kaffee zu holen.

Als ich vor langer Zeit auf dem Bett meiner Mutter gesessen war und ihr die Sache mit Dave beichtete, hätte ich nie im Leben zu träumen gewagt, dass ich es eines Tages auf die Universität schaffen würde. Ich war in dem Glauben aufgewachsen, dass ich abgesehen davon, meinem Stiefvater als Spielzeug zu dienen, nichts wert war. *Dafür bist du nicht schlau genug. Gib es auf.* Wie oft hatte ich diese Worte aus dem Mund meiner Mutter gehört, die mich immer wieder gedemütigt hatten.

Tja, und was sagst du nun, Mum?

»Die Scones waren aus, ich hab dir ein Cookie mitgebracht«, meinte Louise und stellte das mit Kalorien beladene Tablett vor mir ab.

»Du Schlimme! Du weiß doch, dass ich gerade eine Diät mache«, neckte ich sie. Im letzten Jahr hatte ich angefangen, auf mein Gewicht zu achten, und es von 115 auf 88 Kilo geschafft. Ich sah so verändert aus, dass selbst Mum es bemerkte. Zum ersten Mal seit Ewigkeiten fühlte ich mich gut in meinem Körper. Die schlimmen Träume hatten aufgehört, mein tiefer Kummer hatte sich gelegt.

Abends kam ich zwar erschöpft nach Hause, aber ich war wie elektrisch geladen von all den neuen Dingen, die ich jeden Tag lernte. Mittlerweile lebten wir in Colchester. Hier gab es eine Schule, die sich auf Legastheniker spezialisiert hatte. Und ich hatte einen Mann kennengelernt, bei dem ich an erster Stelle stand.

Begegnet war ich Gary Briggs in einer Internet-Kontaktbörse. Zu der Zeit kam es mir vor, als hätte ich schon eine schiere Ewigkeit ohne einen festen Partner verbracht. Ich war so besorgt um meine Jungs, dass es mir schwerfiel, jemanden Zutritt zu unserem Haus – und meinem Herzen – zu gewähren. Aber Gary war ein wahres Naturtalent im Umgang mit meinen Kindern. Bald konnten wir uns ein Leben ohne ihn gar nicht mehr vorstellen. Er ging mit den Jungs in den Park zum Rollerbladen und spielte Computerspiele mit ihnen. Sie himmelten ihn an.

Vier Monate später zog Gary bei uns ein. Er hatte eine schwierige Scheidung hinter sich und dadurch den Kontakt zu vielen Freunden verloren. Ich wurde zum Mittelpunkt in seinem Leben und war überglücklich, endlich einmal an erster Stelle zu stehen. Wir taten alles gemeinsam. Freitagabends gingen wir ins Kino, sonntags kuschelten wir auf der Couch und sahen uns DVDs an. Es war herrlich.

Obwohl Gary so alt war wie ich und einen verantwortungsvollen Job hatte – er arbeitete im Kontrollraum einer Sicherheitsfirma –, führte er sich oft wie ein übermütiger Teenager auf.

Ich stand in der Dusche, das Wasser lief mir in die Ohren, sodass ich nichts hören konnte. Die Tür stand wie immer offen – ein Überbleibsel aus der Zeit, als mein Stiefvater meine Tür hinter sich zugezogen hatte, was mir abgrundtief verhasst gewesen war. Gary nahm dies als Ansporn.

»Huch!«, schrie ich erschrocken, als er schelmisch grinsend den Duschvorhang aufzog.

Er hielt ein Glas Wasser mit Eiswürfeln in der Hand.

»Wag es bloß nicht!«, kreischte ich und versuchte, hinter dem Vorhang in Deckung zu gehen.

Laut lachend kippte er das eiskalte Wasser über mir aus.

»Das wirst du noch bereuen!«, schrie ich, stürzte aus der Dusche, schlang ein Handtuch um mich und verfolgte ihn quer durchs Wohnzimmer.

»Du erwischst mich nie«, spottete er. Ich rannte in die Küche, tauchte ein Geschirrtuch in Wasser, wrang es aus und kam mit meiner Peitsche zurück. Ich ließ das feuchte Tuch durch die Luft knallen.

»Daneben«, zog er mich auf.

Mein nächster Schlag war gezielter, er landete auf seinem Hintern.

»Autsch!«, kreischte er.

»Jetzt hab ich dich doch erwischt«, erklärte ich kichernd und warf mich auf ihn.

Wir waren wie zwei Kinder, die sorglos durch die Welt liefen. Ich hatte nie eine richtige Kindheit gehabt, doch bei Gary konnte ich wieder ein Kind sein. In meiner Kindheit hatte es keinerlei solcher Spaßgefechte gegeben, ich musste ja ständig kochen und putzen und hatte richtige Kämpfe mit Blake und Mum.

Gary sah ziemlich gut aus – groß, blond, blauäugig. Aber er war sehr dünn, und bei unserer ersten Begegnung dachte ich, wir könnten nie eine sexuelle Beziehung haben, weil ich fürchtete, ihm dabei die Knochen zu brechen. Doch die Chemie zwischen uns stimmte, und ich konnte mich im Bett entspannen. Allerdings gab es einiges, wovor ich mich ekelte, etwa Oralsex, weil ich dann immer an die schleimige Zunge meines Stiefvaters denken musste. Aber ich konnte es Gary nicht sagen, denn ich befürchtete, dass er mich mit anderen Augen sehen würde, wenn er die Wahrheit über mich erführe. Vielleicht würde er mich sogar sitzen lassen, und ich würde die Familie verlieren, die ich endlich gefunden hatte.

Außerdem lag ich immer noch im Clinch mit meinem Körper. Unsere Scheingefechte waren die Ausnahme, sonst verschränkte ich beim Aufstehen immer die Arme vor den Brüsten.

»Versteck dich doch nicht so«, bat Gary, wenn ich rückwärts aus dem Schlafzimmer ging, damit er meinen Hintern nicht sehen konnte.

»Ich bin eben schüchtern«, erwiderte ich nur.

Schau mich nicht so lüstern an, dabei bekomme ich eine Gänsehaut.

»Du bist wunderbar«, sagte er und wollte mich ins Bett zurück locken.

Ich bin hässlich.

»Bin gleich wieder da.« Damit eilte ich ins Bad.

Während meines Studiums tat ich alles, um ein normales Familienleben zu führen. Gleich nach der Uni raste ich heim, kochte ein Abendessen, brachte die Kinder ins Bett, verbrachte etwas Zeit mit Gary und beugte mich dann bis elf Uhr nachts über meine Bücher. Um sechs Uhr früh stand ich auf, bereitete das Abendessen vor und machte den Kindern ein Frühstück, dann eilte ich zum Campus.

Aber nichts, was in meinem Leben gut lief, war von Dauer.

»Was ist denn mit dir los, Schätzchen?«, fragte Louise und nippte an ihrer vierten Tasse Kaffee in unserem Lieblingscafé.

»Ach, nichts Besonderes«, wiegelte ich ab. Ich war daran gewöhnt, meine Sorgen für mich zu behalten.

»Das heißt also, eine ganze Menge«, meinte Amanda und hob die Brauen.

»Na ja, es hat mit Gary zu tun. Er ist wahnsinnig besitzergreifend geworden. Ständig überprüft er mein Handy und will bei jedem Schritt, den ich mache, wissen, wohin ich gehe. Ich glaube, es ist ihm nicht recht, dass ich so viel Zeit in mein Studium stecke. Vielleicht macht ihm mein Erfolg Angst.«

»Männer!«, stöhnte Amanda und warf die Arme in die Luft.

»Er behauptet, ich habe keine Zeit mehr für ihn«, fuhr ich fort.

»Du kämpfst so hart darum, dich in deinem Studium zu behaupten. Willst du es etwa wegen eines Kerls hinschmeißen?«, fragte Amanda und beugte sich über den Tisch.

»Aber ich liebe ihn.« Meine Unterlippe zitterte.

Amanda und Louise schüttelten protestierend die Köpfe.

Eine Familie zu haben war mir wichtiger als alles andere, doch als die Auseinandersetzungen mit Gary immer heftiger wurden, tat ich etwas, was ich noch nie getan hatte. Ich nahm meine Karriere wichtiger als einen Mann. In mir brannte ein Feuer, ich wollte unbedingt etwas aus meinem Leben machen und Anwältin werden. Ich wollte meinen Jungs zeigen, dass man hoch gestecke Ziele braucht. Ich wollte, dass meine Mum stolz auf mich war, und ihr zeigen, dass ich ihre Liebe verdiente.

Am Anfang meines zweiten Studienjahres brachte ich den Mut auf, mich von Gary zu trennen. Ein paar Wochen später, als Weihnachten immer näher rückte, dachte ich, ich hätte mir ins eigene Fleisch geschnitten.

»Warum verbringst du Weihnachten nicht bei uns?«, fragte Mum. Sie lag mit einer Lungenentzündung im Krankenhaus, und ich war die einzige aus der Familie, die sich dazu durchrang, sie regelmäßig zu besuchen.

»Die Jungs sind dieses Jahr doch bei Tony, oder? Willst du an Weihnachten etwa ganz allein sein?«, hustete sie.

Selbst auf der Schwelle des Todes wusste sie, welche Knöpfe sie bei mir drücken musste.

»Blake kommt mit Sue, und Jonathan wird auch da sein. Wir werden wieder eine richtige Familie sein.«

Das Wort Familie durchbohrte mein Herz wie ein Dolch. Meine Mutter hatte doch nicht die geringste Ahnung, was Familie bedeutete.

Trotzdem stellte sich bei mir die naive Vision ein, wie wir alle mit unseren Partyhütchen um den Tisch versammelt sein, über schlechte Witze lachen und uns einen Nachschlag vom matschigen Rosenkohl und Yorkshire Pudding nehmen würden. Außerdem dachte ich, ich müsste mich um meine Mum kümmern, weil es ihr nicht gut ging. Es würde mir die Chance geben zu glänzen und ihr zu zeigen, welch gute Tochter ich war.

»Na gut«, willigte ich ein.

Ich kam mit einer großen Tasche voller Geschenke und der Hoffnung an, dass es dieses Jahr anders werden würde. Blake war Mitte Dreißig und verheiratet, er würde doch bestimmt nicht wieder anfangen, mit mir zu streiten. Jonathan war einundzwanzig, das jüngste Familienmitglied, der kleine Bruder, um den ich mich als Baby so gern gekümmert hatte und den ich aufrichtig liebte. Und meinen Stiefvater würde ich zwölf Stunden ertragen können. Immerhin hatte ich dafür meine Mum und meine Brüder um mich.

»Hey, sieh mal, unsere Adoptivschwester ist da«, witzelte Blake, als ich ins Wohnzimmer trat.

»Ha, ha, sehr komisch.« Ich tat so, als würde ich diese Bemerkung mit Fassung tragen, doch in Wahrheit tat sie mir höllisch weh. Das war jahrelang der Standardwitz meines Bruders gewesen, weil es bei uns oft hieß, dass ich irgendwie aus der Art geschlagen sei.

»Fröhliche Weihnachten.« Ich küsste Blake und seine Frau Sue auf die Wange.

»Fröhliche Weihnachten, Jonathan.« Auch er bekam ein Küsschen.

Mum war in ihren Morgenmantel gewickelt, ihr Teint war fahl, die Augen waren blutunterlaufen.

»Fröhliche Weihnachten, Mum.« Ihr gab ich einen liebevollen Kuss.

Ich sah Dave an, er sah mich an, dann wandten wir beide den Blick ab. Fragten sich meine Brüder eigentlich jemals, warum ich kaum mit Dave sprach? Sue reichte mir ein Glas Baileys. Ich nahm einen großen Schluck, um ruhiger zu werden. So zu tun, als sei alles in bester Ordnung, würde wohl schwieriger werden, als ich gedacht hatte.

»Sollen wir uns ans Kochen machen?«, fragte ich Sue.

»Willst du erst noch einen Baileys?«, fragte sie zurück.

»Ein Mädchen ganz nach meinem Herzen«, erwiderte ich lachend und streckte mein Glas aus.

Ziemlich angetrunken machte ich mich daran, den Truthahn zusammen mit Pastinaken und Kartoffeln in den Ofen zu schieben. Mum saß zusammen mit den anderen vor dem Fernseher. Ich schaffte es nicht, Dave anzuschauen. Je betrunkener ich wurde, desto trauriger wurde ich.

»Das Essen ist fertig!«, verkündete ich endlich rülpsend.

»Es wurde auch langsam Zeit«, grummelte Blake. Abgesehen davon, dass er deutlich zugenommen hatte, hatte er sich kaum verändert. Sue kam mir recht nett vor. Am liebsten hätte ich sie gefragt, was sie eigentlich in meinem Bruder sah.

Wir rissen unsere Knallbonbons auf und ließen das Essen um den Tisch gehen. Mum und Jonathan nahmen sich so reichlich, dass die Soße auf ihre Sets schwappte. Alle lasen abwechselnd die witzigen Bemerkungen auf den Zettelchen ihren Knallbonbons vor, und selbst Mum rang sich ein Lächeln ab.

Ich gehöre nicht hierher.

Der Gedanke traf mich wie ein Blitzschlag, als ich den anderen dabei zusah, wie sie sich lachend die Bäuche vollschlugen. Meine Brüder hatten keine Ahnung, wer der Mann, den sie als ihren Vater bezeichneten, wirklich war. Sie hatten keine Ahnung von dem schmutzigen Geheimnis, das zwanzig Jahre lang unter den Teppich gekehrt worden war.

Ihr habt keine Ahnung, was ich geopfert habe, um euch zu schützen und euch weiterhin ein Dach über dem Kopf zu ermöglichen.

Tränen stiegen mir in die Augen. Ich wandte mich ab und blinzelte sie weg. Als ich den Tisch abräumen und den Pudding auftragen konnte, war ich richtig erleichtert. In der Küche nahm ich einen weiteren verzweifelten Schluck Baileys.

Nach dem Essen verzogen sich die Männer und Mum ins Wohnzimmer, und Sue und ich räumten auf. Als ich mich wieder zu den anderen gesellte, setzte ich ein Lächeln auf. Schließlich war es nicht Blakes und Jonathans Schuld, dass ich diese Farce aufführen musste. Ich streifte Dave mit einem Blick. Er fläzte auf dem Sessel neben dem Fernseher, sein fetter Wanst quoll aus dem Bund seiner beigen Hose.

Sue setzte sich neben Blake auf den Zweisitzer. Er legte lässig einen Arm um sie, und sie kuschelte sich an ihn. Für mich gab es noch ein Plätzchen zwischen Mum und Jonathan auf dem Dreisitzer.

»Kannst du bitte die Füße wegnehmen?«, bat ich Jonathan, der die Füße auf diesen Platz gelegt hatte.

»Verpiss dich«, schnaubte er. »Setz dich doch auf den Boden.«

Es war wie ein Schlag ins Gesicht. Mein kleiner Bruder, den ich wie einen eigenen Sohn großgezogen hatte, sagte mir, ich solle mich auf den Boden setzen, weil er seine Füße hochlegen wollte. Ich sah mich um, aber die anderen taten so, als hätten sie nichts gehört.

Aber vielleicht ist es ihnen ja auch völlig gleichgültig, was mir passiert ist?

Ich biss mir auf die Lippen, um die Tränen zurückzudrängen. Wie ein geprügelter Hund zog ich den Kopf ein und setzte mich vor den Kamin auf den Boden. Ich zog die Knie an, wie ich es als Kind getan hatte. Es war extrem ungemütlich.

Ich kam mir vor wie ein Gespenst. Alle sahen durch mich hindurch, als wäre ich gar nicht da. Aber ich konnte sie sehen, vier Leiber, die es sich auf den Sofas bequem gemacht hatten. Arme Sue, sie hatte ja keine Ahnung, in was für eine Familie sie hineingeheiratet hatte. Wäre ich bloß nicht hier aufgetaucht!

Mums Handy klingelte und riss mich aus meinen bitteren Gedanken.

»Hallo?«, krächzte sie.

»Oh, hi, Sandra.«

Es war ihre Chefin.

Blake und Jonathan setzten ihr lautes Gespräch fort.

»Das kann doch nicht dein verfluchter Ernst sein, verdammt noch mal!«, grölte Jonathan. »Wie geil ist das denn.« Jedes zweite Wort war obszön oder ein Fluch.

»Pst!«, entfuhr es mir und Sue gleichzeitig, und wir deuten auf Mum und ihr Handy.

Jonathans Kopf wirbelte zu mir herum. Er starrte mich wütend an. »Wer zum Teufel glaubst du eigentlich, dass du bist?«, schnaubte er höhnisch.

Wie bitte? Ich war fassungslos.

»Niemand will dich hier haben, warum verpisst du dich nicht einfach«, knurrte er abfällig.

Mir fiel die Kinnlade nach unten. Ich kam mir vor wie der letzte Dreck. Ich packte meine Schlüssel und verließ fluchtartig das Haus. Im Auto fiel mir ein, dass ich zu viel getrunken hatte, um zu fahren. Erbost schlug ich auf das Lenkrad ein, dann brach der Damm, mit dem ich den ganzen Tag meine Tränen zurückgehalten hatte. Ich vergrub den Kopf in den Armen und weinte.

Ich bin vergewaltigt worden. Warum werde ich jetzt dafür bestraft?

»Ich will doch nur eine Familie«, ächzte ich.

Plötzlich ging die Beifahrertür auf und eine arktische Brise wehte herein. Ich zuckte erschrocken zusammen.

»Ist alles in Ordnung?«, fragte Sue und legte behutsam die Hand auf meinen Rücken.

»Nein, ist es nicht«, schniefte ich und wischte die Tränen mit dem Ärmel ab. »Das habe ich nicht verdient. Auch du hast Jonathan gesagt, dass er leiser sein soll, doch dich hat er in Ruhe gelassen.«

Sue nickte. Mir war klar, dass sie Konflikten lieber aus dem Weg ging, sonst hätte sie nicht mit meinem Bruder verheiratet sein können.

»Was willst du jetzt tun?«, fragte sie vorsichtig.

»Ich weiß es nicht«, sagte ich und legte den Kopf aufs Lenkrad. »Ich kann nicht fahren. Vermutlich werde ich es aussitzen müssen.«

Sue wurde es zu kalt; sie ließ mich mit meinen trüben Gedanken wieder allein. Ich saß eine halbe Stunde da und pflügte durch meine Gefühle der Ablehnung. *Ich habe die Nase voll von meinen Brüdern. Meinetwegen bin ich eben adoptiert. Sollen sie doch bleiben, wo der Pfeffer wächst. Jetzt reiß dich zusammen, Tina, und zeig ihnen, dass sie nicht so mit dir umspringen können.*

Ich schlug die Fahrertür zu und marschierte ins Haus zurück. Mum sah aus, als sei sie auf einen Streit eingestellt. Jonathan hatte sich nach oben verzogen, um mir aus dem Weg zu gehen.

»Sei nicht so streng mit ihm, Schätzchen. Er hat eine Menge Ärger in der Arbeit.« Mum lächelte, doch ihre Augen waren eiskalt.

»Ihr steht beide voll und ganz hinter ihm«, schrie ich. Dave war in der Küche, hörte also bestimmt, was ich sagte. Ich wollte, dass er es hörte.

Die Luft war zum Schneiden. Ich riss mich zusammen und griff zu meinem Laptop. Schließlich war Weihnachten, und ich wollte mir nicht vorwerfen lassen, dass ich es für die anderen verdorben hätte. Ich setzte mich aufs Sofa und fuhr meinen Computer hoch. Das vertraute Willkommensgeräusch war mein einziger Trost. Wieder einmal wurde eine Auseinandersetzung unter den Teppich gekehrt. Die anderen sahen fern und aßen Schokolade, ich kommunizierte mit Fremden in einem Internet-Chatroom.

Nun sitze ich in einem Raum mit meiner Familie und rede mit Fremden im Internet. Meiner Familie bin ich völlig entfremdet.

Ich behielt meine stählerne Rüstung an, bis es Zeit war, ins Bett zu gehen, dann fiel sie von mir ab in einem Fluss von Tränen. Einsamkeit ist wie eine Depression. Wer nicht darunter leidet, hat keine Ahnung, wie schwer es ist, sich daraus zu befreien.

Als Vorsichtsmaßnahme zerrte ich die Matratze wieder zur Tür, dann legte ich mich darauf, zog die Decke bis ans Kinn und dachte an meine Jungs. Hoffentlich ging es ihnen gut. Ich vermisste sie schrecklich. Das ist das letzte Weihnachten, das ich ohne sie verbringe, schwor ich mir.

Noch vor dem ersten Vogelgezwitscher stand ich auf und packte meine Sachen.

»Geh nicht«, winselte Mum, als ich die Haustür öffnete.

»Ich möchte nicht an einem Ort bleiben, an dem ich nicht erwünscht bin«, erwiderte ich kühl und stieg in mein Auto.

Wie oft lässt man sich einen Tritt versetzen, bis man brüllt: »Jetzt reicht es aber!«? Das sollte ich bald herausfinden.

21

»Spreche ich mit Tina?«, fragte eine Männerstimme, die ich nicht kannte.

Ich klemmte das Handy zwischen Schulter und Ohr, während ich meinen Einkauf im Supermarkt in Tüten verstaute. Die Nummer auf dem Display war mir unbekannt.

»Ja.« Ich runzelte die Stirn.

»Ich heiße Stuart ...« Er sprach langsam, wie mit einem Kind. »Ich möchte Sie nicht beunruhigen, aber Ihr Sohn Daniel hatte leider gerade einen Unfall.«

Es entstand eine dramatische Pause wie in einer Gameshow, bevor verkündet wird, ob der Teilnehmer in die nächste Runde kommt oder nicht.

»Er ist überfahren worden.«

Ich ließ meine Tüten fallen.

Es war der 14. April 2008. In zwei Wochen sollten die Prüfungen meines zweiten Studienjahrs stattfinden. Plötzlich trat alles, womit ich in letzter Zeit gekämpft hatte – das schreckliche Weihnachten bei meiner Familie, die vielen Stunden, in denen ich gelernt und Seminararbeiten verfasst hatte – in den Hintergrund. Ich konnte nur noch daran denken, dass mein Sohn vielleich tot auf der Straße lag.

»Das ist jetzt schon Ihr Ernst, oder?«, stammelte ich. Ich wollte zu gern hören, dass er mich nur auf den Arm genommen hatte.

»Ja, leider«, fuhr Stuart mit seiner ruhigen Stimme fort. »Er wurde von einem Auto angefahren. Ich bin Rettungssanitäter und kam zufällig vorbei, als es passiert ist.«

»Was ist los mit ihm? Kann ich mit ihm reden?«, kreischte ich.

»Er ist bewusstlos«, erklärte Stuart.

Die Kassengeräusche kamen mir vor wie ein Bohrer in meinem Kopf.

Ruhe jetzt! Ruhe!

»Ich bin jetzt bei Ihrem Sohn, ein Krankenwagen ist auf dem Weg.«

»Kann ich mit meinem anderen Sohn reden?«, fragte ich.

Das Gespräch kam mir vor wie in Zeitlupe. Mein Mund fühlte sich an, als hätte er Schwierigkeiten, die Worte zu formen. Die Einkaufswägen, meine Tüten und die Sonderangebotsschilder verschwammen vor meinen Augen. Ich ließ alles stehen und liegen und entfernte mich von der Kasse.

»Hallo? Entschuldigung?« rief eine verwirrte Frau an der Kasse. Ihre Stimme verblasste zu einem Echo.

Ich umklammerte das Handy, während ich darauf wartete, mit Mitchell verbunden zu werden. Er schluchzte. Ich spürte es richtig körperlich, wie aufgewühlt er war.

»Junge, wo steckst du?«

Er schluchzte so heftig, dass er kaum ein Wort herausbrachte.

»Am …«, stammelte er. »Am Wasserturm in Brightlingsea …«, ächzte er, » … bei unserer Schule.«

»Gut, Schätzchen. Ich mache mich sofort auf den Weg. Ich bin in Colchester, aber ich bin gleich bei dir.« Ich beendete das Gespräch mit zitternden Fingern. Ich konnte es kaum ertragen, mein Kind weinen zu hören, ohne da zu sein, um ihm zu helfen. Ich hasste mich, weil ich meine Jungs nicht hatte beschützen können.

Ich fuhr los, doch plötzlich traf mich der Schock wie ein Blitzschlag. Ich fing an zu zittern wie Espenlaub und bog in eine Parkbucht ein. Was sollte ich jetzt tun? Zum Krankenhaus von Colchester fahren? Oder nach Brightlingsea in der

Hoffnung, dort vor dem Krankenwagen anzukommen? Ich konnte mich nicht entscheiden und begriff immer noch nicht ganz, was passiert war.

Schließlich beschloss ich, schneller zu sein als der Krankenwagen, und raste los. Ich weinte auf dem ganzen Weg entlang der schmalen Landstraße zu dem Küstenort.

Auf der Hügelkuppe hörte ich die Sirenen des Krankenwagens hinter mir und sah das Blaulicht im Rückspiegel. Ich fuhr an den Straßenrand und ließ ihn vorbei, dann folgte ich seiner staubigen Spur. Ich fuhr viel zu schnell und konnte die Straße durch meine Tränen hindurch kaum sehen, aber nun konnte mich nichts mehr davon abhalten, zu meinen Jungs zu gelangen.

Ich parkte hinter dem Krankenwagen. Überall rannten Schulkinder umher, Dan konnte ich nirgends entdecken. Ich atmete tief durch und machte mich auf das Schlimmste gefasst.

Reiß dich zusammen, Tina, deine Kinder dürfen dich nicht in diesem Zustand sehen.

Ich wischte mir die Tränen ab und stürmte vorwärts. Ein Polizist stellte sich mir in den Weg.

»Das ist mein Sohn!«, schrie ich und kämpfte mich an ihm vorbei.

»Stopp«, schrie er, aber ich ließ mich nicht aufhalten. Das Ganze sah aus wie im Film. Daniel lehnte an einer Wand, Blut strömte ihm übers Gesicht, aus der Nase, aus den Ohren. Er sah aus wie eine kaputte Puppe. Mitchell rannte weinend zu mir. Ich packte ihn an den Schultern und schüttelte ihn sanft.

»Mitchell, Schätzchen, ich weiß, dass du mich brauchst, aber dein Bruder braucht mich momentan mehr. Lass mir kurz Zeit, ich kümmere mich gleich um dich.« Ich sah ihn fest an. Er nickte. Seine Unterlippe zitterte.

Ich kniete mich neben Dan, der wieder bei Bewusstsein war. Seine Ellbogen waren dick angeschwollen, und auf der Stirn hatte er eine Platzwunde. Er wirkte völlig verwirrt.

»Mum, es tut mir echt leid«, wisperte er.

»Was tut dir denn leid, mein Schatz?« Ich musste die Tränen wegblinzeln.

»Ich glaube, ich hab meine Brille zerbrochen«, sagte er und hielt den verbogenen Rahmen hoch.

Ich konnte kaum hinsehen. »Sei nicht albern, eine Brille kann man ersetzen.« Ich umarmte ihn tröstend.

Als er auf eine Trage gehoben wurde, hielt ich mir nervös den Mund zu.

»Mummy, Mummy«, wimmerte er, während sein Kopf gesichert wurde.

»Ich bin bei dir, Schätzchen«, versprach ich und wich ihm nicht mehr von der Seite.

»Er hat wirklich großes Glück gehabt«, hörte ich eine der Mütter sagen, die stehengeblieben waren, um zu gaffen.«

»Er ist in einen Lastwagen gelaufen. Wenn er ein paar Sekunden früher auf die Straße gerannt wäre, hätte er das nicht überlebt«, erklärte sie ihrer Nachbarin.

Mir wurde schlecht. Ich steckte die Faust in den Mund, um den Würgereiz zu stoppen.

»Fahren Sie im Krankenwagen mit?«, wollte der Sanitäter wissen, während er die Türen schloss.

»Ja«, erwiderte ich und setzte mich mühsam in Gang.

»Mum, ich will auch mitkommen«, sagte Mitchell und stürmte zum Krankenwagen. Eine der Mütter hatte angeboten, sich um ihn zu kümmern, aber er hatte sich von ihr losgerissen.

»Es ist besser, wenn du nicht mitkommst«, versuchte ich, ihn abzuwimmeln.«

»Bitte, Mum«, flehte er mit zitternder Stimme. Seine Augen waren rot und geschwollen vom vielen Weinen.

Schließlich kletterten wir gemeinsam in den Krankenwagen.

»Er wird wieder gesund, oder?«, fragte Mitchell tonlos, während wir auf der Landstraße ins Krankenhaus rasten.

Im Inneren des Krankenwagens hörte sich die Sirene ganz anders an. Dan machte keinen Mucks. Ich konnte den Blick nicht von ihm abwenden, keine Regung sollte mir entgehen.

»Was ist denn eigentlich passiert?«, fragte ich Mitchell.

»Er ist weggerannt.«

»Wovor?«

»Vor zwei Burschen, die ihn verfolgt haben. Sie hatten ihn schon seit Ewigkeiten im Visier.« Bekümmert verzog er den Mund.

Ich habe ihn schon wieder im Stich gelassen. Er ist gemobbt worden, und ich habe ihn nicht beschützt.

Der Krankenwagen kam mit quietschenden Reifen zum Stehen, die hinteren Türen wurden aufgerissen, die Trage mit Daniel wurde herausgezogen und durch die Doppeltür der Notaufnahme geschoben.

»Mummy!«, schrie er, während ich hinter ihm her hastete.

»Sie können da nicht mit rein«, sagte eine Krankenschwester. Die Türen schlossen sich vor meiner Nase. Ich raufte mir verzweifelt die Haare.

»Wird er wieder gesund, Mum?«, bedrängte mich Mitchell, doch ich konnte ihm diese Frage nicht beantworten.

»Kannst du mir eine Tasse Kaffee besorgen?«, fragte ich stattdessen und schenkte ihm ein aufmunterndes Lächeln. Wenn ich ihm einen Schein in die Hand drückte, musste er quer durchs Krankenhaus in die Kantine; denn bei den Automaten wurden nur Münzen akzeptiert. Damit wollte ich mir etwas Zeit erkaufen – genügend Zeit, um allein durch die Doppeltür zu schlüpfen.

Mein Baby, mein armes Baby.

Daniel lag hilflos auf einem Bett. Geräte piepsten, Ärzte und Schwestern schwirrten um ihn herum und unterhielten sich in einem unverständlichen Code. Ich fand kaum einen Platz zum Stehen, weil so viele Leute in diesem Raum waren.

»Würden Sie bitte draußen warten?« Eine Krankenschwester führte mich sanft zurück durch die Doppeltür.

Dan schrie.

»Moment mal«, kreischte ich, machte kehrt und wollte zurückeilen. Ich musste ihn beschützen.

»Bitte«, sagte die Krankenschwester und hielt mich zurück. Sie war für ihre zarte Gestalt ziemlich stark. »Sie können durch das Fenster dort zuschauen.« Sie deutete darauf.

Dan schrie immer noch, während ein Arzt versuchte, ihm einen Venenzugang zu legen. Armer Dan, er hasste Spritzen. *Sei stark, mein Junge.* Auf Zehenspitzen stehend konnte ich das Drama hautnah miterleben.

Endlich kam ein Arzt heraus, um mit mir zu reden. Er nahm seinen Mundschutz ab und führte mich ans Ende des Korridors.

»Ihr Junge hat sehr viel Glück gehabt«, fing er an.

»Ich weiß«, murmelte ich.

»Er ist mit etlichen schlimmen Prellungen davongekommen. Deshalb werden wir ihn heute noch bei uns behalten …« Er legte eine kleine Atempause ein. »Aber er wird bestimmt bald wieder gesund«, versicherte er mir lächelnd.

»Gott sei Dank.« Mir fiel ein Stein vom Herzen. »Gott sei Dank«, wiederholte ich.

Tränen traten mir in die Augen.

Ich rief Tony an. Er schimpfte mich aus, weil ich ihn nicht schon früher benachrichtigt hatte, und meinte dann, er würde sich gleich auf den Weg machen. Ich blieb die ganze Nacht an Dans Bett sitzen und lauschte seinem flachen Atem. Unentwegt musste ich daran denken, dass ich ihn beinahe verloren hätte.

Mir blieben noch zwei Wochen, um mich auf die Prüfungen des zweiten Studienjahrs vorzubereiten, aber ich konnte mich nicht länger als fünf Minuten konzentrieren. Daniel ging noch nicht in die Schule und lag tagsüber meistens auf dem Sofa. Ich musste ihn immer wieder anstarren, wie er so angeschlagen dalag.

Ich kann es nicht glauben, dass ich knapp davor stand, ihn zu verlieren.

Amanda und Louise strengten sich an, mich aufzuheitern, aber jedes Mal, wenn ich über den Unfall redete, kamen mir die Tränen. Als wir gemeinsam in den Prüfungsraum gingen, drückten sie mir die Hände, aber ich war in Gedanken schon wieder ganz woanders. Ich war wieder am Straßenrand und starrte in das blutüberströmte Gesicht meines Sohnes.

»Sie haben drei Stunden und fünfundvierzig Minuten für den ersten Test«, erklärte die Aufsicht und lief die Gänge auf und ab. Ich starrte mit glasigem Blick aus dem Fenster.

Ich weiß nicht, wie ich es schaffte, diese Prüfungen zu bestehen. Allerdings war auch eine Drei dabei. Das bedeutete, dass ein Wunder geschehen musste, wenn ich im Abschlussjahr die nötige Durchschnittsnote von 2,1 bekommen wollte.

Mein letztes Studienjahr trat ich ziemlich niedergeschlagen an. Der Traum, mir und meiner Mum zu beweisen, dass ich dieses Studium mit Bravour absolvieren konnte, zerrann mir unter den Fingern. Ich brauchte jemanden, der mich in die Arme nahm und tröstete. Es war, als hätte Gary Briggs meine Gedanken gelesen. Nach einem Jahr, in dem wir nichts voneinander gehört hatten, tauchte plötzlich eine SMS von ihm auf meinem Handy auf.

»Mum hat mir erzählt, dass du deine Prüfungen hervorragend bestanden hast. Glückwunsch!«

Ich hatte den Kontakt zu seiner Mutter aufrechterhalten; ich klammerte mich an jeden, der mir vielleicht meine eigene Mutter ersetzen konnte.

»Von hervorragend kann nicht die Rede sein, aber trotzdem vielen Dank«, schrieb ich zurück. *»Warum schreibst du mir nach all der Zeit?«*, fügte ich hinzu.

»Ich wollte dich nur beglückwünschen. Wie geht es dir denn so?«

Wir verabredeten uns zu einem Drink, und ich ließ ihn in mein kaputtes Leben zurück. Ich hatte ihn vermisst, und ich war ziemlich deprimiert.

Bald darauf zog er wieder bei uns ein, und kurz danach machte er mir einen Heiratsantrag. Wir waren in einem indischen Restaurant in Brightlingsea beim Essen, und zwischen der Vorspeise – Papadams – und dem Hauptgericht – Chicken Korma – ließ er sich vor mir auf ein Knie nieder und fragte: »Willst du mich heiraten?«

Im Raum kehrte Stille ein. Alle legten das Besteck nieder und starrten uns an.

»Steh auf«, kicherte ich.

»Und, willst du?«, fragte er und strahlte mich an.

»Na klar will ich dich heiraten«, antwortete ich lachend.

Die Gäste fingen an zu jubeln, zu klatschen und uns Glück zu wünschen, und ich lief knallrot an vor Verlegenheit. Es war zwar ein eher schlichter Antrag, aber trotzdem sehr romantisch. Ich hatte immer davon geträumt, zu heiraten, eine richtige Familie zu haben und mir und allen anderen zu beweisen, dass ich nicht nur als Mutter, sondern auch als Ehefrau anders war als meine Mum.

Ich lehnte mich über den Tisch und gab ihm einen Kuss auf seine curryfarbenen Lippen.

»Ich liebe dich«, flüsterte ich. Diesen Glücksmoment wollte ich nie vergessen - einen Moment, an den ich denken konnte, wenn der nächste Sturm mich erwischte.

22

Mir fielen immer wieder die Augen zu. Wir standen kurz vor dem Abschlussexamen, und ich war völlig erschöpft vom vielen Lernen und der Panik, wie ich die Prüfungen schaffen würde, nachdem ich mein zweites Studienjahr nicht so geschafft hatte, wie ich es mir vorgenommen hatte.

Für einen Gesamtdurchschnitt von 2,1 brauchte ich jetzt vier Mal die Note 2,1. Ich brauchte ein Wunder. Meine Lider wurden immer schwerer, während die Dozentin eine Vorlesung über das Beweisrecht hielt.

Ich muss wenigstens zwei Minuten die Augen zumachen.

»Heute werden wir uns detaillierter mit Sexualverbrechen beschäftigen, im Examen gibt es dazu auch eine Frage.« Die Dozentin zog die Leinwand herunter.

»Sie klingt, als hätte sie einen Dauerschnupfen«, zischte Mel neben mir. Mel war ein Neuzugang in unserer Arbeitsgruppe. Sie war etwa so alt wie ich und hatte widerspenstige dunkle Locken.

»Pst! Ich mag diese Beweisgeschichten, es ist wie bei *CSI – Den Tätern auf der Spur*«, flüsterte Louise grinsend.

Meine schläfrigen Gedanken schweiften zu der Fernsehserie ab. Ich stellte mir vor, wie die Kommissare ihre Latexhandschuhe überstreiften und mit Hilfe einer UV-Lampe einen Blutfleck entdeckten.

»Die entsprechenden Gesetze sind von besonderer Bedeutung, weil ein neues Gesetz verabschiedet wurde, das eine Reihe von Unterschieden aufweist«, fuhr die Dozentin fort. »Paragraf 1 …«, fing sie an.

Mein angewinkelter Arm, auf den ich meinen Kopf gelegt hatte, geriet ins Rutschen, und ich wäre beinahe eingeschla-

fen. Mittlerweile waren wir bei der Verjährungsfrist angelangt.

»Gibt es denn eine bestimmte Frist, in der man einen Se-
xualstraftäter anklagen kann?«, fragte einer der Streber in der
ersten Reihe.

»Nein«, erwiderte die Dozentin

Plötzlich war ich hellwach. So ein Gefühl hatte ich nur ein
einziges Mal erlebt – in meiner Schulzeit im Sexualkundeunterricht. Die Stimme der Dozentin drang nur noch wie ein
Echo an mein Ohr, alles um mich herum verschwand. Ich
hatte das Gefühl, in dem großen Vorlesungssaal ganz allein da-
zusitzen, begleitet von meinen Gedanken und Erinnerungen.

Also könnte ich ihn noch drankriegen.

Wow.

Ich könnte meinen Stiefvater hinter Gitter bringen.

»Tina«, versuchte Amanda, mich aus meinen Gedanken
zu reißen. »Hallo, Erde an Tina«, meinte sie fragend.

»Äh – ja, was hab ich denn verpasst?«, fragte ich und
kehrte langsam in die Gegenwart zurück.

»Du siehst aus, als hättest du ein Gespenst gesehen.«
Amanda starrte besorgt in mein bleiches Gesicht.

»Tja, so etwas Ähnliches war es wohl«, erwiderte ich leise.

»Ruhe jetzt«, mahnte die Dozentin.

In der nächsten halben Stunde versuchte ich, mich wieder
auf die Vorlesung zu konzentrieren. Ich musste in Ruhe über
meine Entdeckung nachdenken. Stellen Sie sich vor, Sie finden heraus, dass Sie den Mann, der Ihr Leben ruiniert hat,
doch noch gerichtlich belangen können. Was tun Sie? Was
sollten Sie tun? Meine Brüder würden aus allen Wolken fallen, meine Mutter wäre am Boden zerstört. Sie würde mich
den Rest ihres Lebens hassen.

*Ich kann es nicht tun, ich kann nicht mal darüber nachden-
ken.*

Die vielen Jahre aufgestauter Wut lenkte ich in meine Prüfungen um. Bis in die frühen Morgenstunden saß ich über meinen Büchern. Ich wollte allen, aber vor allem meiner Familie, beweisen, dass ich etwas erreichen konnte; dass ich diesen verdammten Abschluss in Jura schaffen würde.

»Okay, die Zeit ist um«, sagte der Prüfungsleiter, während ich verzweifelt versuchte, noch ein paar Sätze zu Papier zu bringen. Ich vergrub das Gesicht in den Händen und wünschte mir, ich hätte die andere Frage beantwortet.

»Wie ist es dir ergangen?«, fragte Amanda, als wir erschöpft in die Sommersonne traten.

»O Gott, ich glaube, ich habe es vermasselt«, seufzte ich. Nach der vielen Arbeit, die ich in die Vorbereitungen gesteckt hatte, hätte ich eine 2,1 verdient, aber ich rechnete mir keine guten Chancen aus.

»Reden wir über was anderes«, bat ich. Ich konnte es nicht ausstehen, wenn alle über die Prüfungen redeten und man selbst plötzlich merkte, dass man die falschen Fragen beantwortet hatte und einen der Mut verließ. Dabei musste ich immer wieder an meine Schulzeit denken. In ein paar Wochen würden die Ergebnisse ins Netz gestellt werden. Mir blieben noch drei Wochen, in denen ich träumen konnte, dass ich die 2,1 geschafft hatte.

Am Tag der Wahrheit saß ich im Wohnzimmer, den Laptop im Schoß, und aktualisierte die entsprechende Seite im Sekundentakt.

Ich hab eine 2,2. Ganz bestimmt. Ich hab`s vermasselt.

Mein Herz raste. Ich hatte mir noch nie in meinem Leben etwas so sehr gewünscht wie diesen Abschluss. Allen Widrigkeiten zum Trotz hatte ich es auf die Uni geschafft, jetzt wollte ich eigentlich nur noch, dass es jemand gut mit mir meinte.

Ich brauche eine 2,1. Bitte gebt mir eine 2.1

Ich zuckte zusammen, als mein Handy vibrierte.

»Sie stehen im Netz!«, kreischte Mel.

O mein Gott. Bitte, lieber Gott!

»Ich hab eine 2,1«, quietschte sie. »Ich kann es gar nicht fassen!« Ich stellte mir vor, wie sie in ihrem Schlafzimmer herumhüpfte, und freute mich für sie. Doch gleichzeitig war ich auch ein bisschen neidisch, weil sie hatte, was ich wollte.

»Welche Note hast du denn?«, fragte sie.

Ich brach in Tränen aus.

»Tina, Schätzchen, welche Note hast du bekommen?«, drängte mich Mel.

»Eine 2,2«, schluchzte ich. Ich war mir ganz sicher.

»Ach, Schätzchen«, meinte Mel bedauernd. »Aber reg dich jetzt nicht auf. Du hast so viel erreicht. Jedes Jahr hast du mit anderen Widrigkeiten kämpfen müssen, sei jetzt nicht zu enttäuscht über deine 2,2.«

»Aber ich wollte eine 2,1, ich habe mich so dafür ins Zeug gelegt«, sagte ich und schluckte meine Tränen.

Der Traum war aus und vorbei. Ich hörte die Stimme meiner Mutter im Kopf. »*Mach dir nichts draus, meine Liebe, du warst eben nicht schlau genug für eine 2.1*«

Amanda und Louise schrieben mir in einer SMS, dass auch sie die Note 2,1 geschafft hatten. Mel redete weiter auf mich ein, aber ihre Worte stießen auf taube Ohren. Ich war am Boden zerstört.

»Was steht denn eigentlich bei deinen Ergebnissen?«, fragte Mel.

»Wie bitte?« Ich verzog das Gesicht.

Dann schaute ich endlich nach. »Da steht, dass ich mein Studium erfolgreich abgeschlossen habe, und dahinter steht eine 1 in Klammern«, las ich vor.

»Du dumme Gans«, kreischte Mel. »Das ist eine 2,1!«

»O mein Gott …« Ich war sprachlos, dann sprang ich jubelnd hoch. Meine verhagelte Stimmung wandelte sich schlagartig.

»Ich fasse es nicht! Ich hab`s geschafft!« Jetzt strömten mir Freudentränen über die Wangen.

Ich sagte Mel, dass sie die Mädels zu einer kleinen Feier zusammentrommeln solle, dann rief ich Gary und ein paar Freunde an. Ich rief jeden an, den ich kannte, nur Mum nicht. Sie sollte es nicht aus erster Hand erfahren, dass ich mein Ziel erreicht hatte. Sollte sie doch mal am eigenen Leib spüren, wie es ist, immer an zweiter Stelle zu stehen. Um zwei Uhr hatte ich meine Ergebnisse erfahren, erst um Viertel vor fünf rief ich Mum in ihrem Büro an.

»Hallo«, grummelte sie. Ich wusste nicht, ob sie es schon wusste, aber ich hoffte, dass es so war.

»Ich habe meine Ergebnisse«, erklärte ich ihr strahlend.

»Hast du bestanden?«

»Jawohl, mit einer 2,1«

»Ach so? Bist du damit zufrieden?«, fragte sie lahm.

»Ja«, sagte ich und schluckte meinen Ärger.

»Na gut, aber jetzt muss ich auflegen, ich hab nämlich gleich Feierabend«, erklärte sie.

»Okay, mach`s gut.« Ich schüttelte zornig den Kopf. Ich wusste es – ich wusste, dass ihr das völlig egal sein würde, auch wenn ich mir gewünscht hatte, dass sie endlich stolz auf mich wäre, wenn ich etwas aus mir machte. Aber ich hätte mir gleich denken können, dass ihr das vollkommen gleichgültig war. Ich musste endlich akzeptieren, dass ich meiner Mum gleichgültig war. Eigentlich hatte immer schon alles darauf hingewiesen, doch ich hatte mich standhaft geweigert, es zu erkennen.

Für die Abschlussfeier bekam ich drei Freikarten. Eine gab ich meinem Verlobten Gary, die anderen beiden meinen

Jungs. Sie hatten mich in meinem letzten Jahr nach Kräften unterstützt, und jetzt wollte ich mit ihnen meinen Erfolg feiern. Alle anderen, die daran teilnehmen wollten, mussten 15 Pfund bezahlen. Eine Woche vor der Feier rief Mum mich an.

»Ziehst du den ganzen Zirkus durch mit Talar und Hut und so weiter?«, fragte sie.

»Ja«, sagte ich nur.

»Und – bin ich dazu eingeladen?«, knurrte sie, offenbar aufgebracht, weil sie noch keine Einladung erhalten hatte.

»Wenn du fünfzehn Pfund für die Eintrittskarte bezahlen willst, kannst du gerne kommen. Es würde mich sehr freuen«, sagte ich beherrscht.

»Wieso muss ich fünfzehn Pfund bezahlen?«

»Weil die Freikarten Gary und meine Kinder bekommen«, erklärte ich geduldig.

»Na, ich glaube, mir reicht es, wenn ich zu der Party komme, die du am Samstag veranstalten willst«, sagte sie. Der wichtigste Tag in meinem Leben interessierte sie nicht weiter.

Ich konnte es nicht fassen.

»Na gut«, meinte ich mit zusammengebissenen Zähnen und legte auf. Gary saß neben mir und sah, wie ich vor Zorn rot anlief.

»Alles in Ordnung?«, fragte er vorsichtig.

»Nein, nicht wirklich«, fauchte ich. Noch nie war mein Hass auf meine Mutter so stark gewesen. Das Ende der Fahnenstange war erreicht. Ich hatte es satt, dass sie ihre Schuldgefühle an mir ausließ.

»Dieses Miststück will keine fünfzehn Pfund bezahlen, um an der Abschlussfeier ihrer Tochter teilzunehmen.« Aufgebracht warf ich die Arme in die Luft. »Ich bin es leid, zu versuchen, es dieser Frau recht zu machen.«

In diesem Moment war ich auf meine Mutter zorniger, als ich je auf meinen Stiefvater gewesen war. David Moore tat mir mittlerweile eher leid, aber meine Mum hasste ich, weil sie mich wieder einmal so gründlich enttäuscht hatte.

Am Tag der Abschlussfeier versuchte ich, meine Enttäuschung auszublenden, denn ich wollte mir diesen krönenden Moment nicht selbst verderben. Ich stand früh auf und kämmte mir die Haare, die mir mittlerweile fast bis zur Taille reichten, weil ich sie seit meiner Teenagerzeit nicht mehr geschnitten hatte. Scherzhaft meinte ich oft, meine Kraft liege wie bei Samson in meinen Haaren.

Ich bügelte eine weiße Bluse und half Gary mit seiner Krawatte. Er sah umwerfend aus in seinem Anzug. Ich warf mir den schwarzen Talar über und richtete meinen Hut, dann bat ich Gary, ein Foto von mir zu machen.

»Ich bin wahnsinnig stolz auf dich, mein Schatz«, grinste er hinter der Kamera. Den Neid, der zu unserer Trennung geführt hatte, hatte er überwunden. Ich merkte, wie sehr er sich für mich freute.

»Kann ich mal deinen Hut aufsetzen?«, fragte Mitchell.

»Nur zu«, meinte ich und gab ihn ihm.

»Er passt nicht«, stellte er fest, als er versuchte, ihn auszubalancieren.

»Du musst erst mal so viel studieren wie ich, dann wächst dein Gehirn schon rein«, zog ich ihn auf.

Ich hatte befürchtet, dass die Feier sich endlos in die Länge ziehen würde, doch sie ging vorbei wie im Flug. Gegen Ende zu meinte ich im Kreis meiner Freundinnen bei einem Glas Champagner, dass ich am liebsten gleich noch mal feiern würde.

»Wenn sie mir bis zum Abend keine SMS geschickt hat, war`s das«, wisperte ich Gary ins Ohr. Er wusste, wovon ich redete, und er wusste auch, dass ich ständig daran denken musste. Ich hatte einen Riesenstapel Glückwunschkarten erhalten, selbst Tony Castle hatte mir am Morgen eine SMS geschickt und gemeint, er sei sehr stolz auf mich. Nun war es schon fast fünf, und meine Mum hatte immer noch nichts von sich hören lassen. Ich trank ein weiteres Glas Champagner, dann warf ich wieder einen Blick auf mein Handy.

Keine neuen Nachrichten.

Ich blinzelte die Tränen weg.

»Geht es dir gut?«, fragte Amanda und drückte meinen Arm.

»Ja«, lächelte ich. Ich war unendlich froh und gleichzeitig unendlich traurig. Dieses Gefühlschaos war richtig lähmend. Ein Leben lang hatte ich den von meiner Mutter verursachten Kummer aushalten müssen, jetzt ging es nicht mehr. Ich entfernte mich von den anderen und setzte mich auf einen Stuhl in der Ecke.

In einer SMS an meine Mutter wurde ich los, was mich so lange bedrückt hatte.

Mum, ich spiele nicht mehr mit. Ich weigere mich, weiterhin bei dir stets an zweiter Stelle zu stehen. Wie kann ich dich je zufriedenstellen, wenn ich nie gut genug für dich bin? Kontaktiere mich nicht mehr.

Ich stellte das Handy aus und genehmigte mir noch ein Glas Champagner. Meine Mum hatte genügend Raum in meinen Gedanken beansprucht.

Nach dieser Feier rief ich meine Jungs zu mir. Mitchell und Dan setzten sich links und rechts neben mich auf das grüne Ledersofa in unserem Wohnzimmer.

»Ich wollte euch nur sagen, dass ich eure Oma nicht mehr sehen möchte«, sagte ich.

»Warum nicht?«, fragte Dan erschrocken.

»Aber sie ist doch unsere Oma. Ich möchte sie schon gern sehen«, wimmerte Mitchell.

»Meinetwegen, aber zuerst muss ich euch etwas erzählen«, fuhr ich fort. Es war an der Zeit, dass meine Jungs erfuhren, was mir in meiner Kindheit widerfahren war.

»Ihr wisst ja, dass Oma mit einem Mann zusammenlebt, den ihr bislang kaum gesehen habt, oder?«

»Ja«, erwiderten sie im Chor.

»Nun, dieser Mann hat mich von klein auf sexuell missbraucht.«

Ich hielt inne, um zu sehen, wie sie darauf reagierten. Dan wirkte bedrückt, Mitchell zornig.

»Und Mum lebt immer noch mit ihm zusammen, obwohl sie weiß, was er mir angetan hat.«

»Das finde ich unmöglich. Dann will ich auch nichts mehr mit ihr zu tun haben«, fauchte Mitchell.

»Ich auch nicht«, murmelte Dan.

»Mum, geht es dir gut?«, fragte Mitchell mit Tränen in den Augen.

»Ja, mir geht es gut. Ich habe ja euch, und wir passen immer gut aufeinander auf, stimmt's?« Ich zog sie an mich.

Wahrscheinlich hatte ich an jenem Abend mehr getrunken, als ich dachte, denn am nächsten Morgen wachte ich mit einem grauenhaften Kater auf. Ich griff sofort nach dem Wasserglas auf meinem Nachttisch. Mein Handy lag ebenfalls darauf und forderte mich auf, es wieder anzustellen. Ich wollte wissen, wie sie darauf reagiert hatte. Falls sie überhaupt darauf reagiert hatte ...

Ich finde das nicht fair. Ich liebe dich doch, lautete ihre SMS.

Lügen, lauter Lügen, dachte ich. Wenn du mich geliebt hättest, hättest du mich vor diesem Monster beschützt. Ich schrieb: *Mir reicht's. Ich will nichts mehr von dir hören.*

Dann drückte ich auf Senden.

Mit einem Seufzer der Erleichterung sank ich auf mein Kissen zurück. Es hatte zwanzig Jahre lang gedauert, doch nun spielte sie in meinem Leben endlich keine Rolle mehr.

Endlich hatte ich mich von meiner Vergangenheit befreit.

23

Meine Jungs hatten recht: Ich hatte sie mit meiner Mutterliebe erstickt.

Ich hatte ihre Freiheit aus Angst um ihre Sicherheit eingeschränkt. Jetzt waren sie dreizehn und vierzehn und mussten immer noch bei Anbruch der Dunkelheit zu Hause sein. Wenn ich abends ausging, nahm ich sie mit. Aber nach all dem, was mir passiert war, waren meine Sorgen verständlich, oder? Ich hatte schreckliche Angst, dass jemand sie missbrauchen würde. Ich hatte mir geschworen, sie zu beschützen.

»Tina, brauchst du was?«, fragte Gary vorsichtig.

»Nein, lass mich allein«, flüsterte ich und umklammerte mein Kissen wie ein Baby. Meine Kinder hatten mich verlassen. Mir war, als hätte mir jemand das Herz aus dem Leib gerissen.

Sie hatten das Wochenende bei Tony verbracht und waren nicht zurückgekommen. Sie hatten Tony erzählt, dass ich ihnen keinerlei Freiheiten zugestand, und er hatte ihnen versprochen, ihnen alles zu geben, was ich ihnen versagt hatte. Tony hatte immer wieder verkündet, dass er sich noch einmal rächen würde dafür, dass ich ihm damals seine Kinder weggenommen und in ein Frauenhaus geflohen war. Nun, jetzt hatte er sich gerächt. Er hatte mich zerstört.

Bei jeder Bewegung wurde mir übel vor Kummer. Ich brachte keinen Bissen hinunter, weil mein Magen wie zugeschnürt war. Ich konnte nur noch daran denken, dass ich sie viel zu sehr behütet hatte, und quälte mich damit, dass ich jede Erinnerung noch einmal durchging. Meine Abschlussfeier lag erst wenige Monate zurück, eigentlich hätte ich immer noch in Feierlaune sein sollen und nicht herumliegen und mir wünschen, ich wäre tot.

Ich schickte Mitchell und Dan eine weitere SMS. *Ich weiß, dass ihr sauer auf mich seid, aber ich bin immer für euch da, wenn ihr mich braucht.*

Dann schleuderte ich mein Handy vor Wut quer durchs Zimmer.

»Tina, es sind Teenager. Du bist eine großartige Mum«, versuchte Gary, mich zu trösten. Er setzte sich neben mich und strich mir über die Haare.

»Du begreifst es nicht.« Ich schüttelte seine Hand ab. »Du weißt nicht, warum ich so bin, wie ich bin.«

Gary starrte mich verständnislos an.

»Ich … ich …« Die Worte blieben mir im Hals stecken.

»Was ist denn, Liebes?« Gary streichelte mich wieder.

Ich entzog mich ihm erneut, um mich zu wappnen.

»Ich wurde von meinem Stiefvater missbraucht«, sprudelte es endlich aus mir heraus. Ich legte die Hände auf den Hinterkopf und vergrub mein Gesicht zwischen den Armen. Ich konnte Gary nicht anschauen. »Er hat mir meine Unschuld geraubt. Er hat sich etliche Jahre an mir vergriffen.« Schließlich brach ich schluchzend zusammen.

Schweigen kehrte ein.

Sag etwas, so sag doch etwas!

»Warum hast du mir das so lange verschwiegen?«, fragte er schließlich und zog sich etwas von mir zurück.

Nein, bitte bleib.

»Es tut mir leid – wann wäre denn jemals der passende Zeitpunkt dafür gewesen?«, knurrte ich wie ein in die Enge getriebener Hund.

Er schüttelte den Kopf. Ich verlor ihn.

»Ich wollte es dir wirklich sagen, aber ich habe einfach nicht den richtigen Moment gefunden«, jammerte ich.

Nimm mich in die Arme. Bitte nimm mich in die Arme.
Offenbar konnte Gary mich nicht verstehen. Er ging nach draußen und zündete sich eine Zigarette an. Ich blieb allein und fühlte mich schmutzig und abgelehnt. Sollte ich wirklich alle verlieren, die ich liebte? Dann kam er wieder zurück und sah mich bedrückt an.

»Es tut mir leid, dass ich so reagiert habe, aber es war mir zu viel.« Er lächelte bekümmert.

»Eigentlich war es nicht nötig, dass du das wusstest. Es war ein Teil meiner Vergangenheit, einer unseligen Vergangenheit«, sagte ich und zitterte vor Angst, wieder ganz allein zu sein.

Er kniete sich neben mich und zog mich mit seinen langen dünnen Armen zu sich heran, drückte mir einen Kuss auf die Stirn und sagte mir, wie sehr ich ihm leid tat, und dass er mich liebte und immer für mich da sein würde. Ich weinte, bis ich keine Tränen mehr hatte.

Von dem Moment an ging es mit mir wieder einmal stetig bergab. Etliche Wochen verstrichen, ohne dass ich ein Wort von meinen Kindern hörte. Ich glitt in eine tiefe Depression. Nachts konnte ich kaum schlafen und legte Puzzles, die ich bei eBay bestellte. Tagsüber döste ich auf der Couch und sah immer wieder auf meinem Handy nach, ob mir die Jungs eine SMS geschrieben hatten. Ich kümmerte mich kaum um den Haushalt und schaffte es oft nicht einmal mehr, mich zu waschen. Gary versuchte, mich aufzuheitern, aber er hatte keine Ahnung, was es für eine Mutter bedeutete, ihre Kinder zu verlieren. Mir war, als hätte ich einen Teil von mir verloren.

Ich wollte sterben, um endlich Frieden zu finden.

So verging eine weitere Woche. Mittlerweile bekam ich Angstattacken, häufig raste mein Herz wie wild. Eines Nachts – ich lag zusammengerollt auf unserem großen braunen Sofa und starrte auf den billigen blauen Teppich – traf es mich plötzlich wie ein Pfeil.

»Es ist alles deine Schuld«, murmelte ich wie von Sinnen. Mein Stiefvater war daran schuld, dass ich meine Kinder überbehütet hatte. Wenn David Moore mich nicht vergewaltigt hätte, hätte ich ihnen Raum zum Atmen gegeben und sie all die Dinge tun lassen, die man in ihrem Alter gern tat.

Ich werde den Mann, der all dies ausgelöst hat, zur Rechenschaft ziehen. Und das schaffe ich auch, dank meines Jurastudiums.

Am nächsten Morgen verkündete ich Gary, dass ich meinen Stiefvater anzeigen würde.

Seine Kinnlade klappte nach unten. »Willst du das wirklich?«

»Er muss endlich dafür bezahlen, dass er mir meine Kindheit geraubt hat. Ich habe all die Jahre versucht, ein ganz normales Leben zu führen, aber es ist mir nicht gelungen.« Erregt sprang ich hoch. »Meiner Mum muss ich nichts mehr beweisen. Ich habe mir selbst bewiesen, dass ich klug genug bin, um zu studieren und einen guten Abschluss zu schaffen. Und auch, dass ich entschlossen bin, alles zu schaffen, was ich in meinem Leben schaffen will. Ich werde ihn jetzt anzeigen.«

»Wenn du das wirklich tun willst, unterstütze ich dich«, erklärte Gary standhaft.

Noch tiefer, als ich an jenem Zeitpunkt angelangt war, konnte ich nicht fallen, und wenn ich einen Nervenzusammenbruch erlitt, war das auch egal, weil meine Jungs nicht da waren, um die ich mich hätte kümmern müssen. Jetzt oder nie – ich griff zum Telefon und rief die Polizei in Romford an.

Zum ersten Mal seit Langem raste mein Herz nicht. Ich

war ruhig wie das Meer an einem Sommertag, denn ich hatte zwanzig Jahre darauf gewartet, diesen Anruf zu tätigen. Bislang hatte ich immer viel zu viel Angst gehabt, meine Mutter und meine Brüder gegen mich aufzubringen, aber jetzt waren sie aus meinem Leben verschwunden und ich hatte nichts mehr zu verlieren.

»Ich möchte einen sexuellen Missbrauch aus meiner Kindheit anzeigen«, erklärte ich dem Beamten.

Meine Angaben wurden notiert, und es hieß, jemand würde sich bei mir melden. Als ich den Hörer auflegte, fühlte ich mich seltsam gelöst. Ich ging nach oben und zog mich an, dann setzte ich mich ins Auto. Ich wollte gerade auf die M25 einbiegen, als eine unbekannte Nummer auf meinem Handy aufleuchtete.

»Spreche ich mit Tina Renton?«

Mein Herz setzte kurz aus. Mir war sofort klar, worum es bei diesem Anruf ging. Plötzlich war alles sehr real geworden, und ich bekam es mit der Angst zu tun.

»Ja«, erwiderte ich und fuhr an den Straßenrand

»Sie haben einen Missbrauchsfall angezeigt?«, meinte der Beamte fragend.

»Ja, das stimmt.« Ich atmete tief durch.

Wir vereinbarten einen Termin am nächsten Tag zum Aufzeichnen meiner Anzeige. Es ging alles so schnell, dass ich kaum noch Zeit hatte, einen klaren Gedanken zu fassen. Ich hatte Angst, aber ich bereute meinen Schritt keine Sekunde lang.

An einem trüben kalten Tag im November 2009 fuhr ich zur Chadwell Heath Police Station. Ich trug eine dicke Strickjacke und Jeans. Nachdem ich die Klingel an dem Eisentor gedrückt hatte, schlang ich die Arme um mich, weil mich fröstelte.

»Hier ist Tina Renton. Ich habe einen Termin mit Julia

Godfrey«, sagte ich in die Sprechanlage. Das Tor ging auf, und ich lief hindurch. Ich hatte beschlossen, mich zu diesem Termin von keinem begleiten zu lassen, weil ich vor jemandem, den ich liebte, keine tapfere Fassade wahren wollte. Ich hatte noch nie mit jemandem über die Details dessen gesprochen, was mein Stiefvater mir angetan hatte, weder mit guten Freundinnen noch mit meinem zukünftigen Ehemann. Jetzt hatte ich schreckliche Angst davor, die Büchse der Pandora zu öffnen, aber ich war auch wild entschlossen, es zu tun.

Nun gab es kein Zurück mehr.

Julia holte mich mit einem großen warmen Lächeln und einem Händedruck am Eingang ab. Ich hatte mir immer vorgestellt, dass auf einer Wache überall uniformierte Beamte in Sprechfunkgeräte reden würden. Stattdessen waren hier alle in Zivil, denn in der Abteilung Kindesmissbrauch wurde undercover gearbeitet. Keiner hätte die Leute hier für Polizisten gehalten.

Julia führte mich in einen kleinen Raum, in dem es nach Fertignudelsuppe und Kaffee roch. Die Wände waren schmutzig, das Fenster sah aus, als würde es gleich herausfallen, und die Rollos hingen nur noch an einem Faden. In der Mitte stand ein Schreibtisch, der leer war bis auf eine Schachtel Kleenex.

Julia wies mir einen Platz auf einem abgewetzten Sessel zu. »Hätten Sie gern eine Tasse Tee?«, fragte sie.

Ich nickte. Die Rollos schepperten, als sie die Tür hinter sich zuzog. Ich war mit meinen Gedanken allein.

Was ist, wenn sie mir nicht glaubt? Was ist, wenn sie denkt, es sei meine Schuld gewesen? Vielleicht hätte mein Stiefvater mich ja in Ruhe gelassen, wenn ich das Geld nicht genommen hätte, das er mir immer auf den Nachttisch legte?

Gerade noch rechtzeitig unterbrach Julia meine in einer Endlosschlaufe abspulenden Gedanken. Sie schob mir eine Tasse Tee zu. Ich legte die Hände um die Tasse, um mich daran zu wärmen.

»Sind Sie bereit?«, fragte sie freundlich.

»Mehr oder weniger«, seufzte ich.

Sie ordnete ihre Papiere, dann griff sie zu einem Stift, um meine Aussage zu notieren. »Okay, fangen wir am Anfang an. Wann ist David Moore in Ihr Leben getreten?«

Ich dachte an die Zeit in Maygreen Crescent zurück und berichtete Julia, dass mir David damals wie der Vater erschienen war, den ich nie gehabt hatte, weil er sich um mich kümmerte, während meine Mum im Wohnzimmer auf ihrem dicken Hintern vor dem Fernseher saß.

»Ich dachte mir nichts Böses, als er anfing, mich nach dem Baden abzutrocknen«, erinnerte ich mich. »Ich dachte, das machen alle Väter mit ihren Töchtern.«

Julia runzelte immer wieder die Stirn und sah mich mitfühlend an, doch ich behielt die Fassung. Mittlerweile hatte ich so viel Selbstvertrauen, dass ich das Gefühl hatte, nichts könnte mich mehr erschüttern. Ich ging jede Frage ganz nüchtern an, quasi wie mit einem Skalpell.

Julias Hand hat ihr in diesen Tagen vom vielen Schreiben bestimmt wehgetan.

»In welcher Position lagen Sie im Bett, als Ihr Stiefvater Sie vergewaltigte?«

»Auf der Seite.«

Sie schob mir ein Blatt Papier zu und bat mich, mein Schlafzimmer zu zeichnen. Sie wollte nur die Fakten von mir wissen, was mir die Sache sehr erleichterte; denn so konnte ich alles, was ich sagte, ohne eine Gefühlsregung äußern.

»Kann ich noch eine Tasse Tee haben?«, fragte ich nach der siebten Tasse.

»Würden Sie gern eine Pause machen?«, fragte Julia freundlich.

»Nein, ich will weitermachen.«

Es dauerte drei Tage, bis ich alles losgeworden war. Ich weinte kein einziges Mal – bis ich über meine Mum redete.

»Warum wühlt Sie das jetzt so auf?«, fragte Julia.

Ich war völlig ausgelaugt. Meine Augen brannten, weil ich mich so konzentriert hatte.

»Das hat mit meiner Mutter zu tun«, erklärte ich. »Ich habe mein Leben lang versucht, es ihr recht zu machen, und deshalb konnte ich mich auch nie an die Polizei wenden. Das wäre der schlimmste Verrat gewesen.«

Weine nicht. Wein jetzt nicht wegen ihr.

»Ich habe mich jeden Tag wahnsinnig bemüht, ihr zu geben, was sie wollte.«

Tränen stiegen mir in die Augen.

»Aber seit ich endlich beschlossen habe, sie aus meinem Leben zu verbannen, muss ich mir keine Sorgen mehr machen, wie es sich auf sie oder meine Brüder auswirkt, wenn ich zur Polizei gehe.«

Ich tupfte mir die Augen ab, aber es war zu spät. Die Tränen ließen sich nicht mehr aufhalten.

»Jetzt ist der Zeitpunkt gekommen.« Ich atmete tief durch.

»Ich versuche nicht mehr, ihr zu gefallen.« Ein weiterer tiefer Atemzug.

»Ich muss ihr nichts mehr beweisen. Ich bin nicht mehr dazu bereit, eine Lüge zu leben.« Tränen liefen mir übers Gesicht.

Julia streichelte mir die Hand und reichte mir ein Papiertuch.

»Es tut mir leid«, wimmerte ich.

»Was denn?«, fragte Julia stirnrunzelnd.

»Dass ich jetzt so emotional werde.«

»Sie sind eine sehr starke, tapfere Frau«, sagte sie aufmunternd lächelnd.

»Es gibt noch einen Grund, warum ich heute hier bin. Meine Brüder sind beide in einer festen Beziehung, und ich habe mir geschworen, falls einer von ihnen Kinder bekommt, werde ich verhindern, dass ein weiteres kleines Mädchen dieser Gefahr ausgesetzt wird.«

Atme, Tina. Das Atmen nicht vergessen!

»Er hat es verdient, zu büßen für das, was er mir angetan hat«, sagte ich und vergrub das Gesicht in den Händen.

Dann nahm ich einen Schluck Tee und sank erleichtert in den Sessel zurück.

»Und es geht auch um Selbstvertrauen.« Ich hatte meine Kämpferstimme wiedergefunden.

»Wie meinen Sie das?« fragte Julia.

»Mein Studienabschluss hat mein Selbstvertrauen immens gesteigert. Daran hat es mir früher immer gefehlt, aber als ich mein Studium geschafft hatte, wurde mir klar, dass man das, was man unbedingt haben will, erreichen kann, wenn man sich genügend dafür einsetzt.«

Julia nickte. »Sind Sie froh, dass Sie das jetzt hinter sich gebracht haben?«, fragte sie und deutete auf die Stelle meiner Aussage, wo ich unterschreiben musste.

»Ja. Ich habe das Gefühl, dass Sie mir glauben.«

»Selbstverständlich glaube ich Ihnen. Ich habe keinen Grund, Ihre Aussage zu bezweifeln. Jetzt müssen wir nur noch Beweise sammeln.«

Julia erklärte, dass greifbare Beweise nicht mehr vorhanden wären, weil die Sache schon so lange zurückliege. Im Grunde stünde meine Aussage gegen seine, deshalb müsse sie möglichst viele Zeugen befragen, um zu stichhaltigen Beweisen zu kommen. Dann würde der Fall an die Staatsanwaltschaft weitergeleitet, und dort würde beschlossen, ob er weiter verfolgt werden würde.

»Wird er verhaftet werden?« Ich stellte mir Davids Gesicht vor, wenn er in Handschellen abgeführt würde.

»Das kann ich Ihnen jetzt noch nicht sagen«, erwiderte sie. Ich merkte, dass sie mir keine falschen Hoffnungen machen wollte.

»Aber Sie haben eine ausgezeichnete Aussage gemacht und werden bestimmt eine hervorragende Zeugin«, fügte sie hinzu.

Als ich die Wache verließ, war mir, als fiele eine Riesenlast von meinen Schultern.

Ich habe meinen Teil geleistet, jetzt schnappt euch den Mistkerl.

Doch an die nächste Phase wagte ich kaum zu denken. Die Verhaftung. Der Prozess. Ich würde aufstehen und der ganzen Welt sagen müssen, was er mir angetan hatte. Immerhin musste ich mir jetzt nicht mehr darüber den Kopf zerbrechen, dass David, meine Mum oder meine Brüder mir zusetzen würden, denn sie wussten nicht, wo ich lebte. Wir waren vor Kurzem nach Rainham umgezogen, und das hatte ich keinem von ihnen erzählt.

Auf auf der Heimfahrt steckte ich im abendlichen Berufsverkehr fest. »Nun mach schon!«, schrie ich den Wagen vor mir an. »Beweg dich!«, brüllte ich.

In dem Moment zerbrach meine Rüstung auf dem Boden des Autos. Der Stress der vergangenen drei Tage platzte aus mir heraus, und ich begann zu weinen. Auch der Verlust meiner Jungs machte mir immer noch schwer zu schaffen. Zu Hause erwartete Gary mich mit einer Umarmung.

»Und, wie ist es gelaufen?«, fragte er behutsam.

»Okay«, erwiderte ich, ließ die Handtasche auf den Boden fallen und sank auf unsere gemütliche braune Couch.

»War es schwer für dich, dir all diese schlimmen Dinge in Erinnerung zu rufen?

Ich seufzte tief und klopfte auf die Stelle neben mir.

»Das habe ich nicht tun müssen, sie waren ständig da. Ich habe in den letzten zwanzig Jahren lernen müssen, mit ihnen zu leben.«

Er sah mich fassungslos an und wusste nicht, wie er mich trösten sollte.

»Ich bin sehr froh, dass ich es getan habe«, fuhr ich fort. »Ich will, dass er ins Gefängnis kommt, selbst wenn es nur für ein halbes Jahr ist. Ich will, dass er büßt für das, was er mir angetan hat.

Und ich will, dass meine Brüder, meine Mum, ihre Freunde und alle anderen, die sich irgendwann einmal eine Meinung zu meinem Verhalten gebildet haben, erfahren, was er mir angetan hat. Ich will, dass die Leute erfahren, dass es einen Grund dafür gibt, dass ich mich so verhalten habe, wie ich es getan habe.« Jetzt sprach die Anwältin in mir.

»Er ist wohl an die Falsche geraten«, meinte Gary lächelnd.

»Jawohl. Da hast du verdammt recht.«

24

»Wein jetzt bloß nicht«, flüsterte ich Gary ins Ohr. »Sonst fange ich auch noch damit an.«

Ich kicherte nervös. Wir standen vor dem Altar, und alle Blicke hafteten auf uns. Gary lächelte mich liebevoll an, ich blinzelte die Tränen weg. Ich wollte mein Make-up nicht ruinieren, zumindest nicht, bevor die Hochzeitsfotos gemacht worden waren.

Ich sah in seine blauen Augen, und mein Herz schlug einen Purzelbaum. Gary sah fantastisch aus in seiner cremefarbenen Weste, der roten Krawatte und dem schwarzen Hochzeitsjackett. Er war sonnengebräunt und kam frisch vom Friseur.

»Ich liebe dich«, sagte ich lautlos, bevor wir uns dem Pfarrer zuwandten.

Das leise Murmeln hinter uns erstarb, und der Geistliche fing mit der Trauung an.

»Wir haben uns heute hier versammelt …« Mein Herz machte wieder einen Freudensprung. Ich nahm Gary bei der Hand und drückte sie sanft. Es war der 11. Juni 2010, und die Sonne strömte durch die Kirchenfenster. Es duftete nach Blumen und Parfüm. Nach einem weiteren Lied sagte der Pfarrer etwas, was ich nie vergessen werde.

»Die Ehe ist wie ein Rucksack voller Steine, den man geschultert hat«, fing er an. Seine Stimme klang sanft und beruhigend.

»Manchmal werden Sie Ihrem Partner ein paar Steine abgeben, weil Sie es nicht mehr alleine schaffen. Die Ehe ist dafür da, dass man Freud und Leid miteinander teilt und füreinander da ist.«

Diese Worte sprachen mir aus der Seele. Ich fühlte mich stärker, weil ich wusste, dass Gary mich beschützen und unterstützen würde, auch in dem Prozess gegen meinen Stiefvater, falls es dazu kommen würde. Wir waren ein Team, eine Familie.

Mitchell trat mit einem Samtkissen vor, auf dem unsere Ringe funkelten. Meine Jungs sahen sehr elegant aus in ihren Anzügen und den burgunderfarbenen Westen. Sie lebten immer noch bei Tony, aber immerhin sprachen wir wieder miteinander.

Der Pfarrer räusperte sich. »Bitte sprechen Sie mir nach ...«, wandte er sich an Gary.

Dann war ich an der Reihe.

»Ich, Tina Renton, nehme dich, Gary Briggs, an als meinen Mann.« In meinen Augen standen Tränen.

»Ich verspreche dir die Treue in guten wie in schlechten Tagen, in Gesundheit und Krankheit, bis dass der Tod uns scheidet.« Ich biss mir auf die Lippe, aber es war zu spät. Ich weinte vor Glück.

»Sie dürfen die Braut jetzt küssen«, sagte der Pfarrer.

Unter einem Regen aus rotem und weißem Konfetti verließen wir die Kirche in Rainham und begrüßten unsere Freunde und Garys Familie.

Wenn meine Mum mich jetzt sehen könnte ...

Seit meiner letzten SMS hatten wir uns nicht mehr gesehen, und ich war froh, dass sie nicht auf meiner Hochzeit war. Sie hätte mir meinen großen Tag getrübt. Ich hatte nur drei Verwandte eingeladen, die kaum mit meiner Mum sprachen – ihre Schwester Gayna sowie die Eltern der beiden, meine Großmutter Iris und mein Großvater Stanley. Ich hoffte trotzdem, dass die Neuigkeit sie bald erreichen und ihr im Hals stecken bleiben würde.

»Kommt her, ihr zwei.« Ich zog Mitchell und Dan zu mir,

um ein Foto von uns dreien machen zu lassen. Sie waren die Brautführer und wirkten sehr erwachsen.

»Ihr habt eure Sache ganz toll gemacht. Ich bin sehr stolz auf euch.« Ich gab ihnen einen dicken Kuss.

»Mum!« David versuchte, sich mir zu entwinden, und wischte sich die Wange ab.

»Darf deine Mum dir etwa keinen Kuss mehr geben?«, zog ich ihn auf.

Allmählich besserte sich unsere Beziehung wieder. Ich sah die beiden alle zwei Wochen. Im Grunde war ich froh, dass sie jetzt nicht bei mir lebten. Laut Julia Godfrey gediehen die Ermittlungen, auch wenn sie noch nicht mit meiner Mutter und meinen Brüdern gesprochen hatte, und ich wollte nicht, dass meine Jungs mich in dieser unruhigen Zeit erlebten. Bislang hatte ich ihnen noch nichts von der Sache erzählt, aber irgendwann würde ich die Katze aus dem Sack lassen müssen. Ich wollte allerdings den richtigen Zeitpunkt dafür abpassen.

»Noch ein Foto von dem hübschen Brautpaar ...« Der Fotograf schob mich zu Gary.

»Bist du glücklich?«, fragte er mich leise.

»Unendlich glücklich.« Ich küsste ihn.

»Ah – ein wunderbares Foto«, freute sich der Fotograf.

Wir verbrachten unsere Flitterwochen in Mexiko – genauer gesagt war es nur eine Woche, aber es war trotzdem eine herrliche Zeit. Danach nahm ich wieder meinen Alltag auf. Ich arbeitete für eine Versicherungsgesellschaft, damit etwas Geld in die Haushaltskasse kam, und bemühte mich gleichzeitig gleichzeitig um einen Ausbildungsvertrag in einer Anwaltskanzlei. Die polizeilichen Ermittlungen schob ich in den Hinterkopf, wie ich es auch als Kind mit allem getan hatte, was mir unangenehm gewesen war. Anders konnte ich mit solchen Dingen nicht umgehen.

Am 8. Juli verpasste ich auf dem Weg ins Büro einen Anruf auf meinem Handy.

Julia Godfrey hat eine Nachricht auf Ihrer Mailbox hinterlassen.

»Können Sie mich bitte zurückrufen, ich habe eine wichtige Frage«, lautete ihre Nachricht.

Ich fuhr sofort an den Straßenrand und rief sie zurück. Mich beschlich ein mulmiges Gefühl. Was war geschehen?

»Hi, Tina«, hörte ich schon nach dem zweiten Läuten.

»Wir haben einen Durchsuchungsbeschluss für das Haus Ihrer Mutter«, erklärte sie. »Und wir sind jetzt dort.«

O mein Gott.

»Ihre Mutter ist nicht sehr froh«, fügte sie hinzu.

Ich stellte mir vor, wie meine Mutter in ihrem Morgenrock an der Tür stand und schimpfte.

»Na gut«, erwiderte ich etwas lahm. Plötzlich hatte ich Angst. Darauf war ich nicht eingestellt gewesen. Ich wünschte, Julia hätte mich gewarnt. Auf einmal war alles sehr real.

»Ist David auch da?«, fragte ich.

»Er ist in der Arbeit. Ich habe gerade eine Aussage Ihrer Mutter aufgenommen. Sie behauptet, dass sie von dieser Beschuldigung noch nie etwas gehört hat.«

»Lügnerin«, entfuhr es mir. Dann fing ich an zu lachen. Lügen, nichts als Lügen.

»Ich wollte mit Ihnen reden, weil wir den Teddy finden wollen, mit dem Sie sich immer berühren mussten.«

»Ach so.« Ich befand mich immer noch in einer Art Schockstarre.

»Wie sah er denn aus?«, fragte sie.

»Er war braun.«

»Und wie groß war er?«

»Tja, normal groß, nehme ich mal an. Wahrscheinlich kam er mir als Kind größer vor.« Ich zuckte die Schultern.

»Na gut, wir sehen mal auf dem Dachboden nach. Stellen Sie Ihr Handy nicht aus, ich rufe Sie gleich noch mal zurück.« Sie beendete das Gespräch.

Mir war, als hätte mir jemand einen Schlag in die Magengrube versetzt. In der Arbeit ging mir den ganzen Tag das wutverzerrte Gesicht meiner Mutter nicht mehr aus dem Kopf. Nun war die Katze aus dem Sack, und ich hatte Angst vor dem, was als Nächstes passieren würde. Ich bereute nicht, was ich getan hatte, aber irgendwie hatte ich trotzdem das Gefühl, meine Mutter verraten zu haben. Die vielen Jahre, die ich damit zugebracht hatte, meiner Mutter um jeden Preis zu gefallen, ließen sich nicht so einfach streichen. Andererseits war ich froh, dass auch sie endlich zur Rechenschaft gezogen werden würde für all mein Leid. In einem Moment grinste ich zufrieden, im nächsten kamen mir die Tränen. Bis zur Mittagspause zwang ich mich, nicht zum Handy zu greifen, doch dann rief ich Julia wieder an. Ich wollte unbedingt erfahren, wie es gelaufen war.

»Wir sind nicht mehr im Haus Ihrer Mutter, und wir haben dafür gesorgt, dass David Moore am Montag früh um zehn zur Wache kommt und dort vernommen wird«, erklärte sie mir nüchtern, dann fragte sie mich mit einer freundlicheren Stimme: »Geht es Ihnen gut?«

»Ja. Mich ärgert nur, dass meine Mum nicht zugegeben hat, dass ich ihr vor vielen Jahren die Wahrheit gesagt habe«, erwiderte ich. »Aber damit hätte ich rechnen müssen.«

»Halten Sie übers Wochenende die Ohren steif, wir sprechen uns dann wieder am Montag«, ermunterte mich Julia.

Ich versuchte, die Sache zu verdrängen, aber es fiel mir zusehends schwer. Selbst beim Einkaufen hörte ich plötzlich die Stimme meiner Mutter in meinem Kopf. »Dieses undankbare Miststück. Ich kann es nicht glauben, dass sie uns das angetan hat.« Ich stellte mir vor, wie sie Dinge durchs Zimmer schleuderte vor Wut, während David, der elende Feigling, still daneben saß.

»Ich wette, sie hat Blake und Jonathan gesagt, dass ich das alles erfunden habe. Ich wette, sie beschimpft mich mit sämtlichen Flüchen, die ihr einfallen«, sagte ich zu Gary.

»Lass sie doch. Zerbrich dir doch darüber nicht den Kopf«, versuchte Gary mich zu beruhigen.

Am Montagabend rief Julia Godfrey an. »Wir haben David Moore befragt. Er streitet alles ab.«

Ich lachte schallend. »Alles andere hätte mich auch gewundert.« Dann schüttelte ich angewidert den Kopf. David war auf Kaution entlassen worden und sollte im Juli noch einmal bei der Polizei vorstellig werden, aber es war keine Anklage erhoben worden.

Der Sommer kam und ging. David sollte Ende September noch einmal vernommen werden. Der Herbst kam und ging. Keiner aus meiner Familie versuchte, mich zu kontaktieren. Gott sei Dank. Der Winter kam, und Julia Godfrey rief mich an.

»Sie dürfen im Moment noch mit keinem darüber reden«, fing sie atemlos an.

»Versprochen«, erwiderte ich. Es war so kalt, dass ich meinen Atem sehen konnte.

»Gegen David Moore wird morgen Anklage erhoben«, verkündete sie.

Ich war erst einmal sprachlos. »Wirklich?«, fragte ich, nachdem ich mich etwas erholt hatte.

»Ja. Wenn er morgen auf der Wache vorstellig wird, werden wir ihm die Anklage unterbreiten. Der Staatsanwalt ist zuversichtlich, dass es zu einem Prozess kommen wird und dass Sie eine ausgezeichnete Zeugin sein werden.«

Mir fiel ein Stein vom Herzen, auch wenn ich wusste, dass es erst noch einmal richtig hart werden würde, bevor es besser wurde. Ich war vor allem deshalb erleichtert, weil mir endlich jemand glaubte. Ich hatte so lange mit einer Lüge leben müssen, dass meine größte Sorge darin bestanden hatte, dass alle denken würden, ich hätte die ganze Geschichte einfach erfunden. Julias Worte verliehen mir die Zuversicht, die mir noch gefehlt hatte.

In den vergangenen Monaten war ich zunehmend besser mit Tony ausgekommen. Da Gary momentan sehr viel arbeitete, fragte ich meinen Ex, ob er mich am 18. Dezember zur Polizei in Romford begleiten würde.

»David Moore wird noch einmal vernommen, und ich möchte sein Gesicht sehen, wenn er aus der Wache kommt«, gab ich vor.

In Wahrheit wollte ich die Angst auf dem Gesicht meines Stiefvaters sehen, nachdem ihm mitgeteilt worden war, dass er sich nun vor Gericht verantworten musste. Endlich würde er einmal am eigenen Leib erleben, wie es ist, zutiefst verängstigt zu sein. Diesen Moment wollte ich auf gar keinen Fall verpassen. Aber ich konnte es Tony nicht sagen, weil ich Julia versprochen hatte, den Mund zu halten.

Tony kam bereitwillig mit. Zum letzten Mal hatte er David Moore gesehen, als dieser sich hinter dem Rücken meiner Mutter versteckt hatte, während Tony ihr gesagt hatte, dass David erneut versucht hatte, sich an mich heranzumachen.

Er hatte seine Schwester Julie mitgenommen, und wir saßen zu dritt in seinem BMW in der Garage neben der Wache. Der Wagen hatte passenderweise schwarz gefärbte Scheiben. Die Heizung lief auf Hochtouren, weil es draußen eiskalt war.

Ich saß hinten und hatte die Arme um die vorderen Kopfstützen gelegt. Wir beobachteten den Eingang wie ein Undercover-Überwachungsteam. Die Stunden verstrichen mit allen möglichen Witzeleien und vielen Kaffees aus dem Automaten in der Parkgarage. Plötzlich klingelte mein Handy. Die Nummer war unterdrückt.

»Das muss Julia sein.« Ich starrte auf mein Handy wie auf eine Bombe.

»Na, dann geh doch ran!«, kreischte Tony. Wir konnten kaum still sitzen vor Aufregung.

»Geht es Ihnen gut?«, erklang Julias vertraute Stimme.

»Ja.«

»Sind Sie allein?«, fragte sie.

»Nein, Tony und seine Schwester sind bei mir«, erklärte ich, womit ich ihr natürlich nur die halbe Wahrheit sagte.

»Gut. Es gibt dreizehn Anklagepunkte gegen ihn.«

Ich war sprachlos.

»Die Verhandlung findet am 23. Dezember am Gericht von Romford statt.«

»Danke, dass Sie mich benachrichtigt haben«, sagte ich und beendete das Gespräch. Ich war so baff, dass ich ganz vergessen hatte, sie nach den Anklagepunkten zu fragen.

Tony starrte mich neugierig an. »Und?«

»Er wird in dreizehn Punkten angeklagt.« Ich schüttelte ungläubig den Kopf.

Tony begann, breit zu grinsen. Wortlos stieg er aus, befeuchtete seinen Zeigefinger und schrieb eine riesige Dreizehn auf die staubige Motorhaube. Julie und ich kicherten wie freche Schulkinder.

»Dann hat er es schriftlich«, höhnte Tony.

Wir warteten noch zwanzig Minuten, doch dann musste Tony in die Arbeit. »Fahren wir«, meinte ich. »Nachdem ich weiß, dass er angeklagt ist, muss ich ihn jetzt nicht mehr sehen.«

»Bist du dir sicher?«

»Jawohl. Lass uns fahren.«

Auf der Heimfahrt plauderten Julie und Tony munter darüber, wie sehr David Moore es verdient hatte, endlich zur Rechenschaft gezogen zu werden. Ich aber saß stumm hinter ihnen, tief in Gedanken versunken. *Was wird jetzt passieren? Wie hat er die Nachricht aufgenommen? Was sagt Mum dazu? Wie nehmen meine Brüder die Nachricht auf? Dreizehn? Wie sind sie auf dreizehn gekommen?*

Ich kurbelte das Fenster herunter und nahm einen tiefen Atemzug der eisigen Luft.

Hat er Angst? Ich hoffe, dass er vor Angst nicht mehr schlafen kann.

25

»Ich schaffe es nicht mehr«, verkündete Gary beim Abendessen.

Seine Worte trafen mich völlig unvorbereitet.

»Wie bitte? Warum?« Ich brach in Tränen aus.

Warum liebt mich keiner? Was ist los mit mir? Lass mich bei diesem Kampf bitte nicht allein!

»Diese Gerichtsverhandlung ist mir zu viel«, erklärte er kühl.

»Warum ist sie dir zu viel? Du musst sie doch nicht durchstehen!«, schrie ich aufgebracht. »Ich habe dir doch gesagt, dass du nicht mitkommen musst. Du wirst nicht dort sein, wenn ich meine Zeugenaussage mache. Was ist dir daran zu viel?«

Ich schob meinen Teller weg, bei dem Geruch von Essen wurde mir schlecht. »Wir sind erst seit sieben Monaten verheiratet«, sagte ich ungläubig.

Er sah mich schuldbewusst an. »Es reicht mir, ich schaffe das einfach nicht mehr«, erklärte er kühl.

Unsere Beziehung war in den letzten Monaten sehr stürmisch gewesen. Meine Gedanken kreisten ständig um den Prozess, der auf den 27. Juni 2011 verlegt worden war, nachdem mein Stiefvater auf nicht schuldig plädiert hatte. Gary war eher mit seinem Job verheiratet gewesen als mit mir. Er machte ständig Überstunden. Um halb sechs Uhr früh stand er auf, um halb acht Uhr abends kam er aus der Arbeit, und anschließend ging er bald ins Bett. Selbst an Weihnachten hatte er gearbeitet.

»Ich habe dich wahrhaftig nach Kräften von allem abgeschirmt«, fauchte ich. »Ist das dein Dank?«

Am liebsten hätte ich ihm den Teller an den Kopf geschleudert, doch stattdessen griff ich zum Telefon und rief verzweifelt seine Mutter an.

»Dein Sohn hat beschlossen, unsere Ehe nach sieben Monaten zu beenden«, weinte ich ins Telefon.

»Beruhige dich, Tina«, versuchte sie, mich zu beschwichtigen.

»Wie soll ich mich beruhigen? Gary will unsere Ehe beenden«, wiederholte ich aufgebracht.

»Aber warum denn?«

»Keine Ahnung. Rede du mit ihm.« Ich drückte meinem Mann das Telefon in die Hand.

Vielen Dank auch, gab mir Gary mit einem Blick zu verstehen, und verzog sich mit dem Telefon ins Schlafzimmer.

»Ich weiß einfach nicht weiter. Ich liebe sie nicht mehr«, hörte ich ihn sagen.

Ich nahm die Autoschlüssel und rannte hinaus. Zu hören, dass er mich nicht mehr liebte, brach mir das Herz. Ich fuhr zu Tonys Schwester Julie.

»Wie kann er mich ausgerechnet jetzt verlassen, so kurz vor dem Prozess?«, murmelte ich immer wieder fassungslos.

Julie reichte mir eine Tasse Tee und legte mir eine Decke um die Schultern, weil ich vor Aufregung zitterte.

»Er hätte ja nicht mal mitkommen müssen«, fuhr ich fort. »Ich habe ihm gesagt, dass ich ihn nicht dabei haben will, wenn ich meine Aussage mache.«

Julie sah mich verständnislos an.

»Ich habe versucht, ein normales Sexleben zu führen. Wenn Gary in allen Details erfahren hätte, was mein Stiefvater von mir verlangt und mit mir gemacht hat, hätte das unser Sexleben ruiniert.«

»Es war bestimmt nicht leicht für ihn zu hören, dass du ausgerechnet bei dem Prozess auf seine Unterstützung verzichten wolltest. Wie hat er es denn aufgenommen?«, fragte Julie.

Ich seufzte tief. »Ich fürchte, er hat es nicht recht begriffen. Aber ich musste ihn da raushalten, sonst wäre unsere Beziehung daran zerbrochen. Und jetzt ist sie trotzdem zerbrochen.« Ich schlug die Hände vors Gesicht.

Die zwei Menschen, die ich zu dem Prozess mitnehmen wollte, hatte ich mit großem Bedacht gewählt.

»Ich nehme den ehemaligen Freund deines Bruders, Mark White, mit, weil er mich seit sechzehn Jahren kennt. Ihm muss ich kein Theater vorspielen. Und meine ehemalige Babysitterin Jemma habe ich gebeten, mich zu begleiten, weil sie mittlerweile weit weg wohnt. Ich muss sie also nicht jeden Tag sehen mit dem Wissen, dass sie meine intimsten Geheimnisse kennt.«

Wütend trat ich gegen Julies Couchtisch.

»Es reicht mir!«, schrie ich. »Ich habe die Schnauze voll von Leuten, die nicht zu mir stehen. Ich werde zu Ende bringen, was ich angefangen habe, selbst wenn ich es ganz allein tun muss.«

Siegessicher verkündete ich: »Ich werde mir Gerechtigkeit verschaffen.«

Die Wochen vor dem Prozess waren alles andere als leicht. Gary hatte eine tiefe Lücke in meinem Leben hinterlassen. Wenn ich nicht den Prozess gehabt hätte, auf den ich mich konzentrieren musste, wäre ich völlig durchgedreht.

Schließlich wandte ich mich an meine Tante Gayna, die einzige Verwandte, an die ich mich wenden konnte. Ich hatte nämlich nicht nur Gary verloren, sondern auch meine Großeltern, die mich gebeten hatten, sie außen vor zu lassen. Sie wollten nämlich nicht gezwungen sein, sich zwischen mir und meiner Mutter zu entscheiden. Nur Tante Gayna blieb standhaft auf meiner Seite; sie hatte sich schon vor fünfzehn Jahren von meiner Mutter distanziert und war jetzt sehr empört, als sie erfuhr, wie ihre Schwester David Moore beharrlich gedeckt hatte.

»Es tut mir sehr leid«, erklärte sie mir bei einem Bier im Pub.

Sie war wie meine Mutter eine sehr sachliche Frau und hatte wie sie die Angewohnheit, bei Wind und Wetter dieselbe Kleidung zu tragen; in ihrem Fall waren es eine Caprihose, ein T-Shirt und Sandalen. Sie sah ihr allerdings überhaupt nicht ähnlich mit ihren schulterlangen krausen roten Haaren. Wenn es keiner sah, trug sie eine Brille.

»Was tut dir leid?«, fragte ich.

»Ich hätte etwas dagegen unternehmen sollen.« Sie nahm einen tiefen Schluck aus der Flasche.

»Wie hättest du das tun sollen? Du hattest doch keine Ahnung.« Mir stiegen die Tränen in die Augen.

»Wein jetzt nicht«, bat Gayna. Wie vielen von uns fiel es ihr schwer, mit Tränen bei anderen Menschen umzugehen. Doch sie bot mir ihre Unterstützung an, und in den letzten Wochen vor dem Prozess war mir das das Allerwichtigste.

Ich riss mich zusammen und setzte eine tapfere Miene auf. Auf Leute, die mir sagten, ich solle mich darauf vorbereiten, dass mein Stiefvater ungeschoren davonkommen könnte, hörte ich nicht. Ich sehnte mich so sehr nach Gerechtigkeit, dass ich überhaupt nicht daran denken konnte, wie es wäre, wenn ich sie nicht bekommen würde. Über meinen kleinen Trupp von Unterstützern war ich sehr froh. Gayna, unser früherer Nachbar Tony Morgan und mein Exmann Tony Castle wollten bei Gericht für mich aussagen, und Julia Godfrey war es gelungen, meine ehemalige Lehrerin Mrs Walsh und meine alte Schulfreundin Sam Aitken aufzustöbern.

Kurz vor dem Prozess teilte ich auch meinen Jungs mit,

dass ich meinen Stiefvater verklagt hatte. Ich konnte sie nicht auf Dauer vor der Wahrheit schützen.

»Wir wollen mit, Mum«, beharrte Mitchell. Meine Jungs waren zu jungen Männern herangewachsen, die nun mich beschützen wollten. Ich hatte ihnen zwar nur in groben Zügen geschildert, was mir zugestoßen war, aber das reichte schon.

»Nein, mein Schatz. Ich möchte nicht, dass ihr erfahrt, welche schlimmen Dinge ich ertragen musste«, erwiderte ich.

»Wir wollen ihn sehen und dabei sein, wenn er die gerechte Strafe bekommt für das, was er dir angetan hat«, erklärte Mitchell grimmig.

»Ich werde an euch beide denken, wenn ich dort bin.« Ihre Liebe rührte mich sehr.

Die letzten paar Tage vor der Gerichtsverhandlung überstand ich nur mit einem Cocktail aus Psychopharmaka und Schlaftabletten. Meine Albträume waren immer schlimmer geworden. Im Grunde war es immer der gleiche Traum – ich steckte irgendwo fest, und keiner half mir, egal, wie laut ich schrie. In einer Nacht saß ich in einer Gefängniszelle, in der es weder Fenster noch Türen gab, in einer anderen in einer Höhle. Das war der schlimmste Traum von allen. Es war feucht und dunkel. Nur durch einen winzigen Spalt etwa zwanzig Meter über mir fiel ein schmaler Lichtstrahl. Es gab zwar eine Reihe von Wasserläufen, die mir vorgaukelten, dass ich darin entkommen könnte, aber dazu musste ich tauchen. Bald ging mir die Luft aus und ich musste umkehren. Sagte mir dieser Traum, dass ich umkehren sollte? Dass ich auf den Prozess verzichten sollte?

Nein! Verdammt noch mal, jetzt gebe ich nicht auf.

26

Am Tag der Abrechnung wachte ich im Morgengrauen auf und zog zum letzten Mal meine Rüstung an.

Ich hatte mir einen Hosenanzug zurechtgelegt, eine weiße Bluse und Stöckelschuhe, in denen meine Füße höllisch schmerzten. Aber ich wollte unbedingt einen seriösen Eindruck machen.

Meine Freunde Mark und Jemma flankierten mich schützend auf den Stufen zum Crown Court, dem Strafgericht für schwere Strafsachen und Jugendstrafsachen, in Southend. Das Gebäude wirkte ziemlich heruntergekommen. Wir waren eine Stunde zu früh angekommen, weil wir ein Zusammentreffen mit meiner Familie vermeiden wollten. Ich hatte zwar keinen Ton von ihnen gehört, aber ich wusste, dass meine Brüder sich nicht zurückhalten würden, wenn sie mich sahen.

Dank meines Jurastudiums wusste ich, was mich erwartete. Ich wusste, wie es in einem Gerichtssaal aussah, ich wusste, wo die Jury saß, und ich wusste, wo ich bei meiner Zeugenaussage stehen würde. Trotzdem war ich schrecklich aufgeregt, als wir zu einem Raum hinter dem Gerichtssaal geführt wurden.

Wie sollte ich mich verhalten? Wie sollte ich stehen? Sollte ich so sein wie immer oder ausgesucht höflich? Wird die Jury denken, dass ich lüge, wenn ich kühl bleibe?

»Hi, Tina. Wie geht es Ihnen?«, empfing mich die vertraute Stimme Julia Godfreys.

»Schrecklich«, erwiderte ich nervös lachend.

Der Raum war mit bequemen Stühlen und einem Fernseher ausgestattet, in dem die *Teletubbies* liefen, allerdings ohne Ton. Ich warf einen Blick auf Jemma, sie lächelte mir aufmunternd zu. Jemma war die perfekte Freundin in dieser Situation; selbst wenn sie nichts sagte, fühlte ich mich von ihr unterstützt.

Julia schob mir meine Aussage zu.

»Können Sie sie noch einmal durchlesen und sich vergewissern, dass Sie sie klar vor Augen haben.«

Der erste Adrenalinstoß setzte ein.

»Gern, obwohl ich genau weiß, was ich ausgesagt habe«, erwiderte ich. Ich hatte die Aussage zwar schon vor achtzehn Monaten gemacht, aber die Dinge, die darin standen, werde ich nie vergessen.

Die Tür ging auf, und ein kleiner, dunkelhäutiger Mann kam herein. Er trug einen Anzug und eine runde Brille.

»Tina Renton?«, fragte er und reichte mir die Hand.

»Ja«, erwiderte ich zögernd.

»Mein Name ist Mr Shroff. Ich bin vom Jugendamt zu Ihrem Prozessanwalt bestellt worden«, erklärte er freundlich lächelnd. Er wirkte höflich, doch keineswegs kühl, wie ich es von einem solchen Anwalt erwartet hätte. Ich mochte ihn sofort.

Mr Shroff erklärte mir, er würde mich durch meine Aussage begleiten, damit die Jury den richtigen Eindruck davon bekam, was ich unter meinem Stiefvater hatte erdulden müssen. Meine Mum, meine Brüder, Blakes Ehefrau Sue würden ebenfalls aussagen, teilte er mir mit.

»Und David?«

»Ja, auch David Moore wird in den Zeugenstand treten.«

Mir wurde übel.

»Ihm werden mittlerweile siebzehn Fälle von Vergewaltigung und sexuellen Übergriffen vorgeworfen«, verkündete er.

»Siebenzehn? Es ist auf siebzehn gestiegen?«, keuchte ich.

»Es geht um einen schwerwiegenden Fall von Kindesmissbrauch«, erklärte er. »Aber eine Frage habe ich noch an Sie.« Ich zog die Brauen hoch.

»Haben Sie Schmerzensgeld beantragt für das, was Ihnen als Kind widerfahren ist?«

»Nein, und das beabsichtige ich auch nicht, jetzt nicht und auch in Zukunft nicht«, kam es von mir wie aus der Pistole geschossen. Ich wollte niemals Geld daran verdienen. Alles, was ich wollte, war, dass er dafür bestraft wurde.

»Na gut, dann wäre das ja geklärt.«

»Alle Achtung, du redest nicht um den heißen Brei herum«, sagte Mark und fing an zu lachen, womit er die Spannung im Raum auflöste.

»Tina Renton in Raum Nummer zwei«, dröhnte es aus der Lautsprecheranlage.

O mein Gott. Ich bin noch nicht so weit. Gebt mir noch eine Minute. Ich warf hilfesuchende Blicke in die Runde.

»Du schaffst das, Tina«, spornte Mark mich an. »Mach den Kerl fertig.«

Auf dem Labyrinth von Gängen, durch das uns eine Frau von der Zeugenbetreuung führte, war ich wie gelähmt vor Angst. Ich taumelte auf meinen hohen Absätzen durch den Haupteingang, einen langen Gang entlang und dann zwei Stockwerke hoch, bis wir endlich die Doppeltür in den Gerichtssaal durchquerten. Gerade, als ich anfing, mich zu orientieren, führte uns der Gerichtsdiener in einen kleinen Nebenraum.

»Scheiße«, fluchte ich halblaut. Ich hatte mir fest vorgenommen, gelassen zu bleiben, doch mittlerweile hyperventilierte ich fast, und jetzt steckte ich in einem weiteren Pferch fest und wartete auf das Kommando, dass es endlich losgehen würde.

In dem Raum roch es nach Staub und altem Leder. Die

Frau von der Zeugenbetreuung versuchte, mich mit Smalltalk zu beruhigen. »Sieht ganz nach einem sonnigen Tag aus«, plapperte sie.

Halt die Klappe!

Ich starrte auf den Sekundenzeiger der Uhr. Das Ticken hämmerte in meinem Kopf. Endlich ging die Tür auf und die Gerichtsdienerin tauchte auf, eine kleine Frau mit ordentlich zu einem Knoten gewundenen Haaren.

»Sind Sie bereit?«, fragte sie mit einem mitfühlenden Blick, der mir die nötige Kraft schenkte.

»Eigentlich nicht, aber vermutlich bleibt mir nichts anderes übrig«, witzelte ich.

Im Gerichtssaal wurde es still, als ich hereinkam. Alle Blicke wandten sich mir zu. Ich spürte es richtig, dass *seine* Blicke mir folgten, als ich an den Zeugenstand trat. Die Jury hatte bereits auf der gegenüberliegenden Seite Platz genommen, aber ich wagte es nicht, die Geschworenen zu mustern.

Viele Leute beurteilen ein Buch nach seinem Umschlag. Wie viele sehen mich jetzt an und haben bereits beschlossen, dass ich lüge? Wie viele sehen mich an und dann ihn und befinden ihn für schuldig, noch bevor ich den Mund aufgemacht habe?

Ich warf einen kurzen Blick auf den Richter. Er lächelte mich aufmunternd an. Das hielt meine Knie jedoch nicht davon ab, weich zu werden. Ich musste mich am Rahmen des Zeugenstandes festhalten.

Gibt es hier denn keinen Stuhl? Wie zum Teufel soll ich den ganzen Tag lang in diesen Schuhen herumstehen?

Schweiß perlte mir über den Rücken, und meine Brust war wie zugeschnürt. Mein Jackett kam mir vor wie eine Zwangsjacke. Zum Glück war keiner aus meiner Familie im Saal. Sie durften dem Prozess erst beiwohnen, nachdem sie ausgesagt hatten. Zum Glück war die Anklagebank mit einem Sichtschutz versehen, sodass ich das Gesicht meines

Stiefvaters nicht sehen musste. Doch ich spürte ihn ihm Raum, mir kam es vor, als würde ich sein Aftershave riechen.

Ich schwor, die Wahrheit zu sagen und nichts als die Wahrheit, so wahr mir Gott helfe. Mir blieb noch eine Minute, um mich zu fassen, bevor mein Anwalt tätig wurde. Mr Shroff räusperte sich und trat zu mir.

»Würden Sie dem Gericht bitte Ihren vollen Namen sagen?«

»Tina Janet Renton.«

»Wie alt sind Sie, Miss Renton?«

»Sechsunddreißig.« Ich hob den Kopf, damit die Jury mich sehen konnte.

Mein Gott, dreißig Jahre sind vergangen, seit er mich zum ersten Mal begrapscht hat.

Mr Shroff trat einen Schritt zurück und kam dann ohne Umschweife zur Sache. Er fragte mich, wie der Missbrauch angefangen hatte. Plötzlich verspürte ich enormen Druck, jetzt alles richtig zu machen. Ich hatte nur diese eine Chance, mir Gerechtigkeit zu verschaffen, und durfte mir jetzt auf keinen Fall vor lauter Nervosität selbst ein Bein stellen.

»Ich möchte Sie auffordern, etwas genauer zu erläutern, wie der Angeklagte Sie mit dem Handtuch abgetrocknet hat.« Offenbar wollte Mr Shroff wissen, wie es um meine frühen Erinnerungen bestellt war.

»Hm.« Ich krümmte mich vor Verlegenheit. »Er fing immer bei meinen Schultern an und arbeitete sich langsam tiefer.« Meine Augen wurden feucht. »Er fuhr mit dem Handtuch zwischen meine Beine.«

»Und was tat er dann?«, fragte mein Anwalt behutsam.

Eine Träne, brennend wie Säure, rollte mir übers Gesicht.

»Er berührte mich mit dem Finger in meiner Scheidengegend«, sagte ich erschaudernd.

Bislang hatte ich nur mit einer einzigen Person über solche Details gesprochen, und zwar mit Julia. Jetzt stand ich hier und erzählte die intimsten Dinge meines Lebens in einem Raum voller Leute. Ich fühlte mich schmutzig und gedemütigt.

Ich rieb die Tränen mit dem Ärmel ab, weil ich wusste, dass das Schlimmste erst noch kommen würde.

»Sie haben ausgesagt, dass der Angeklagte Ihren Teddybären an Ihnen gerieben hat«, sagte Mr Shroff, an die Jury gewandt. Meine Wangen brannten vor Scham.

»Den Fuß«, murmelte ich.

»Den Fuß!«, rief er laut. »Und wo hat er Sie damit gerieben?«

Das ist zu beschämend. Ich will sterben.

Ich konzentrierte mich auf einen schwarzen Fleck an der Wand hinter der Jury, weil ich den Leuten vor Scham nicht in die Augen sehen konnte.

»An meiner Scheide.« Ich konnte die Tränen nicht mehr aufhalten.

»Was sagte er, während er Sie mit dem Teddybär rieb?«

»Eigentlich nicht viel.« Ich stockte. Die Worte, die ich hatte sagen wollen, blieben mir in der Kehle stecken.

»Gelegentlich sagte er, dass ich mich selbst damit reiben sollte, weil es mir gefallen würde«, brachte ich mühsam heraus, bevor ich zu weinen begann.

»Miss Renton, würden Sie gern eine kleine Pause machen?«, fragte der Richter.

»Kann ich bitte meine Jacke ausziehen?«, fragte ich.

»Aber natürlich«, sagte er lächelnd. Ich war völlig verschwitzt und weinte hemmungslos.

Schließlich trank ich einen Schluck Wasser und richtete mich am Rahmen des Zeugenstands auf.

Reiß dich zusammen, Tina, und mach weiter.

Ich kämpfte mich durch die nächste Fragerunde, und

dann die übernächste, bis Mr Shroff das Gespräch auf meine Mutter lenkte. Plötzlich dachte ich nicht mehr an meinen Stiefvater hinter der verdunkelten Glaswand und auch nicht daran, dass ich die Jury beeindrucken müsse; denn ich wusste, ich brauchte sämtliche mir verbliebenen Kräfte, um diese Runde zu überstehen.

»Wie lief das Gespräch zwischen Ihnen und Ihrer Mutter ab, nachdem Sie ihr erzählt hatten, was passiert war?«, fragte Mr. Shroff.

Diese Frage stellte er mir um zwanzig vor eins. Die Uhrzeit werde ich nie vergessen.

»Sie hat mir gesagt, dass sie mir glaubt«, erwiderte ich. Die Worte kamen mir kaum über die Lippen. »Aber sie war besorgt, dass wir unser Haus verlieren würden; denn ohne ihn konnte sie den Kredit nicht abbezahlen. Sie hat gesagt, die Entscheidung liege ganz bei mir; wenn er zurückkäme, dann aus rein finanziellen Erwägungen. Außerdem sagte sie, sie würde ein Schloss an meiner Schlafzimmertür anbringen.« Ich verschluckte mich.

»Wie ging es Ihnen damit?«, fragte Mr Shroff besorgt.

Einen Moment lang versagte meine Stimme. »Es hat mich fertig gemacht. Ich wollte nicht dafür verantwortlich sein, dass wir alle auf der Straße landeten«, brachte ich schließlich mühsam heraus. »Ich hatte das Gefühl, dass ich an der Situation schuld war.«

Kummer explodierte in meiner Brust wie eine Granate.

Mr Shroff trat zu mir. »Warum haben Sie gedacht, Sie wären daran schuld?«, fragte er stirnrunzelnd.

»Wenn ich nichts gesagt hätte, wären wir nie an diesen Punkt gelangt. Wenn ich ihren Vorschlag abgelehnt hätte, hätte ich meinem kleinen Bruder das Dach über dem Kopf geraubt.«

Meine Hände begannen zu zittern, meine Knie wurden schwach.

»Aber sie hat mir trotzdem gesagt, die Entscheidung liege ganz bei mir.« Ich brach wieder in Tränen aus.

Sie hätte für mich da sein sollen. Sie hätte mich nicht vor diese Entscheidung stellen dürfen.

»Und wie haben Sie sich entschieden?« Mr Shroff ließ nicht locker.

»Ihn wieder reinzulassen«, schluchzte ich und versteckte mein Gesicht in den Händen.

Am liebsten wäre ich im Erdboden versunken. Ich war so aufgewühlt, dass ich kaum noch Luft bekam. David brauchte Hilfe, er war krank. Aber wie meine Mutter mich behandelt hatte, war in vielerlei Hinsicht noch schlimmer gewesen. Das zu verarbeiten fällt mir so schwer wie sonst kaum etwas.

Ich wandte den Kopf ab, den ich immer noch in den Händen vergraben hatte.

»Wir machen eine Mittagspause, Mr Shroff.« Der Richter rettete mich, indem er die Pause früher ansetzte.

Ich weinte so heftig, dass ich gar nicht merkte, wie der Saal sich leerte. Als die Gerichtsdienerin die Tür des Zeugenstands öffnete, wäre ich beinahe zusammengebrochen. Die zarte Frau richtete mich auf und umarmte mich. Diesen Halt hatte ich dringend nötig.

Weinend kehrte ich in den Zeugenraum zurück. Jemma sprang auf und umarmte mich fest. Wir standen einen Moment lang still da, dann trat sie etwas zurück, hielt mich an den Schultern fest und sah mir direkt in die Augen.

»Du schlägst dich wirklich gut!«, sagte sie.

»Ich brauche jetzt dringend eine Zigarette. Hat jemand eine Zigarette für mich?« Mehr brachte ich nicht heraus.

Ich stellte mich neben Mark an die Tür, die ins Freie führte, und rauchte stumm vor mich hin. Ich war völlig stumpf. Der einzige Gedanke, der mir durch den Kopf ging, war, dass ich mich zusammenreißen musste, weil ich gleich wieder in den Saal gehen und weitermachen musste. Ich trat die Zigarette auf den Betonfliesen aus, und als wir in den Raum zurückkehrten, hatte ich meine Erstarrung abgeschüttelt.

Ich habe es schon fast geschafft. Ein halber Tag ist schon vorbei.

»Möchte jemand ein Sandwich?«, fragte ich und klappte die Box auf, die ich am Morgen vorbereitet hatte.

Dann begann ich, mir um Mark und Jemma Sorgen zu machen; denn so schwer es für mich war, auch für sie war es bestimmt belastend, alle diese grässlichen Details zu erfahren.

Ich war noch nicht mit meinem Sandwich fertig, als wir in den Gerichtssaal zurückgerufen wurden. Die Gerichtsdienerin lächelte diesmal nicht mehr, ihre Miene wirkte versteinert.

»Sind Sie so weit, dass es weitergehen kann?«, fragte sie mit tiefer, ernster Stimme.

Ich nickte.

»Sie schlagen sich wirklich gut. Ihre Aussage war brillant!«

Dieses Lob nahm ich mit in den Zeugenstand. Zum Glück war der schmerzhafteste Teil vorbei, und ich musste nur noch dem Staatsanwalt einige Dinge erläutern. Danach konnte ich mich kurz erholen, und dann hatte der Prozessanwalt meines Stiefvaters seinen Auftritt. Mr Brown war groß und dünn. Er trug eine Brille, und seine grauen Augenbrauen passten farblich bestens zu seiner Perücke. Er trat aufgeplustert wie ein Kampfhahn vor.

Ich hatte schreckliche Angst vor dem Kreuzverhör. Mr Brown ging sofort auf mich los. »Ich möchte Ihnen meine Einstellung klar machen, dass ich Ihr Behauptung nicht akzeptiere, Sie hätten mit Ihrer Mutter je über den sexuellen Missbrauch durch Ihren Stiefvater gesprochen«, erklärte er dem Gerichtssaal.

»Na gut«, sagte ich stirnrunzelnd.

Idiot.

»Nur, damit Sie wissen, wie die Dinge liegen. Ich akzeptiere auch nicht ihre Aussage, Ihr Stiefvater habe Sie sexuell oder körperlich missbraucht«, fuhr er fort und plusterte sich noch etwas mehr auf.

»Okay«, erwiderte ich schulterzuckend.

Mehr hat er nicht auf Lager? Zum ersten Mal meldete sich die Anwältin in mir zu Wort.

»Ich würde mal sagen, dass Ihr Stiefvater Sie nicht alleine gebadet hat.«

»Ich würde mal sagen …« war Mr Browns Lieblingsphrase. Er versuchte, mich auf alle möglichen Weisen zum Stolpern zu bringen. Sein bestes Verteidigungsmittel bestand darin, mein Gedächtnis zu attackieren, denn wenn die von mir genannten Daten und Details nicht stimmten, wie konnte die Jury dann irgendetwas glauben von dem, was ich sagte? Ich wurde von Sekunde zu Sekunde wütender.

»Wenn Sie über die Gewalt in Ihrer Kindheit reden, würde ich mal sagen, dass niemand mit einem Nudelholz aus Marmor auf den Hinterkopf geschlagen wurde, nicht einmal Sie«, feixte er.

Zorn wallte in mir hoch. Ich straffte die Schultern und setzte in Gedanken meine Anwaltsperücke auf.

»Aus Ihrem Mund klingt das, als hätte ich behauptet, es war ständig eine explosive und gewalttätige Beziehung. Das habe ich nicht gesagt. Ich habe gesagt, die Beziehung neigte dazu, so zu sein. Das heißt nicht, dass sie ständig so war.«

Na, Mr Brown, was halten Sie davon?

»Sie sagen also, dass es viele schlimme Erinnerungen gibt, und dass Ihre Eltern in manchen Zeiten so waren, wie Sie es beschrieben haben – explosiv. Richtig?« Er legte den Kopf schief.

»Ja.«

»Aber das war nicht ständig so?«

»Das war nicht ständig so«, wiederholte ich sarkastisch.

»Nun, ich würde Ihnen nahelegen, dass dabei keine Waffen wie Nudelhölzer zum Einsatz kamen.«

Bastard.

»Bei allem Respekt, Sir – Sie waren nicht dabei«, entgegnete ich schroff, bereute die Worte aber, sobald sie mir über die Lippen gekommen waren.

»Natürlich nicht. Und Sie wissen aus Ihrem Jurastudium bestimmt, dass ich nur meinen Job mache«, entgegnete er ebenso barsch.

Beruhige dich, Tina. Du machst einen schlechten Eindruck auf die Jury. Du wirst noch alles zunichte machen, was du geschafft hast.

»Ja, das weiß ich«, erwiderte ich etwas milder.

»Deshalb werde ich diesen Job weiter so machen.« Er legte den Kopf wieder auf die Seite.

»Aber gerne, nur zu«, sagte ich lächelnd – meine Art, mich zu entschuldigen.

Der Richter intervenierte ein weiteres Mal, indem er schon um zwanzig nach vier das Ende der Sitzung verkündete. Diesmal war ich so mutig, die Geschworenen zu mustern, während sie den Saal verließen.

Ein Junge mit langen schwarzen Haaren und vielen Tätowierungen. Womit verdient der wohl sein Geld? Ein Mädchen, das keinen Tag älter aussieht als sechzehn. Ob ich ihr leidtat? Ein rundlicher Mann. Ein Bursche mit breiten Schultern … Sie alle kennen jetzt mein schändliches Geheimnis.

»Kannst du fahren? Ich glaube, ich habe jetzt nicht mehr die Kraft dafür«, erklärte ich Mark und schob ihm den Zündschlüssel übers Wagendach zu.

Auf dem Weg zurück nach Rainham öffnete der Himmel seine Schleusen. Jemma und Mark plauderten, ich lehnte den Kopf an die Scheibe. Meine Wange rutschte hoch und wieder runter, wenn wir über Bodenwellen fuhren.

Meine Tränen gingen im Prasseln des Regens unter.

27

Am zweiten Tag war ich auf dem Weg in den Zeugenstand viel mutiger.

Es ist schon fast geschafft – den Rest stehen wir auch noch durch.

Ich hatte nicht sehr gut geschlafen, aber mein Adrenalinspiegel war so hoch, dass ich keine Müdigkeit verspürte. Mr Brown fing genau dort an, wo er am Vortag aufgehört hatte, aber diesmal blieb ich ruhig. Ich wusste, worauf jede seiner Fragen abzielte, und hatte stets eine Antwort parat. Seine Strategie bestand einzig und allein darin, meine Glaubwürdigkeit in Frage zu stellen, aber das gelang ihm nicht. Ich behauptete mich so gut, dass wir noch vor der Mittagspause fertig waren.

Ich hätte heimgehen und mich ein wenig ausruhen können, aber ich wollte noch ein paar Leute sehen und mich bei ihnen bedanken. Sam Aitken – die mittlerweile Sam Shea hieß – und Mrs Walsh sollten nach der Mittagspause in den Zeugenstand treten.

»Könnten Sie bitte meine Freundin Sam und Mrs Walsh fragen, ob sie mich im Anschluss im Zeugenraum sehen wollen?«, bat ich die Gerichtsdienerin.

»Selbstverständlich, meine Liebe«, sagte sie lächelnd. Sie war eindeutig auf meiner Seite.

Schon nach zwanzig Minuten stürmte meine Freundin Sam durch die Tür. Ihr Gesicht war aschfahl. »Verdammte Scheiße, ich bin echt scheißfroh, dass das vorbei ist«, ächzte sie und fuchtelte mit den Armen herum. Sie hatte sich nie besonders gewählt ausgedrückt.

Ich fing an zu lachen. »Sam, ist dir klar, dass du in einem einzigen Satz zweimal geflucht hast?«

»O Gott, das war echt grauenhaft.« Sie fuhr sich durch die blonden kurzen Haare. Sie sah immer noch aus wie die beinharte Göre von damals, nur eben zwanzig Jahre älter.

»Ist alles in Ordnung?«, fragte ich.

»Ja, aber ich bin echt heilfroh, dass es jetzt vorbei ist.«

Wir setzten uns auf die bequemen roten Stühle, plauderten über unsere Schulzeit und fragten uns, wie Mrs Walsh wohl nach all den Jahren aussehen würde.

»Ich habe die Gerichtsdienerin gebeten, Mrs Walsh zu fragen, ob sie mich noch sehen will, aber ich weiß nicht, ob sie das will«, sagte ich.

»Warum nicht?«

»Keine Ahnung. Vielleicht, weil sie die Vergangenheit ruhen lassen, jetzt nur ihre Aussage machen und dann gehen will«, erwiderte ich schulterzuckend.

Es klopfte an der Tür.

»Hier ist noch jemand, der Sie sehen will«, erklärte die Gerichtsdienerin lächelnd. Sam und ich sahen uns an wie die bösen Schulmädchen von früher, die jetzt gleich von ihrer Lehrerin gerügt werden würden.

Es waren zwanzig Jahre verstrichen. Deshalb rechnete ich mit einer etwas abgekämpften älteren Dame. Doch da lag ich gründlich falsch. Mrs Walsh sah keinen Tag älter aus als früher. Sie trug die Haare immer noch in der Mitte gescheitelt, so dass sie ihr Gesicht wie ein Vorhang rahmten, und ihre Wimpern sahen immer noch wie Spinnenbeine aus, weil sie nach wie vor eine dicke schwarze Wimperntusche benutzte.

Es fühlte sich unwirklich an, als sie zu mir trat und mich mit einer herzlichen Umarmung begrüßte.

»Vielen Dank für Ihre Bereitschaft, als Zeugin auszusagen. Darüber bin ich wirklich sehr froh.«

Ihre Unterlippe zitterte. Zum ersten Mal bemerkte ich

ihre verletzliche Seite. »Es tut mir aufrichtig leid, dass ich Sie im Stich gelassen habe.« Sie senkte den Blick.

Ich hatte mir fest vorgenommen, nicht noch einmal zu weinen, aber jetzt konnte ich die Tränen nicht zurückhalten.

»Sie haben mich nicht im Stich gelassen, die Schule hat mich im Stich gelassen. Geben Sie sich nicht die Schuld daran«, sagte ich weinend.

Sam legte die Hand auf meinen Arm, um mir zu zeigen, dass sie für mich da war, und wir setzten uns an den Couchtisch. Ich wischte mir die Tränen ab, und dann kam die Anwältin in mir zum Vorschein. Plötzlich wollte ich ein paar Antworten. *Warum wurde ich nicht aus dieser Familie geholt? Aus diesem Leben? Warum musste ich weiter all dieses Leid über mich ergehen lassen?*

»Warum hat die Schule damals nichts unternommen?«, fragte ich meine ehemalige Lehrerin.

»Ich weiß es nicht«, sagte sie und schüttelte verzweifelt den Kopf. »Ich habe mich an die Vorschriften gehalten und es einer weiteren höher stehenden Lehrerin mitgeteilt – der stellvertretenden Rektorin.«

»Und die hat nichts unternommen?«, fragte ich scharf.

»Erinnern Sie sich noch daran, dass ich Ihnen eine Trillerpfeife gegeben habe?«, fragte sie.

»Nein, daran kann ich mich nicht mehr erinnern.«

»Ich habe Ihnen eine Pfeife gegeben, in die Sie blasen sollten, wenn er wieder in Ihr Zimmer kam.«

Eine Trillerpfeife? Was sollte mir eine verdammte Trillerpfeife nützen? Warum haben Sie die Sache nicht weiter verfolgt? Ich war noch zwei Jahre, zwei ganze Jahre, nachdem ich Ihnen alles erzählt hatte, auf dieser Schule.

Ich verzog nur das Gesicht. Ich hatte einfach nicht die Kraft, ihr zu sagen, was ich dachte. Außerdem war ich ihr wirklich dankbar, dass sie für mich ausgesagt hatte. Wir plauderten noch ein bisschen, dann verabschiedete sie sich und kehrte wieder in ihren Alltag zurück.

»Alles in Ordnung mit dir?«, fragte Sam.

»Ja, aber ich bin ein bisschen enttäuscht.« Ich biss mir auf die Lippe. Ich hatte genug geweint, jetzt war keine Träne mehr übrig.

Nach diesem Tag schleppte ich mich erschöpft zu meinem Wagen, bei dem mich ein Strafzettel erwartete. Auf dem Heimweg kaufte ich mir eine Riesentüte Süßigkeiten, mit der ich den Abend vor dem Fernseher verbrachte.

Ich versuchte, nicht an den Prozess zu denken, weil ich befürchtete, sonst wahnsinnig zu werden. Auch die darauffolgenden Tage verdrängte ich alles, während mein Prozessanwalt die Beweisaufnahme rekapitulierte und sein Abschlussplädoyer hielt. Vor Kurzem hatte ich einen neuen Job angetreten, der mich zum Glück etwas ablenkte. Ich kümmerte mich um eine Dame mit einer Hirnverletzung. An den Wochenenden verbrachte ich die Nächte immer bei ihr.

Am Montag früh sah die Sache natürlich wieder ganz anders aus. Mein Magen schlug wieder einmal Purzelbäume, weil ich wusste, dass meine Mutter und David an jenem Tag für die Verteidigung in den Zeugenstand treten würden. Ich stellte mir vor, wie sie dastand in ihrem weiten T-Shirt und dem wadenlangen Rock und darauf beharrte, dass ich alles erfunden hatte. Dass ich ein teuflisches Kind gewesen war. Ich stellte mir ihn vor mit seiner Glatze und den langen Koteletten, und sah vor meinem geistigen Auge, wie sich über seiner Oberlippe eine feine Schweißschicht zeigte, wenn er seine Lügen von sich gab. Julia Godfrey hatte mich gefragt, ob ich dabei sein wollte, aber ich war einfach nicht stark genug, im Zuschauerraum zu sitzen und ihnen zuzuhören, wohlwissend, dass alles, was ihnen über die Lippen kam, gelogen war. Wenn ich noch einmal hören müsste, wie meine

Mutter über mich redete, als sei ich Luft, würde ich zusammenbrechen. Ich wartete lieber auf Julias Bericht.

Ich tat, als würde ich fernsehen, als eine unbekannte Nummer auf meinem Handy aufleuchtete.

»Hi, Julia«, begrüßte ich sie. Ich fühlte mich der Jugendschutzbeauftragten mittlerweile so nah wie kaum einem anderen. Sie kannte mich so gut, dass sie meine beste Freundin hätte sein können, aber gleichzeitig verband uns keine Freundschaft. Allerdings hatte ich mir fest vorgenommen, die Beziehung zu ihr nicht sang- und klanglos zu beenden, wenn das alles vorbei war; denn sie hatte so viel für mich getan, dass ich gar nicht wusste, wie ich ihr danken sollte.

»David Moore hat seine Aussage gemacht, und Ihre Mutter auch«, verkündete sie.

»War meine Mutter aufgewühlt?«

»Nein, sie kam ziemlich kühl rüber.«

Ich wusste es. Sie hat mich nie geliebt. Tief durchatmen, Tina. Lass dich davon nicht runterziehen.

»Und David?«

»Auch David zeigte keinerlei Regung«, sagte sie.

»Gar nichts? Keinen Zorn, keinen Kummer?«, fragte ich fassungslos nach.

»Nichts. So war es bei ihm im Verlauf der ganzen Sache. Er zeigte keinerlei Gefühl, nicht bei seiner Verhaftung, nicht bei seiner Vernehmung, und auch nicht, als er erfuhr, dass er angeklagt wird. Nur, als er darüber sprach, dass seine Mutter im Sterben lag, wirkte er etwas aufgewühlt.«

Ich war sprachlos. Wie schaffte er es, angesichts der Tatsache, dass er mir die Kindheit geraubt hatte, keinerlei Schuldgefühle zu haben? Doch Julia hatte mir noch mehr zu berichten.

»Ich kann jetzt nicht näher darauf eingehen, aber eines kann ich Ihnen sagen: Ihr Bruder hat Ihnen heute wirklich einen Gefallen getan. Er hätte beinahe als Belastungszeuge auftreten können«, erklärte Julia kichernd.

»Wie meinen Sie das?«

»Sowohl David als auch Ihre Mutter haben ausgesagt, dass Sie nach Ihrem Auszug niemals die Wäsche in ihrem Haus gewaschen haben«, fing sie an.

»Na klar«, sagte ich und verdrehte die Augen bei dieser Lüge.

»Nun, als Jonathan im Zeugenstand war und der Prozessanwalt ihn fragte, ob er sich daran erinnere, dass Sie gelegentlich vorbeigekommen waren, bestätigte Ihr Bruder, dass Sie häufig bei Ihrer Mutter gewaschen haben.«

»Gut gemacht, Bruder«, sagte ich. Er war ihnen in den Rücken gefallen. Ich war froh, dass ihre Lügen sie endlich einmal eingeholt hatten. In mir verstärkte sich die Hoffnung, dass die Geschworenen David Moore für schuldig befinden würden.

»Versuch, dich darauf einzustellen, dass er nicht für schuldig befunden wird«, riet mir Gayna bei einem Bier am Mittwochabend, nachdem die Jury sich zur Beratung zurückgezogen hatte.

Ich konnte aber so nicht damit umgehen. Der Traum, dass der Kerl in den Knast wandern würde, war das Einzige, woran ich mich aufrichten konnte.

Ich starrte wortlos in mein Bierglas.

»Hey, sieh es doch mal so.« Sie schüttelte mich. »Ich versuche, dich vor weiterem Leid zu bewahren.«

»Ich weiß«, murmelte ich.

Gayna hatte mit ihrer Warnung völlig recht, denn am nächsten Tag kehrte die Jury nicht mit einem Urteil zurück, und auch nicht am Freitagvormittag, wie Julia prophezeit hatte.

Warum brauchen sie so lange?

Ich saß bei Gayna vor dem Telefon. Eine weitere Stunde verging ereignislos.

Er bekommt einen Freispruch. Sie würden nie so lange brauchen, wenn sie ihn für schuldig befunden hätten.

»Möchtest du noch einen Tee?« Gayna stand auf.

»Nein. Ich möchte wissen, was zum Teufel da los ist. Jetzt ist es schon Mittag«, fauchte ich. Ich starrte auf mein Handy, das auf dem Couchtisch lag, wie auf eine tickende Zeitbombe.

Eine weitere halbe Stunde.

»Ich wünschte, sie würden sich ein bisschen beeilen«, klagte nun auch Gayna. Wir saßen auf heißen Kohlen.

»Das bringt mich noch um. Können wir denn nicht irgendwas unternehmen, nur damit ich nicht hier herumsitzen und darauf warten muss, dass das verdammte Handy klingelt?«, flehte ich meine Tante an.

»Liebend gern«, erwiderte sie und nahm ihre Handtasche. Wir fuhren ins Nagelstudio von Romford.

Mir wurde zwar schwindelig von den Nagellackdämpfen, aber ich war froh über die Ablenkung. Ich ließ mir die Nägel verlängern, und mit der freien Hand schrieb ich Julia eine SMS. *Warum dauert das so lange?*

Die unbekannte Nummer flackerte auf. Es war Julia, die mich sofort zurückrief. »Es überrascht mich sehr, dass sie noch nicht zurück sind. Bald gehen sie in die Mittagspause«, sagte sie.

Nicht schuldig, wird es heißen. Der Mistkerl wird ungeschoren davonkommen.

»Bitte versuchen Sie, die Ruhe zu bewahren. Glauben Sie mir, sobald ich etwas höre, sind Sie die Erste, die es erfährt.«

»Okay«, sagte ich und beendete das Telefonat.

»Und?«, fragte Gayna von ihrem Manikürestuhl aus.

»Es dauert mindestens noch eine Stunde, weil die Jury jetzt Mittag macht.«

»Das darf doch nicht wahr sein!«, murrte Gayna. »Willst du auch was essen?«

Auch wenn ich nicht den geringsten Appetit hatte, gingen wir in ein Hamburger-Restaurant.

»Was passiert, wenn sie heute nicht zu einem Urteil kommen?«, fragte Gayna, während sie unsere Pommes aufteilte und das Plastiktablett auf einen leeren Stuhl stellte. Mittlerweile war es halb drei.

»Keine Ahnung«, erwiderte ich verzagt.

In dem Moment tauchte wieder die unbekannte Nummer auf meinem Handydisplay auf.

»Mist, es ist Julia«, sagte ich mit vollem Mund.

»Na, dann geh doch ran, um Himmels willen.« Gayna war ebenso gespannt wie ich.

»Hallo?«

»Hi, ich bin`s, Julia.«

»Hi!«

»Sind Sie allein?«, fragte sie.

O mein Gott, das bedeutet bestimmt schlechte Nachrichten.

»Nein, Gayna ist bei mir.«

»Das Urteil ist gefällt.«

»Und?«

»Schuldig.«

»Scheiße.« Ich brach in Tränen aus, meine Erleichterung war einfach überwältigend.

»Heißt das schuldig oder nicht?«, rief Gayna ungeduldig.

»Schuldig«, formte ich stumm mit dem Mund.

»Gayna, kannst du mich bitte nach draußen begleiten, ich muss unbedingt an die frische Luft.« Ich keuchte, obwohl Julia noch am Telefon war. Ich schaffte es kaum zum Auto, weil ich so überwältigt war. Gayna rief sofort alle Leute an, die sie kannte.

»Das ist noch nicht alles«, sagte Julia, die meinen Gefühlsausbruch geduldig mitangehört hatte.

»Was soll das heißen?« Mein Herz setzte einen Schlag aus.
»Auch das Strafmaß ist heute schon verkündet worden.«
»So bald schon?«, fragte ich verblüfft.

»Der Richter erklärte, nachdem er erlebt hatte, wie du dich bei deiner Aussage gequält hast, hatte er das Gefühl, es gäbe keinen Grund, erst noch den Bericht über die Lebensumstände des Angeklagten einzusehen; bei seiner Entscheidung über das Strafmaß spiele das keine Rolle, meinte er.«

»Also, wie lautet das Strafmaß?« Ich rechnete mit einem, zwei oder vielleicht auch drei Jahren. Schon über ein halbes Jahr hätte ich mich gefreut. Ich wollte nur, dass er irgendwie büßen musste für seine Untaten.

»Vierzehn Jahre.«

Ich blieb wie angewurzelt stehen.

»Vierzehn Jahre«, flüsterte ich Gayna zu. Ich schwankte, und meine Tante packte mich am Arm. Vierzehn Jahre war länger, als so mancher Mörder aufgebrummt bekommt. Die Gerechtigkeit hatte gesiegt.

»Und als er verurteilt wurde, hat er zum ersten Mal ein Gefühl gezeigt!«, rief Julia, um die Freudenschreie meiner Tante zu übertönen.

»Was hat er getan?«

»Als er abgeführt wurde, beschimpfte er mich als elende Schlampe«, kicherte Julia, offenkundig erfreut darüber, dass sie ihm endlich eine Regung entlockt hatte.

»Aha.« Ich lächelte in mich hinein. Ich hatte ihn zu Fall gebracht.

28

»Kaum zu glauben, dass er vierzehn Jahre bekommen hat«, lautete die Reaktion von allen, die davon erfuhren.

Jeder, den ich anrief, war hocherfreut. Auch meine Jungs freuten sich für mich. Ich hörte Dan im Hintergrund jubeln, als ich Mitchell die gute Nachricht mitteilte.

Wir fuhren zurück zu Gayna, und sie stellte den Wasserkocher an. Ich sank aufs Sofa. Meine Erleichterung war unbeschreiblich. All die Panik und das Leid der letzten achtzehn Monate waren nicht umsonst gewesen.

»Hier bitte.« Gayna reichte mir einen Tee. Ich umfasste den Becher wie eine heiße Wärmflasche. »Mir ist gerade was eingefallen«, meinte sie. »Warum rufst du nicht bei der Zeitung an? Ich wette, sie wären an deiner Story interessiert.« Offenbar konnte sie ihre Schwester noch weniger ausstehen, als ich dachte.

Ich nahm einen Schluck Tee und ließ mir den Gedanken durch den Kopf gehen.

»Na gut, reich mir das Telefon.« Ich streckte die Hand aus.

»Ich werde beim *Echo* in Basildon anrufen und den Mistkerl öffentlich bloßstellen«, verkündete ich.

David und Mum wohnten in Basildon. Wenn die Lokalzeitung darüber berichtete, würde jeder in ihrer Nachbarschaft erfahren, was er mir angetan hatte.

»Hallo, kann ich bitte mit einem Reporter reden?«, fragte ich todesmutig.

Gayna saß neben mir auf dem Sofa und spitzte die Ohren.

»Hallo, hier ist die Nachrichtenredaktion«, erklang die Stimme eines Mannes mit einem starken Cockney-Akzent.

»Ich habe eine Geschichte, die Ihnen vielleicht gefällt«, fing ich an.

Ich erzählte ihm in kurzen Worten meine Geschichte, wie der Prozess verlaufen war und dass mein Stiefvater in dreizehn Punkten für schuldig befunden worden war. Ich weinte nicht, denn nun schämte ich mich nicht mehr. Eine Jury von zwölf Geschworenen hatte mir geglaubt.

»Wollen Sie den Leuten mit dieser Geschichte noch eine Botschaft übermitteln, Miss Renton? Sie wissen schon, irgendwas, was Sie daraus gelernt haben?«, fragte der Reporter.

Ich dachte kurz nach, dann fiel mir mein Jurastudium ein.

»Ja, durchaus«, erklärte ich. »Jedem Menschen, der als Kind Opfer eines sexuellen Missbrauchs war, würde ich gern sagen: Versteck dich nicht. Es ist egal, wie lange es her ist, es ist nie zu spät, den Missbrauch bei der Polizei anzuzeigen.«

»Danke, Miss Renton. Ach, eins noch …«

»Ja?« Ich zog die Brauen hoch.

»Rein rechtlich gesehen darf ich Sie in diesem Artikel als Opfer eines sexuellen Missbrauchs nicht beim Namen nennen. Würden Sie darüber nachdenken, ob Sie auf Ihre Anonymität verzichten könnten? Es würde anderen Frauen, die dasselbe erlitten haben wie Sie, vielleicht noch zusätzlich Mut machen.«

Dann könnte ich mein Foto genauso gut auf eine Plakatwand mitten in London kleben, dachte ich. Traue ich mich das? Kann ich damit umgehen, dass alle, die mich anschauen, wissen, dass ich von meinem Stiefvater vergewaltigt worden bin? Aber wahrscheinlich würde es anderen Opfern tatsächlich helfen.

»Na gut, dann machen wir das.«

»Ich heiße Tina Renton«, erklärte ich mit fester Stimme.

Ich hatte meine Stimme wiedergefunden, nachdem ich jahrelang gezwungen worden war, stumm zu bleiben.